Claus Cant

Lügen töten Träume

oder machen sie erst möglich

Roman

Impressum

© 2022 Claus Cant, Aldenhoven

ISBN: 9783756219704

Covergestaltung: Nina Döllerer
unter Verwendung von Motiven von artjazz
und Diego Cervo von shutterstock.com
Lektorat: Gabi Büttner

Herstellung und Verlag: BoD – Books on
Demand, Norderstedt

Inhalt

Kapitel 1
2019
10. – 17. August

Annas Herz schlug bis zum Hals. *Hoffentlich geht alles glatt,* dachte sie.

Soeben hatte sie in einem Airbus A330-200 von Frankfurt nach Windhuk Platz genommen. Sie rieb sich aufgeregt die Hände und konnte es kaum erwarten, Mike und seine Familie nach einem Jahr wiederzusehen.

Trotz aller Vorfreude hatte sie ein flaues Gefühl im Magen. Wie würde Mike reagieren? Würde er sich an die getroffene Abmachung halten?

Dann waren da die 20.000 Euro Bargeld in ihrem Koffer, die sie durch den Zoll schmuggeln wollte, und die ihr Kopfschmerzen bereiteten.

Bevor sie sich anschnallte, stand sie kurz auf, zog die Jacke aus und ließ den Blick durch die Kabine schweifen. Das Flugzeug war nicht voll besetzt. Die zwei Plätze neben ihr im Mittelgang waren frei geblieben. Auf dem vierten Sitz, rechts außen, saß ein Herr mittleren Alters mit einem Schnurrbart. Er fuhr mit einem Tuch über seine Glatze und sein fahles Antlitz und schaute zu ihr herüber. Anna senkte den Blick.

Sie war neunundzwanzig und haderte mit ihrem Gewicht von fast hundert Kilogramm. Bei einer Körpergröße von 172 Zentimetern passte sie gerade noch in Konfektionsgröße 48.

Sie glaubte, die Gedanken des Fremden lesen zu können:

»Boah ist die dick. Die muss mal auf Diät gesetzt werden.« Oder schlimmer: »Die hat ein nettes Gesicht.«

Doch der Herr stand lediglich auf, zog sein Sakko aus und legte es auf den leeren Sitz neben sich. Dabei fiel ihr auf, dass seine verbeulte Hose nicht zu seinem eleganten Jackett passte. Verstohlen musterte Anna ihn von oben bis unten.

Wo habe ich den Typen schon mal gesehen?

Anna strich eine rötliche Strähne hinter ihr Ohr.

»Kennen wir uns?«, fragte sie.

Keine Reaktion.

»Entschuldigen Sie, kennen wir uns?«

Er drehte sich zu ihr um und rieb sich den Bart, der aussah, als wäre er angeklebt.

»Nicht, dass ich wüsste, aber vielleicht habe ich einen Doppelgänger«, erwiderte er und kicherte vor sich hin.

Seine Stimme klang unnatürlich tief, als wenn er sie absichtlich verstellte.

»Woher kommen Sie?«, hakte sie nach.

Er zögerte. »Aus der Gegend um Stuttgart.«

»Hört man überhaupt nicht, dass Sie Schwabe sind.«

»Ursprünglich stamme ich aus Düsseldorf. Seit einem halben Jahr bin ich in Stuttgart beschäftigt.«

»Dann sind Sie beruflich unterwegs?«

»Ja.«

»Für welche Firma arbeiten Sie, wenn ich fragen darf?«

Der Mann schaute zur Kabinendecke, rutschte auf dem Sitz hin und her, bevor er wieder Blickkontakt suchte. »Ich bin ... Leiter der Fertigung bei Daimler, Namibia.«

Sie stutzte. *Seit wann kann sich dieser Weltkonzern keine Business-Class leisten?,* fragte sie sich.

Der Mann strich sich mit der flachen Hand über den Kopf.

»In meiner Freizeit arbeite ich darüber hinaus als Mentalmagier.«

Sie sah ihn ungläubig an. »Was heißt das?«

»Ich bin Zauberer und kann in die Köpfe der Menschen hineinkriechen.«

Anna beäugte ihn misstrauisch. »Das ist doch Hokuspokus.«

»Sie haben Zweifel?«, fragte er grinsend und rückte einen Sitz näher an sie heran. »Schauen Sie mir für zehn Sekunden in die Augen«.

»Und dann?«

»Dann sage ich Ihnen, wie alt Sie sind.«

Anna schwieg.

»Sie trauen sich nicht?«, fragte er nach und wartete ihre Antwort mit hochgezogenen Augenbrauen ab.

Sie zauderte einen Augenblick, nahm all ihren Mut zusammen und schaute ihm in die Augen. Sein Blick war durchbohrend, irgendwie bedrohlich.

»25-26-27-28-29-30-31-32-33-34-35. Geschafft«, sagte er und holte aus seiner Handtasche ein Blatt und einen Kugelschreiber heraus. Er schrieb etwas auf das Stück Papier, zerknüllte es und übergab es ihr. Seine Augen leuchteten. »Ich habe Ihr Alter auf diesem Zettel vermerkt«, sagte er und lehnte sich genüsslich zurück.

Anna entfaltete das zerknitterte Papier:

29

»Das kann nicht sein.« Sie starrte den Fremden mit offenem Mund an, bevor sie in schallendes Gelächter ausbrach.

»Reiner Zufall.«

»Wieso? Stimmt die Zahl nicht?«

»Doch, aber ..., aber ...«, stammelte sie.

Der Mann rieb sich die Hände und lächelte sie an, wie ein böser Geist aus der Vergangenheit.

Anna strich sich eine Haarsträhne hinters Ohr und fragte sich, was da gerade abgelaufen war.

Dreißig, vierzig Sekunden Schweigen.

»Ist das Ihre erste Reise nach Namibia?«, durchbrach er die Stille.

»Das ist das zweite Mal. Vor einem Jahr hat unsere Schule ein Austauschprojekt mit einer Partnerschule in Windhuk gestartet.«

»Was für ein Zufall. Meine Frau ist auch Lehrerin in K ... in Düsseldorf. Sie hat vor einem halben Jahr einen Versetzungsantrag nach Stuttgart gestellt.«

»In ein anderes Bundesland? Das kann dauern.«

»Ist Ihr Gatte auch Lehrer?«

»Woher wissen Sie, dass ich verheiratet bin?«, fragte sie verdutzt.

»Der Ring an Ihrem Finger.«

Anna atmete auf. »Ja«, log sie, »für Mathe und Sport.«

Der Fremde grinste. »Sie sind rot geworden. Das war geflunkert, oder?«

Anna rieb sich den Nacken. Der Mann war ihr unheimlich. Er schien keine Berührungsängste mehr zu haben. Sein Blick veränderte sich schlagartig. Die Freundlichkeit, die eben in seinen Augen gestanden hatte, verschwand.

Hätte ich ihn bloß nicht angesprochen.

Das Flugzeug rollte langsam in Richtung Startbahn und hob Minuten später ab. Anna lehnte sich zurück und schloss die Augen.

»Darf ich mir eine persönliche Bemerkung erlauben?«, unternahm der Fremde einen weiteren Versuch und rückte noch näher an sie heran. Er stank aus allen Poren. Ein Gemisch aus Schweiß und Knoblauch stieg ihr in die Nase. Ohne ihre Antwort abzuwarten, legte er nach.

»Ich liebe starke Frauen.« Gleichzeitig berührte seine Hand ihre Hüfte. »Besonders, wenn sie was auf den Rippen und sonst wo haben.«

Anna zuckte zusammen, riss die Augen auf und schlug wild um sich.

»Lassen Sie mich in Ruhe, Sie Widerling«, schrie sie.

Das Gesicht des Mannes lief feuerrot an. Fluchtartig wich er zurück. Aus den Augenwinkeln sah sie, wie die Passagiere in den äußeren Sitzreihen herüber gafften.

Anna griff nach der Decke aus der Ablage und warf sie über den Kopf. Alles zog sich in ihr zusammen. Da war sie auf einmal wieder, diese Wut. Dieses beklemmende Gefühl der Ohnmacht gegenüber Männern, die dicke Frauen als Sexobjekte betrachteten oder glaubten, sie müssten gefälligst dankbar sein, dass sie ihnen überhaupt Aufmerksamkeit schenkten. Erinnerungen aus ihrer Jugend, in denen Jungen sie wegen ihrer Fettleibigkeit gedemütigt hatten, waren wieder präsent.

»Möchten Sie etwas trinken?«, ertönte eine Frauenstimme.

Anna zog die Decke zurück und öffnete die Augen. Eine Stewardess lächelte sie an.

»Einen Kaffee, bitte.«

»Gerne. Mit Milch und Zucker oder Süßstoff?«

»Schwarz, ohne alles.«

Die Flugbegleiterin reichte Anna den Becher. Sie trank einen Schluck. »Das tut gut«, murmelte sie vor sich hin.

»Ich hätte auch gerne einen Kaffee«, sagte der Fremde am anderen Ende der Reihe.

»Meine Kollegin bedient Sie gleich.«

Anna presste die Lippen fest zusammen.

Jetzt nur nicht in seine Richtung schauen, ging es ihr durch den Kopf.

»Junge Frau, meine Bemerkung tut mir leid. Es war nicht so gemeint«, sagte er, als wenn seine Aufdringlichkeit eine Lappalie gewesen wären.

»Lassen Sie mich in Ruhe«, erwiderte sie und fletschte die Zähne, ohne ihn anzuschauen.

»Ich kenne Frauen wie Sie. Sie sagen das eine und wollen das andere.«

Anna biss sich auf die Zunge. *Dem wird es nicht gelingen, mich mit diesem üblen Trick aus der Reserve zu locken,* dachte sie und zeigte keinerlei Regung.

Kurze Zeit später wurde das Essen serviert. Sie rührte es kaum an. Die Attacke des Mannes war ihr auf den Magen geschlagen.

Nachdem die Stewardess das Geschirr wieder abgeräumt hatte, streckte Anna beide Beine aus, legte die Decke über sich und versuchte einzuschlafen. Unmöglich. Die Worte des Mannes spukten ihr im Kopf herum.

Sie sind mir vertraut, hatte er gesagt. *Was meinte er damit?*

Endlich nickte sie ein, wachte aber kurze Zeit später wieder auf, ging zur Toilette, kehrte zurück und stellte sich schlafend ... bis der der Kapitän den Anflug auf Windhuk ankündigte.

Kurz nach der Landung folgte Anna dem Pulk der anderen Passagiere im Flughafengebäude. Ihr Herz klopfte bis zum Hals, als sie die Gepäckausgabe erreichte. Ihr Blick wich nicht vom Förderband. Jedes Mal, wenn sich die Luke mit den neuen Gepäckstücken öffnete, kniff sie die Lippen zusammen. Sie streckte sich und ließ die Schultern hängen. Ihr roter Koffer mit dem Geldumschlag im Inneren war nicht dabei.

Nach einer halben Stunde blieb das Band stehen. Anna sah sich um. Außer ihr warteten noch vier Reisende. Eine junge Frau neben ihr zuckte mit den Achseln.

»Im letzten Jahr haben wir ein ähnliches Problem gehabt. Damals wurde das Gepäck am dritten Tag an die Lodge nachgeliefert. Alles war durchgewühlt.«

Annas Puls schoss nach oben. Es verstrichen weitere quälende Minuten. Anna spürte, wie ihr der Schweiß an den Schläfen entlanglief. Fahrig wischte sich mit der Hand durch das Gesicht.

Endlich, das Band bewegte sich wieder. Anna atmete auf, als sie ihren Koffer entdeckte. Fast geschafft. Jetzt noch durch den Zoll.

Erst als sie die Passagierkontrolle durchlaufen hatte, ließ die Anspannung nach.

Anna betrat die Ankunftshalle und erspähte Mike mit seiner unverkennbaren Rasta-Frisur an der Information. Er grinste wie ein kleiner Junge, warf die Hände in die Luft und kam ungestüm auf sie zugelaufen.

»Du hast dein Versprechen gehalten. Ich freue mich riesig, dich wiederzusehen. Du siehst blendend aus.« Er sprach Englisch mit einem schwarzafrikanischen Akzent.

»Danke.«

Anna sah ihn an. Die blitzenden Augen, das fröhliche Lächeln, der warmherzige Ausdruck auf seinen Gesichtszügen versetzte sie in Hochstimmung. Sie klatschte in die Hände.

»Hast du deinen Cousin mitgebracht?«

»Ja, Edem wartet, draußen im Parkverbot.« Mike schnappte sich ihren Trolley und Anna folgte ihm. Beim Hinausgehen sah sie den Fremden aus dem Flugzeug, der am Schalter einer Autovermietung stand.

Den sehe ich hoffentlich nie wieder.

Mike drehte sich um. »Was ist los?«

Sie zeigte auf den Mietwagenverleih. »Der Mann da drüben.«

»Was ist mit ihm?«

»Erzähl ich dir später.«

Sie verließen das Flughafengebäude. Anna blinzelte in die Sonne, die vom blauen wolkenlosen Himmel strahlte. Der Duft des salzigen Kalaharisands stieg ihr in die Nase und brachte sie zum Niesen. Sie ließ die Handtasche fallen und hielt sich beide Hände vors Gesicht.

»Gesundheit. Alles in Ordnung?«, fragte Mike.

»Alles gut.«

Sie entdeckte Edem, der vor seiner Rostbeule, einem 40 Jahre alten Toyota Land Cruiser, stand und mit den Händen nervös herumfuchtelte.

Sie rannte auf ihn zu. »Schön, dich wiederzusehen.«

»Hi Anna.«

Er sah Mike an. »Wir müssen fahren. Die Polizei hat mich bereits zweimal ermahnt.«

Mike zog Anna zur Seite. »Hast du das Geld?«

»Ja, wie versprochen.«

Er strahlte. »Vielen, Dank.«

Edem war gerade dabei, Annas Gepäck in den Kofferraum zu laden.

»Warte einen Moment«, forderte sie ihn auf. Sie öffnete den Koffer und wühlte hektisch darin herum, bis sie sie den Umschlag gefunden hatte. Sie ließ ihn in der Handtasche verschwinden.

»Wir müssen«, sagte Edem.

Anna nahm auf dem Rücksitz, Mike auf der auf der Beifahrerseite Platz. Edem startete den Motor und bretterte los in Richtung Katutura, einem Township, in den die schwarze Bevölkerung in den 50er-Jahren zwangsumgesiedelt wurde. Das Viertel war geprägt von Armut, Drogen und Alkoholmissbrauch. Gewalt und Kriminalität waren an der Tagesordnung.

Anna hatte Mike vor eineinhalb Jahren dort im Rahmen ihres Schulprojektes getroffen, wo er bei dem Aufbau einer Suppenküche für eine Grundschule geholfen hatte. Als er ihr damals die illegal errichtete Unterkunft seiner Familie gezeigt hatte, war sie geschockt. In zwei Wellblechhütten, ohne Strom, Wasser oder Toiletten hatten zehn Familienmitglieder gehaust.

Für Europäer unvorstellbar, für die Einheimischen aber gab es keine Alternative. Mikes Bemerkung hatte sich in ihrem Gehirn eingebrannt: *You know life is tough my sista but we are happy.*

Anna war erschüttert gewesen und hatte nach einer menschenwürdigen Unterkunft für ihn und seine Angehörigen gesucht. Sie fand feste Behausung im Osten des Townships. Die Miete war für die Familie unerschwinglich, sodass Anna die Zahlung der Rate übernahm. Das neue Heim mit fließendem Wasser, Strom und eigener Toilette war für die Bewohner purer Luxus.

»Bei dir alles in Ordnung?,« unterbrach Mike die Stille.

Anna wurde rot. »Ja, Gott sei Dank und bei dir?«

»Mit Hilfe deiner Unterstützung lebt unsere Familie jetzt wie im Schlaraffenland.«

Bald erreichten sie die Außenbezirke Kataturas. Eine dicke Staub- und Rauchwolke hing über dem Viertel. Jedes Mal, wenn sie durch eines dieser unzähligen Schlaglöcher fuhren, wurden sie durchgeschüttelt.

»Aua«, schrie Anna, als sie mit dem Kopf an das Dach des Autos stieß. »Willst du mich umbringen?«

»Sorry«, sagte Edem grinsend.

Sie passierten Marktstände mit exotischen Gewürzmischungen, Imbissständen und Haushaltswaren.

Plötzlich drückte Edem auf die Hupe und trat voll in die Bremse. Vor ihnen überquerte eine Ziegenherde die Piste. Der Hirte blieb stehen und versperrte den Weg. Er hob seinen Stock und schwang ihn über den Kopf.

Anna schnappte nach Luft. Sie öffnete das Fenster und schaute direkt auf ein Restaurant. Neben dem Eingang waren Ziegenköpfe aufgespießt, die gegrillt aussahen, als würden sie lächeln. Ein warmer Hauch von faulendem Fleisch stieß ihr entgegen und verschlug ihr fast den Atem.

»Machst du das Fenster wieder zu«, bat Edem und fuhr weiter.

Links und rechts spielten Kinder Fußball, turnten auf einem ausgeschlachteten Auto herum oder standen apathisch am Straßenrand.

»Es hat sich wenig verändert«, sagte Mike. Er zeigte auf ein Gebäude, wo eine Horde von Schülern in einer Reihe aufgestellt hatten. »Einige Kinder sind Glückspilze und in Heimen untergekommen. Nach wie vor werden zu viele Kinder geboren und von ihren Eltern ausgesetzt, weil sie sich nicht um ihren Nachwuchs kümmern können.«

Anna senkte den Kopf. »Schande für die gesamte westliche Welt.«

Mike nickte nur.

Kurz darauf bogen sie in die Straße ab, in der die Familie wohnte. Ein Haus ähnelte dem anderen, quadratisch und aus Rohbeton gebaut. Die Gegend galt als die beste in Katutura. In den Häuschen mit drei bis vier Zimmern lebten durchschnittlich acht bis zwölf Menschen. Mike parkte das Auto direkt vor dem Haus, stieg aus, öffnete Anna die Beifahrertür und reichte ihr die Hand.

»Willkommen in unserem Heim.« Afrikanische Gesänge und Trommeln schallten ihr entgegen.

Sie verließ das Auto und reckte und streckte sich. Ihr Kleid klebte auf der Haut. Der Duft von gegrilltem Fleisch und exotischen Gewürzen stieg ihr in die Nase. Eine Gruppe barfüßiger Kinder klatschte vor Freude und kam auf sie zugelaufen. Anna griff in die Tasche und nahm eine Tüte mit Süßigkeiten heraus.

Die Kleinen stellten sich in einer Reihe auf, traten einzeln an sie heran und bedankten sich mit einem »Thank you, Mom.«

Kein Vordrängeln, kein Geschubse. Die Kinder in meiner Schule könnten sich davon eine Scheibe abschneiden, dachte sie.

Anschließend betraten Anna und Mike den Innenhof, der durch Drahtzäune und Schrottteile abgeteilt war. Über der Eingangstür hing ein aus bunten Perlen hergestelltes Schild: *Welcome Anna.*

Auf der Empore tanzten Herero-Frauen in ihrer typischen Tracht zu den Klängen afrikanischer

Musik. Zwei Männer begleiteten sie auf einer Bechertrommel.

Mikes Großvater, mit 87 Jahren der älteste in der Familie, thronte auf dem Sessel unter einem Köcherbaum und rauchte in seiner langen Pfeife ein undefinierbares Kraut. Hin und wieder blies er einen Ring in die Luft, der sich lustig drehte. Sein Blick war düster, sein Gesicht von tiefen Falten übersät.

Anna ging auf ihn zu und verbeugte sich.

»Welcome, welcome«, sagte er apathisch.

Daraufhin griff sie in die Tasche und überreichte ihm den Umschlag. Seine Miene hellte sich blitzartig auf. Er stützte sich an den Armlehnen ab, stand auf und humpelte ins Haus.

Nach kurzer Zeit kam er mit einem zahnlosen Lächeln zurück und nickte »Thank you, thank you so much.«

Mike nahm Annas Arm und führte sie zum Holzgrill. »Kudu und Springbock.«

»Mmh, mir läuft das Wasser im Munde zusammen.«

Einer der Jungs reichte ihnen einen Teller mit jeweils zwei Steaks.

»Nehmt Platz«, forderte er sie auf.

»Danke«, sagte Mike. Beide setzten sich an einen der Tische. Anna nahm das Besteck und schnitt ein Stück vom Fleisch ab.

»Ausgezeichnet, *medium rare*. So liebe ich es«, bemerkte sie und hob den Daumen. Mike aß das

Steak mit den Fingern und tunkte es zwischendurch in eine Soße ein.

Anna musterte ihn amüsiert.

»Was ist?«, fragte er.

»Du bist ein echter Afrikaner.«

»So schmeckt es mir am besten.«

Anna lachte nur und übergab das benutzte Geschirr wenig später an zwei Mädchen, die den Tisch abräumten. Sie ließ ihren Blick über das Gelände schweifen.

»Schön habt ihr es hier.«

»Wir fühlen uns auch sauwohl. Kein Vergleich mit der alten Behausung.«

Sie hörte das Zirpen der Zikaden, die in dem hohen Gras rund um das Haus saßen.

»Sind die Grillen immer so laut?«

»Ich höre sie gar nicht mehr.«

Mike drehte sich um. Sein Großvater stand mit einer Flasche selbstgebranntem Schnaps und drei Bechern hinter ihm. Er stellte sie auf den Tisch und füllte sie bis zum Rand. »Gut für Eure Gesundheit.«

»Ich muss noch fahren Granddad.«

Der alte Mann nickte nur freundlich und trank das Gesöff in einem Zug.

»Das Feuerwasser reinigt eure Seele«, sagte er und drehte sich zu den anderen Familienmitgliedern um.

Anna und Mike stießen kurz an, nippten am Becher und kippten den Rest auf den Boden. Es war eine Art Gin, aber ungenießbar.

Am frühen Nachmittag machten sich Anna und Mike mit dem Toyota auf zur ca. 30 Kilometer entfernten *Eagle Rock Lodge*.

Er warf seine Reisetasche auf den Rücksitz, setzte sich hinters Steuer und raste los.

»Heute vor fast genau einem Jahr habe ich dich an einem Wochenende auf der Lodge besucht?«

»Wir haben zusammen eine Safari unternommen.«

Mike schmunzelte. »Das war einmalig. Und nicht nur das.«

Anna schwieg und versuchte, sich ihre innere Unruhe nicht anmerken zu lassen.

»Juhu«, juchzte er, stieß undefinierbare Freudenschreie aus und sang afrikanische Lieder. Mit hoher Geschwindigkeit brauste er über die Piste. Anna beugte sich zu ihm hinüber und warf einen Blick auf den Tachometer: 100 Kilometer/h. Sie schaute in den Außenspiegel. Das Auto hinterließ eine riesige aufgewühlte Staubwolke.

Anna beugte sich nach vorne und hielt beide Hände vors Gesicht. »Fahr bitte langsamer, mir ist übel«, bat sie ihn.

In dem Moment überquerte zehn Meter vor ihnen ein Kudu die Fahrbahn. Mike trat voll auf die Bremse. Das Auto schleuderte und kam erst neben der Piste im Gebüsch zum Stehen.

Anna war in kaltem Schweiß gebadet.

»Alles gut?«, fragte er.

»Ja, aber jetzt höre endlich auf zu rasen«, keifte sie ihn an. »Hast du mich verstanden?«

Mike schwieg. Er stieg aus, ging einmal um den Wagen und musterte ihn.

»Alles in Ordnung«, sagte er, setzte sich wieder ans Steuer und fuhr mit geringerer Geschwindigkeit weiter.

Nach einer halben Stunde erreichten sie ihr Ziel. Charlotte, eine deutsche Auswanderin, die die Lodge führte, empfing sie mit einem Willkommenskuss.

»Ich habe für euch das neue *Wedding Chalet* reserviert.«

»Da bin ich gespannt«, sagte Anna.

»Auf der Theke im Aufenthaltsraum findet ihr etwas zum Knabbern, Biltong und Cookies, zur ersten Stärkung«, sagte Charlotte.

»Das ist nett von dir. Wir werden uns zunächst frisch machen und eine Runde schlafen«, entgegnete Anna.

»Wie ihr möchtet. Dann sehen wir uns später beim Abendessen.«

Anna und Mike nahmen das Gepäck und machten sich auf zu ihrer Unterkunft. Sie lag abseits der anderen Bungalows am Rande der Lodge. Sie betraten die von Gräsern und Kakteen eingerahmte Terrasse mit Grillplatz.

»Hier lässt es sich aushalten, oder Mike?« Er drehte sich um die eigene Achse. »Die Aussicht, auf das Khomashochland ist ein Traum.«

Sie öffneten die Tür, betraten das Wohnzimmer und stellten ihre Koffer ab.

Mikes Augen leuchteten. »Das Haus ist größer und gemütlicher als das vom letzten Mal.« Er zeigte auf die gegenüberliegende Wand. »Schau, die Masken, die Wandbilder und überall diese warmen Erdtöne.« Mike kam aus dem Staunen nicht mehr heraus. »Und die integrierte Küche mit allem Schnickschnack.«

»Und diese zwei Schlafzimmer«, konterte Anna und zeigte auf die zwei geöffneten Türen. »Du schläfst im rechten, ich im linken Zimmer. Okay?«

Mike verzog sein Gesicht. »Meinst du das ernst? Beim letzten Mal haben wir ein Bett geteilt.«

»Dieses Mal nicht.«

»Schade.« Er schüttelte den Kopf. »Wie du möchtest.«

Sie schob ihren Trolley in das linke Schlafzimmer, nahm den Kulturbeutel und frische Wäsche und ein Nachthemd heraus.

Auf dem Weg zum Bad stand Mike plötzlich splitternackt vor ihr. Sie trat einen Schritt zurück und schluckte. Er fuhr sich mit der Zunge über die Lippen.

»Warte einen Moment. Ich komme mit. Schau mal!«

Sein Penis stand in voller Pracht. Sein zierlicher Körperbau ließ sein bestes Stück noch größer erscheinen. Seine rosafarbene Eichel glänzte wie poliert.

Anna schnaufte durch. »Denke an unsere Abmachung!«

»Keinen Sex?«

»Genau.«

»Warum nicht?«

»Vielleicht möchte ich, aber ich kann nicht.«

»Jetzt verstehe ich gar nichts mehr.«

»Es tut mir wirklich leid Mike, versuche es einfach mal zu akzeptieren.«

»Schade«, seufzte er und sah betreten auf den Boden. Er stand da wie ein begossener Pudel, offensichtlich verwirrt, bis er wohl realisierte, dass er sie nicht mehr umstimmen konnte.

Sie verschränkte die Arme vor der Brust und eilte ins Bad. Ihre Kleider klebten auf der Haut. Sie riss sie sich vom Leib und warf sie auf den Boden. Anna griff nach dem Duschgel und verteilte es auf den ganzen Körper. Sie drehte die Dusche auf und ließ das Wasser so lange auf sich herunterprasseln, bis der letzte Schaum verschwunden war. Sie trocknete sich ab, föhnte die Haare und zog das Nachthemd über. Wortlos schlich sie sich in ihr Schlafzimmer und legte sich unter die Decke.

Als Anna wieder aufwachte, war es dunkel. Sie zog sich frische Wäsche und ihr Safarikleid an, trug ein wenig Make-up auf und kämmte sich die Haare.

Zurück im Wohnzimmer klopfte sie an Mikes Schlafzimmertür und öffnete sie einen Spalt.

»Du kannst jetzt duschen, wenn du es noch nicht gemacht hast. Ich gehe schon mal vor.«

Er gähnte und reckte sich. »Okay.«

»Versprich mir bitte, dass du hier beim Essen dein Besteck benutzt.«

»Kein Problem«, murmelte er.

Anna griff nach ihrer Handtasche und verließ den Bungalow.

Das Haupthaus war hell erleuchtet. Sie öffnete die Tür, warf einen Blick ins Innere. Ein vertrauter Anblick. An den Wänden hingen Jagdtrophäen von Antilopen und afrikanische Schnitzereien. Die Bar neben dem Kamin war leer und an dem langen Esstisch in der Mitte, saßen vier Erwachsene mit ihren Kindern. Ihr Blick schweifte weiter in den hinteren Bereich der Lounge.

Plötzlich zuckte sie, wie von einem Blitz getroffen, zusammen. Sie drehte sich auf dem Absatz wieder herum und rannte zurück in den Bungalow. Mike lief ihr direkt in die Arme.

»Was ist passiert?«

»Der Kerl aus dem Flugzeug ist wieder da! Ich glaube, der verfolgt mich«, sagte sie völlig außer Atem.

»Bitte? Welcher Kerl?«

»Der Typ aus dem Flieger sitzt im Speiseraum.«

»Na und?«

»Er hat mich beleidigt und angefasst.«

Anna erzählte Mike von der Begegnung mit dem Fremden und seinem merkwürdigen Verhalten.

»Das kann doch kein Zufall sein«, murmelte sie vor sich hin.

»Warte, ich begleite dich.« Er zog sich eine Jacke über und hakte sie unter. »Auf geht's. Gemeinsam sind wir stark.«

Sie erreichten den Eingang. Anna blieb stehen.

»Siehst du dahinten den Mann in der Ecke? Das ist er.«

»Der mit der Glatze?«

»Genau.« Sie griff nach seiner Hand.

»Keine Angst, ich bin bei dir.«

Mike öffnete die Tür. Als Charlotte beide entdeckte, kam sie ihnen entgegen.

»Ich habe den Tisch drüben am Fenster für euch gedeckt.«

»Danke«, sagte Anna, ohne sie anzuschauen. Sie starrte auf den Mann auf der anderen Seite des Raumes direkt neben der Bibliothek. Jetzt war sie sicher, ihn schon einmal gesehen zu haben. Aber wo?

Charlotte führte sie zu dem vorgesehenen Platz. »Heute gibt es Warzenschweinbraten mit Karotten und Süßkartoffeln.«

»Oh, super, eines meiner Lieblingsgerichte«, sagte Mike.

»Und was möchtet ihr trinken?«

Er stieß Anna an, die sich fast den Hals verrenkte und immer noch auf den Mann starrte, der einen Schluck Rotwein trank.

»Anna, was möchtest du trinken?«

»Ein Bier.«

»Zwei Bier, bitte.«

Plötzlich erhob sich der Mann von seinem Stuhl.

Er ging direkt an ihrem Tisch vorbei und blieb stehen.

Beiläufig bemerkte er: »So sieht man sich wieder.«

Anna klammerte sich an Mikes Arm. »Sag doch was«, forderte sie ihn auf.

»Was hat er denn Schlimmes gesagt?«

Der Mann musterte Anna einen Moment und zog grinsend in Richtung Toilette weiter, während sie sich nervös die Nase rieb.

»Mike hast du immer noch nicht verstanden. Der Kerl verfolgt mich. Er will etwas von mir. Wenn ich nur wüsste was? Dieser ...«

Charlotte, die zwei Flaschen Bier brachte und auf den Tisch stellte, unterbrach Anna. Kurz darauf servierte eine Angestellte das Essen.

»Boah, das sieht ja lecker aus«, sagte Mike und hielt seine Nase über das dampfende Gericht.

Anna reagierte nicht, sondern starrte auf die Toilettentür. Die öffnete sich. Der Kerl blieb stehen und schaute kurz zu ihr hinüber, bevor er zu seinem Tisch zurückging.

Anna atmete auf und konzentrierte sich wieder auf Mike, der auf einem Stück Fleisch herum knabberte und genüsslich schmatzte.

»Du bist unmöglich, Mike. Wie kannst du dein Essen genießen? Mir ist der Appetit vergangen.«

»Kann es sein, dass Du dir das mit dem Mann nur einbildest? Vielleicht ist es reiner Zufall«, bemerkte er und kaute seelenruhig weiter.

Sie schob ihren Teller mit funkelnden Augen zur Seite.

»Das meinst du nicht ernst, oder?«

»Tut mir leid, Anna. Ich wollte dich nicht verärgern. Solange ich bei dir bin, bist du sicher. Ich schwöre.«

Er nahm die Flasche Bier. »Prost Anna, alles wird gut.«

Sie zögerte einen Moment und legte ihre Hand auf seine. »Du hast recht. Prost Mike.«

Es gelang Anna doch noch, ein paar Happen zu essen. Schließlich aber ließ sie das Besteck sinken.

»Ich kann nicht mehr. Möchtest du den Rest?«

»Gerne, gib her.«

Sie schob den Teller zu ihm hinüber und beobachtete schmunzelnd, mit welcher Geschwindigkeit er aß.

Als er fertig war, hielt er die Hand vor den Mund, konnte ein Rülpsen nicht vollständig unterdrücken.

»Verzeihung, aber so gut habe ich lange nicht mehr gegessen.«

»Du bist mir einer«, sagte sie und drehte sich um. Der Mann war weg.

Daher ließ Anna sich Zeit, ihr Glas auszutrinken. Mike tat es ihr nach, dann standen sie auf.

Charlotte kam auf sie zu.

»Hat es euch geschmeckt?«

»Ja, das Essen war fantastisch«, sagte Anna, während Mike nickte.

»Das freut mich. Eure Teller sind ja auch

blitzeblank. So lieb ich es.«

Anna lachte während sie aufstand. »Gute Nacht. Charlotte«

»Gute Nacht. Schlaft gut.«

Zurück im Bungalow, zog Anna die Vorhänge zu, bevor sie sich an Mike wandte.

»Ich kann heute nicht alleine schlafen. Der Kerl verfolgt mich. Ich will nichts von dir. Ich möchte nur neben dir liegen. Verstehst du das?«

Mike schaute sie ungläubig an und schüttelte den Kopf.

»Wie stellst du dir das vor? Wenn ich dich spüre, stehe ich völlig unter Strom. Gerade schon wieder. Dann überkommt es mich einfach. Ich habe keine Lust, es mir immer selbst zu besorgen. Gibt es einen Kompromiss?«

Anna biss sich auf die Unterlippe, schaute auf seine ausgebeulte Hose und atmete tief durch. »Okay, wir machen einen Deal. Wir schlafen in einem Bett, ohne miteinander zu bumsen. Ich verschaffe dir anderweitig Erleichterung. Was hältst du davon?«

Er strahlte. »Einverstanden.«

Als Anna am nächsten Morgen aufwachte, lag Mike mit offenen Augen neben ihr. Sie lächelte ihn an und legte eine Hand auf seinen Oberschenkel.

»Mir geht wieder besser«, sagte sie. »Danke für dein Verständnis.«

Mike richtete sich auf und streichelte ihr über

den Kopf.

»Mir geht es auch besser«, sagte er und lächelte schelmisch. »Lass uns vor dem Frühstück noch schnell duschen.«

»Machen wir«, sagte Anna. »Ich geh zuerst.«

Beide sprangen fast gleichzeitig aus dem Bett. »Ich wasche dir den Rücken«, sagte Mike. »Und ich deinen«, erwiderte Anna.

Nach einer halben Stunde verließen sie gut gelaunt ihr Bungalow.

»Wenn der Kerl mich wieder anspricht, kann er was erleben«, sagte Anna und ballte die Faust. Sie war fast traurig, als sie ihn im Essraum nicht entdecken konnte.

Auch an den folgenden Tagen tauchte der Fremde, weder beim Frühstück, noch beim Abendessen auf.

»Ist der alleinstehende Herr mit der Glatze abgereist?«, fragte Anna Charlotte schließlich.

»Du meinst den Herrn aus Köln? Nein, der hat bis Samstag gebucht. Er hat heute schon um sieben gefrühstückt und ist dann nach Windhuk gefahren.«

Komisch, dachte Anna, *mir hat er gesagt, er käme aus Stuttgart. Und jetzt kommt er angeblich aus meiner Heimatstadt.*

Am frühen Morgen des vorletzten Tages ihres Aufenthaltes brachen Anna und Mike auf an die Küste nach Swakopmund. Sie wollte ihn belohnen, für seine Hilfe beim Aufbau der Suppenküche und für seine sonstigen Dienste. Mike war noch nie aus Windhuk rausgekommen und wollte unbedingt einmal das Meer sehen.

Für Anna war es ein leichtes, ihm diesen Wunsch zu erfüllen.

Bevor sie ins Auto stiegen, nahm sie ihn zur Seite und sah ihn ernst an. »Dieses Mal fährst du bitte langsamer.«

Mike grinste. »Ich werde es versuchen.«

»Freust du dich?«

»Ich bin ganz aufgeregt. Endlich werde ich das Meer sehen.«

Mike steckte einen USB-Stick mit Liedern von Bob Marley in das Autoradio.

No Woman No Cry, dröhnte es aus den Lautsprechern. Er bewegte seinen Kopf im Rhythmus der Musik.

»Das ist einer meiner Lieblingssongs. Es ist ein Trostsong. *Nein, Frau weine nicht* ist die richtige Übersetzung.«

»Tu ich doch nicht ... noch nicht«, sagte sie und neigte den Kopf zur Seite.

Nach drei Stunden erreichten sie Swakopmund. Mike parkte das Auto direkt an der Strandpromenade. Er stieg aus, Anna folgte ihm. Eine dichte Dunstglocke schwebte über der Stadt. Ein frischer Wind wehte vom Atlantik und peitschte beiden die Haare ins Gesicht. Mike reckte sich.

»Ich rieche Freiheit.« Er juchzte vor Freude wie ein kleines Kind, bewegte seine Nase und atmete stoßartig ein und aus, wie ein schnüffelnder Hund.

»Es duftet nach Salz und Äpfeln.«

Anna krümmte sich vor Lachen. »Du meinst, nach Salz und Algen.«

»Woher soll ich wissen, wie Algen riechen?«

»Komm, wir gehen zum Wasser«, forderte ihn Anna auf und reichte ihm die Hand.

Es war Flut. Die Wellen brachen über den Strand herein. Anna drehte sich mit dem Rücken zum Meer und streckte die Hände in den Himmel.

»Spürst du den Duft der großen weiten Welt?«

»Pass auf! Da kommt eine Welle!« Im letzten Moment packte Mike ihren Arm und zog sie einige Meter zurück. Anna lachte wie ein Lausbub, dass ihr die Tränen kamen.

»Du hast mich gerettet, du bist mein Held.«

»Warum lachst du?«

»Ich musste gerade an ein Ereignis aus meiner Kindheit denken. Damals hat mich eine Welle an der Nordsee mit voller Wucht überrollt.«

»Nordsee? Nie gehört.«

»Ein Meer in Deutschland.«

»Ich würde dein Land gerne kennenlernen.« Sie lief rot an und zog die Augenbrauen zusammen.

»Ich weiß nicht ... Vielleicht ergibt sich mal eine Gelegenheit.«

Mike unterbrach sie. »Danke für den wunderschönen Tag. Den werde ich nie vergessen«, sagte er und presste die Lippen zusammen.

»Der Tag ist noch nicht zu Ende. Ich habe eine Überraschung.« Anna zeigte auf die Seebrücke, die aus dem Dunst auftauchte und bis weit ins Meer reichte.

»Siehst du das Gebäude auf der Spitze der Landungsbrücke? Da gehen wir hin.«

»Was ist das? Ein Museum?«

»Nein, es ist das exklusivste Restaurant vor Ort. Das *Jetta 1905.*«

Mike stutzte. »Und was machen wir da?«
Anna nahm sein Gesicht in beide Hände und kniff ihn in die Wangen.

»Was macht man wohl in einem Restaurant?«

Sein Blick streifte über sein ausgewaschenes T-Shirt und seine, mit Flecken übersäte, Safarihose.

Anna reagierte sofort. »Du hast recht. So nehme ich dich nicht mit. Wir werden dich in einer Boutique neu einkleiden.«

Mike rieb sich das Ohr. »Wir können doch auch eine Kleinigkeit in einem Imbiss essen.«

»Das könnte dir passen. Ich habe ein Bekleidungsgeschäft in der Nähe deines Autos gesehen. Da gehen wir nun hin.«

Anna nahm seine Hand und marschierte mit ihm zum Modegeschäft. Vor dem Schaufenster blieben sie stehen.

»Guck mal die Shorts da vorne. Sieht die nicht schick aus? Die ziehst du jetzt einmal an«, forderte sie ihn auf und schob ihn in den Laden.

Nach einer halben Stunde war er eingekleidet: neue Sandalen, kurze Hose und ein buntes Hemd mit afrikanischen Tieren.

»So gefällst du mir«, sagte Anna, bezahlte und wollte rausgehen.

»Stopp.« Er wandte sich an die Verkäuferin. »Können sie mir die alten Sachen bitte in eine Tüte einpacken. Die würde ich gerne mitnehmen.«

Die Frau zuckte mit den Achseln und nickte.

Sie überquerten gleich darauf die Promenade und schlenderten in Richtung Restaurant. Anna hatte die besten Plätze direkt am Panoramafenster reserviert. Sie setzten sich und sahen sich um. Selbst nachdem sie Platz genommen hatten, schaute sich Mike weiterhin mit großen Augen um. Er nestelte an der weißen Tischdecke herum und berührte andächtig das Kristallglas.

»Das ist eine andere Welt«, schwärmte er. »Und der Ausblick auf das Meer, die Landungsbrücke und die Strandpromenade, cool. Passiert das gerade wirklich? Es ist wie ein Traum. Ich fühle mich wie ein König.« Seine funkelnden Augen wurden größer. »Danke Anna, ich bin überwältigt«, sagte er mit belegter Stimme. »Und ich bin traurig, weil du morgen wieder abreisen wirst.«

»Mike, du wirst ewig mein Held bleiben.« Anna beugte sich zu ihm hinüber und strich sanft über seine Rasta-Locken. »Ich liebe deine Frisur. Sie passt zu dir.«

»Die Haare sind mein ganzer Stolz. Niemals würde ich sie abschneiden lassen. Eher würde ich sterben wollen.«

»Jetzt übertreibst du aber.«

»Nein, weißt du, meine Haare sind mehr als Mode, sie sind Ausdruck einer alternativen Lebensweise, die sich gegen herrschende Gesellschaftsformen stellt.«

Anna legte ihre Hand auf seine. »Ich verstehe dich. Die Schere zwischen Arm und Reich auf der Welt wird immer größer.«

Mike nickte. »Auch weil die wohlhabenden Staaten wie Deutschland, nicht aufhören, uns auszubeuten. Weißt du zum Beispiel, wer am meisten von unseren Diamantenfeldern profitiert?«

»Die Industrieländer und ein verschwindend kleiner Teil eurer Bevölkerung.«

»So ist es. Und die Ausbeutung wird immer größer.«

Für ein paar Sekunden herrschte betretenes Schweigen. Anna schob eine Speisekarte zu ihm hinüber.

Heute soll es dir einmal besser gehen. Du hast die freie Wahl.«

Mike starrte Anna mit offenem Mund an. »500 bis 1000 Dollar. Du bist verrückt. Von diesem Geld kann ich eine Woche länger leben.«

»Das sind umgerechnet ca. 30 bis 60 Euro. Die bist du mir wert. Es soll ein besonderer Abschied sein.«

Sie zögerte einen Moment. »Und außerdem tut es mir nicht weh.«

Er blätterte durch die Speisekarte und nahm Annas Angebot an.

Nach eineinhalb Stunden verließen sie abgefüllt und zufrieden das Restaurant.

Auf der Landungsbrücke blieben sie stehen und schauten aufs Meer. Es hatte sich zurückgezogen und die Wellen bewegten sich sanft am weißen Sandstrand. Anna legte ihren Kopf an seine Brust.

»Ich wünschte ...« Sie brachte den Satz nicht zu Ende. Es lag etwas in der Luft. Traurigkeit, weil der Abschied immer näher rückte und Freude darüber, dass sie sich noch einmal begegnet waren.

Händchenhaltend kehrten sie zum Auto zurück. Mike startete den Motor. Doch ehe er losfuhr, schaute er Anna tief in die Augen. Er atmete schwer, sagte aber kein einziges Wort. Auch Anna schwieg und legte ihre Hand auf seine.

Es war stockdunkel, als sie Stunden später die Lodge erreichten. Auch im Aufenthaltsraum brannte kein Licht mehr.

Mike nahm die Taschenlampe aus dem Handschuhfach und leuchtete Anna den Weg. Sie bogen um die Ecke in Richtung ihrer Unterkunft, als Mike plötzlich an Annas Arm zupfte und stehen blieb.

»Pst.« Er hielt den Zeigefinger vor den Mund. »Hast du den Scheinwerfer gesehen? Da ist jemand in unserem Bungalow.«

Anna klammerte sich an Mikes Arm und schnappte nach Luft. Er streichelte ihr beruhigend über den Rücken. »Hab keine Angst, ich regle das.« Behutsam schlichen sie sich näher.

Anna zog ihn zu sich heran. »Vielleicht ist es Charlotte?«, hauchte sie ihm ins Ohr.

»Nein, die geht doch nicht heimlich in unseren Bungalow, schon gar nicht mit einer Funzel.«

Anna nickte.

»Ich glaube, der benutzt die Taschenlampe seines Smartphones«, flüsterte Mike.

Plötzlich, für eine Sekunde, fiel der Lichtstrahl auf das Gesicht der Gestalt.

Anna erstarrte. »Oh, mein Gott! Schon wieder dieser Kerl. Was macht der in unserem Appartement?«, flüsterte sie.

Sie bewegten sich bis auf drei Meter auf die Eingangstür zu. Mike ließ sie los und schlich näher an die Tür heran, die ein paar Zentimeter offen stand. Während Anna dicht hinter ihm blieb, griff er mit einer Hand durch den Spalt und schaltete den Lichtschalter an.

Ein Mann stand vor Annas geöffneten Koffer und hielt einige Dokumente in der Hand, die er offenbar vor Schreck fallen ließ.

»Er ist es tatsächlich. Was machen Sie in unserem Appartement?«, schrie Anna.

Daraufhin schüttelte der Kerl seine Erstarrung ab und versuchte zu fliehen. Mike versperrte ihm den Weg und drängte ihn zurück. Der Fremde taumelte rückwärts, stolperte dabei über das Leopardenfell und fiel gegen die Vitrine. Es poltere, dann prallte er mit dem Hinterkopf heftig auf den Natursteinboden auf und blieb regungslos liegen.

Mike wankte zurück und hielt sich die Hand vors Gesicht.

»Er ist tot. Ein Unfall. Nicht meine Schuld.«

Mit rasendem Puls drängte Anna sich an ihm vorbei. Der Unbekannte lag, umgeben von zerbrochenen Keramikteilen, auf dem Rücken in der Mitte des Wohnzimmers. Er blutete am Kopf und aus dem Mund. Zögernd setzte Anna einen Fuß vor den anderen, blieb stehen. Kalter Schweiß rann ihr über die Schläfe.

»Mike, check seinen Puls!«

»Okay«, sagte er, zwischen kurzen, stoßweise hervorgebrachten Atemzügen. Er kniete sich neben den Mann, fühlte den Puls am Hals, am Handgelenk und legte ein Ohr auf sein Herz. Dann schüttelte er den Kopf.

»Beatme ihn!«, befahl Anna.

»Ich kann nicht!«

»Dann mach eine Herzmassage!«

Mike setzte den Handballen auf die Mitte der Brust, platzierte die zweite Hand darüber und legte los.

Anna stand im Türeingang und gab den Rhythmus vor: »Stay, stay, stayin' alive – Stay, stay, stayin' alive …«

35

Mike drückte ungefähr hundertmal und kontrollierte zwischendurch immer wieder den Herzschlag. »Ich glaube, es funktioniert nicht.«

»Noch einmal!«, forderte Anna.

Doch alle Bemühungen blieben vergebens. Schweißgebadet richtete er sich auf und sah Anna hilfesuchend an.

»Mike, wir müssen den Krankenwagen und die Polizei anrufen.«

Er wurde kreidebleich. »Nicht die Polizei.«

»Warum nicht?«

»Die suchen nach mir. Sie werden sie mich wegsperren.«

Anna starrte ihn an. »Was hast du getan?«

»Kann ich dir nicht erzählen«, sagte er und senkte den Kopf. Dann antwortete er doch. »Drogen.«

»Das ist nicht dein Ernst? Du machst Witze, oder?«

»Nein, bestimmt nicht.«

»Und nun?«, fragte sie.

Er überlegte einen Moment. »Mach dir keine Sorgen. Ich hole den Wagen.«

Ehe sie reagieren konnte, war er schon unterwegs. Er parkte das Auto es direkt vor der Eingangstür und stieg aus, um den Kofferraum zu öffnen.

»Das kannst du nicht machen«, sagte Anna, nachdem sie begriff, was er vorhatte.

»Du brauchst keine Angst zu haben. Ich bringe ihn zum Krankenhaus nach Windhuk.« Er griff unter die Achseln des Mannes, schleifte ihn zum Auto und legte ihn in den Kofferraum.

Anna stand wie angewurzelt da und beobachtete, wie Mike den Kofferraumdeckel zuknallte und sich ans sich ans Steuer setzte. Er startete den Motor und öffnete das Seitenfenster.

»Ich bin bald wieder zurück«, sagte er und brauste davon, ehe sie reagieren konnte.

Anna setzte sich auf die Bank vor dem Bungalow. Sie war in Angstschweiß gebadet und ihr klapperten die Zähne. Den Kopf in beide Hände gestützt schloss sie die Augen.

Egal, wer dieser Mann ist, egal was er von mir wollte, er darf nicht sterben. Vielleicht hat er zu Hause eine Frau oder Kinder, die auf ihn warten. Es war ein Unfall.

Sie musste an ihre Mutter denken, die vor einem halben Jahr an den Folgen eines Sturzes gestorben war.

Anna rutschte auf der Bank hin und her.

Was ist, wenn Mike nicht zurückkommt, weil etwas schiefgelaufen ist, weil sie ihn verhaftet haben?

Sie wurde fast wahnsinnig, während sich ihre Gedanken ununterbrochen im Kreis drehten.

Endlich hörte sie wie, ein Auto auf dem Parkplatz ankam.

»Alles gut gegangen?«, fragte sie mit zittriger Stimme.

»Ja, ich habe ihn vor dem Krankenhaus auf eine erleuchtete Bank gesetzt und dann den Notdienst angerufen.«

»Hat er wieder geatmet? Glaubst du, er wird überleben?«

»Keine Ahnung«, antwortete er und schnaufte. »Lass uns reingehen, ich bin total geschafft.«

Erst jetzt merkte Anna, dass Mike etwas in der Hand hielt. Sie zeigte darauf. »Was hast du denn da mitgebracht?«

»Eine Maske. Du wirst es kaum glauben, aber als ich den Mann aus dem Kofferraum gezogen habe, ist er mit seinem Kopf an eine Kante gestoßen. Ich dachte erst, ein Teil seiner Haut würde an der Stirn herunterhängen.«

Anna schnappte Luft.

»Oh mein Gott, ich ahne Schlimmes.«

»Als ich ihn dann auf der Bank abgesetzt hatte, bemerkte ich, wie sein Gesicht auch an anderen Stellen irgendwie verzerrt war und Falten aufwies. Ich ging ganz nah an ihn heran und betrachtete ihn, wobei ich feststellte, dass er diese Maske trug.« Er rang nach Luft. »Die Haut am gesamten Kopf ließ sich wie eine Bananenschale abziehen. Plötzlich saß ein anderer Mensch vor mir, statt Glatze, dunkle Haare, kein Schnurrbart ... Anna, ich bin fix und fertig.«

Sie hielt sich den Kopf und versuchte, einen klaren Gedanken zu fassen.

»Okay, lass uns reingehen, Mike.«

Er nickte, ging ins Wohnzimmer, ließ die Maske auf den Boden fallen und marschierte direkt ins Bad. Anna bückte sich, nahm die Maske in die Hand und zog sie auseinander.

Wie echt die wirkt.

Sie schüttelte sich.

»Igitt«, murmelte sie vor sich her und steckte sie in eine Plastiktüte. Sie drehte sich um, öffnete den Besenschrank und griff nach dem Kehrblech und Handfeger. Sie warf einen Blick auf den Steinboden.

Von wegen, Scherben bringen Glück.

Als sie sich bückte, entdeckte sie ein Smartphone unter der Vitrine.

»Wie kommt mein Handy dahin?«, murmelte sie vor sich hin. Sie nahm es und steckte es in die Handtasche, bevor sie die Scherben aufkehrte und in den Abfalleimer warf.

Mike kam aus dem Bad und zog sich direkt zurück, ohne ein Wort zu sagen.

Anna duschte und legte sich anschließend neben ihn.

In der Nacht schien Mike Albträume zu haben. Immer wieder zuckte er zusammen und redete wirres Zeug.

Anna konnte kein Auge zumachen. In ihrem Kopf schwirrte es weiter.

Wäre ich doch schon zurück in Deutschland.

Am nächsten Morgen fühlte sich Anna leer und erschöpft. Sie hatte Kopfschmerzen und

Verspannungen im Nackenbereich. Ihre Beine waren schwer wie Blei. Selbst den allmorgendlichen Gang ins Badezimmer empfand Sie als Herausforderung.

Mike sah sie hin und wieder an, sprach aber kein Wort mit ihr, während er ihr Gepäck in den Kofferraum lud.

Sie tranken jeder hastig einen Kaffee, rührten die Brötchen und den Aufschnitt jedoch nicht an und standen auf. Charlotte kam auf sie zu.

»Was ist los? Ist euch etwas auf den Magen geschlagen? Oder ist was mit dem Frühstück nicht in Ordnung?«

»Nein, Mikes Mutter ist plötzlich krank geworden und muss ins Krankenhaus gebracht werden.«

»Das tut mir leid. Ich mach euch schnell noch ein Fresspaket für unterwegs.«

»Brauchst du nicht. Wir haben es wirklich eilig.«

Charlotte zuckte mit den Achseln. »Wie ihr wünscht.« Sie zögerte. »Habt ihr den Mann aus Köln gesehen? Der wollte heute Morgen bereits um sechs Uhr abreisen. Sein Gedeck ist unberührt.«

Anna schaute Mike an. »Den haben wir seit einer Woche nicht mehr gesehen.«

Sie verabschiedeten sich von Charlotte, die ihnen mit offenem Mund hinterherschaute.

»Hast du die Tüte mit der Maske?«, fragte Mike, bevor sie ins Auto einstiegen.

»Ja, die liegt hinten im Kofferraum. Warum?«

»Die muss ich verschwinden lassen. Ich fahre dich direkt zum Flughafen.«

»Ich würde mich gerne noch von deiner Familie verabschieden. Bitte!«

Mike reagierte nicht und schwieg, bis sie den Airport erreichten.

Dort brachte er Anna zur Abflughalle und gab den Koffer auf. »Ich geh jetzt. Ich ertrage nicht, wenn du verschwindest«, sagte er und ließ seufzend die Schultern sinken.

Sie schauten sich in die Augen, als ob sie befürchteten, sich nie wiederzusehen.

»Bye bye Mike, danke für alles«, flüsterte Anna schließlich.

Er umarmte sie kurz und verließ dann die Halle, ohne sich noch einmal umzudrehen.

Kapitel 2
2006 - 2009

Anna war sechszehn, ging in die zehnte Klasse der örtlichen Gesamtschule und bewohnte mit ihrer Mutter eine Zweizimmerwohnung im neunten Stock eines Hochhauses in Köln-Chorweiler, einem sozialen Brennpunkt.

An diesem Montag im Mai 2006 klingelte, wie gewohnt, der Wecker um halb sieben in der Früh. Anna lag im Wohnzimmer auf der Schlafcouch und reckte sich. Sie rieb sich den Schlaf aus den Augen, stieg aus dem Bett und wankte in Richtung Schlafzimmer. Nachdem sie die Tür geöffnete hatte, kam ihr ein Gemisch aus abgestandenem Zigarettenrauch und Alkohol entgegen.

»Guten Morgen Mama, aufstehen!«

Keine Reaktion. Sie schnarchte weiterhin wie ein Bär.

»Aufstehen, die Arbeit ruft!«

Ihre Mutter hob den Kopf kurz an und schaute blinzelnd in Richtung Tür.

»Lass mich in Ruhe«, sagte sie lallend und zog sich das Kissen über den Kopf.

»Mama, steh auf, du hast schon zweimal unentschuldigt gefehlt und eine Abmahnung erhalten.«

Ihre Mutter arbeitete im Schichtdienst in einer Schokoladenfabrik.

»Ich deck jetzt den Tisch. Steh bitte auf!« Anna ließ die Schlafzimmertür weit offen, ging in die gegenüberliegende Küche und stellte die Kaffeemaschine an. Sie öffnete die Kühlschranktür und beäugte die magere Auswahl: Margarine, ein Stück Gouda und ein fast leeres Glas Marmelade. Sie schnitt vier Scheiben Brot ab, deckte den Tisch und ging zurück ins Schlafzimmer. Ihre Mutter lag immer noch im Bett. Anna schüttelte sie.

»Hau ab, ich kann nicht!«, schallte es ihr entgegen.

»Mama, sie werden dich in der Fabrik feuern«, sagte Anna mit brechender Stimme.

Seit der Trennung von ihrem kubanischen Vater vor fünf Jahren hatte ihre Mutter angefangen zu trinken. Enrico hatte sie kopfüber in seine Heimat verlassen und tauchte nie mehr auf.

Anna spitzte die Ohren. Das Bett knarrte wie kurz vorm Zusammenbruch. Sie hörte das unregelmäßige Stampfen von Füßen und drehte sich um. Ihre Mutter stand in der Schlafzimmertür und hielt sich mit beiden Händen am Türrahmen fest.

»Ich geh duschen. Du kannst mir schon mal eine Tasse Kaffee einschenken. Es dauert nicht lange.«

»Okay Mama«, sagte Anna und atmete auf. Sie war froh, dass sie überhaupt aufgestanden war.

Minuten später stand ihre Mutter nur in T-Shirt und Slip vor ihr. Anna stieß einen verzweifelten

Atemstoß aus. So hatte sie sie das letzte Mal vor Jahren gesehen.

»Was schaust du mich so an? Du weißt, dass Lipomatose nicht tödlich, aber auch nicht heilbar ist und immer weiter fortschreiten wird.«

»Mama, hast du Schmerzen?«

»Nur wenn ich mich bewege.«

»Du musst unbedingt zum Arzt.«

»Der kann auch nichts mehr machen. Das Einzige, was helfen könnte, wäre eine Fettabsaugung. Aber die zahlt die Kasse nicht. 2000 bis 3000 Euro würde das kosten. Wo hernehmen und nicht stehlen?«

Anna konnte kaum hingucken. Sie hoffte, die erblich bedingte Krankheit, selbst nie zu bekommen. Gott sein Dank gab es bis jetzt keine Anzeichen dafür.

Ein Leichtgewicht war Anna allerdings auch als Kind nicht. Sie brachte mit sechszehn bereits 80 Kilogramm auf die Waage. Ihre dicken Oberschenkel, Beine und ihr ausgeprägter Po machten ihr schon damals zu schaffen. Dagegen konnte sich ihr Oberkörper sehen lassen: im Gesicht glatte Haut ohne große Poren. Der für ihr Alter überdimensionierte Busen war allerdings häufig das Ziel von Grapsch-Attacken älterer Jungs.

»So ich geh mich jetzt anziehen, Anna.«

Nach fünf Minuten kam sie wieder zurück und trank hastig eine halbe Tasse Kaffee.

»Ich krieg nichts mehr runter. Tschüss meine Kleine«, sagte sie, gab ihrer Tochter einen Kuss auf die Wange und verließ humpelnd die Wohnung.

Arme Mama. Sie versuchte, die Tränen wegzublinzeln.

Anna schaute auf die Uhr und fuhr zusammen: halb acht. Hastig belegte sie zwei Scheiben Brot mit Käse und packte sie für die Schule ein. Sie griff ihre Schultasche, streifte eine Jacke über und machte sich auf zur Gesamtschule. Ihre Stimmung hellte sich auf. Gleich würde sie, Maren Weber, ihre einzige Freundin, sehen. Sie wohnte mit ihren Eltern in einem Einfamilienreiheneckhaus auf der entgegengesetzten Seite des Stadtteils.

Manchmal war der Weg zur Schule für Anna ein Spießrutenlauf. Es kam vor, dass Jungs aus dem Nichts auftauchten, als hätten sie Anna gezielt aufgelauert. Meistens deutete einer mit dem Finger auf sie. Dann gingen die Beschimpfungen los, die sie bis ins Mark trafen:

»Dicke Schlampe.«

»Hau ab, du fette Sau.«

»Achtung Kevin, mach dem Pommespanzer lieber mal Platz, sonst rollt sie dich um.«
Sie marschierte in diesen Fällen stumm weiter. An jenem Tag aber hatte sie Glück. Es waren keine Jungs zu sehen.

Als Anna den Schulhof betrat, kam ihr Maren schon entgegen. Sie begrüßten sich herzlich.

»Alles gut? Hat dich keiner angemacht?«

»Bis jetzt nicht.«

Kaum hatte Anna das gesagt, als sich ein Pulk Jungs aus der Parallelklasse 10 um sie herum versammelte.

»Deine Hosennaht platzt gleich«, sagte einer und zeigte den Stinkefinger.

»Der sollte man eine Nadel in den Arsch rammen. Was meinste, wie das spritzt?«, bemerkte ein anderer.

Schallendes Gelächter.

Anna schaute weg. Sie traute sich nicht, etwas zu sagen.

»Haut bloß ab, sonst ...«, forderte Maren die Jungen auf.

»Was sonst? Geht ihr zum Lehrer? Juckt uns nicht.«

Maren platzte der Kragen.

»Wenn ihr euch jetzt nicht verpisst, sage ich meinen Brüdern aus der Oberstufe Bescheid. Die werden euch eins auf die Fresse geben!«

Anna stand wie angewurzelt daneben, starrte Maren mit offenem Mund an und beobachtete die Jungs aus den Augenwinkeln.

Die schwiegen und besprachen sich kurz. Plötzlich drehten sich um und verschwanden.

Maren wandte sich an Anna. »Warum wehrst du dich nicht? Sprich doch mal mit unserem Vertrauenslehrer über dieses Mobbing. Wie hältst du das nur aus, Anna?«

»Das habe ich schon oft versucht. Gebracht hat es nichts. Weißt du Maren, ich will nur meine Ruhe haben und mich voll auf die Schule konzentrieren.«

Anna war klar, ihr sollte es einmal besser gehen als ihrer Mutter. Sie wollte einen guten Schulabschluss machen und Lehrerin werden.

So kam es denn auch. Anna schaffte ihr Abitur mit Bravour. Danach begann sie zusammen mit Maren ein Lehramtsstudium an der Uni in Köln.

Bereits im ersten Semester merkten beide, dass sie die richtige Wahl getroffen hatten. Der Umgang mit Kindern erfüllte sie.

Dennoch zog sich Anna immer weiter zurück und nahm kaum am Studentenleben teil, das Maren in vollen Zügen genoss.

Doch eines Tages schaffte es Maren, Anna mit in eine Kölner Altstadtkneipe zu nehmen.

Baby, please don't go ..., von den Muddy Waters, dröhnte aus den Boxen.

Beide standen an der langen Theke und tranken ein Kölsch. Es roch nach Bier und kaltem Rauch.

Anna rümpfte die Nase. »Ziemlich stickig hier.«

»Ist halt eine Kneipe.«

Maren erhob das Glas. »Prost, worauf wollen wir anstoßen?«

»Keine Ahnung.«

»Auf unsere Freundschaft, Anna.«

»Auf unsere Freundschaft, Maren.«

Beide tranken einen Schluck.

»Es tut dir gut, mal unter die Leute zu gehen. Ist doch nett hier.«

»Geht so.«

»Komm mal raus aus dem Schneckenhaus. Du musst an deinem Leben etwas ändern.«

»Maren, ich fühle mich nicht einsam, wenn ich alleine bin.«

»Erzähl mir nicht, dass du gerne zurückgezogen lebst. Dir fehlen soziale Bindungen. Möchtest du nicht geliebt und geschätzt werden? Vielleicht brauchst du einen Freund.«

»Ich habe doch dich. Alles andere schaffe ich alleine.«

Maren beugte sich vor. »Du brauchst mal einen richtigen Mann, der dich auf andere Gedanken bringt.« Sie drehte sich um.

»Schau mal, der da hinten. Der beobachtet dich schon eine ganze Weile.«

Anna schaute zur Seite. »Meinst du den im weißen T-Shirt?«

»Genau den. Ist der nicht süß?«

Anna bewunderte Maren, nicht nur wegen deren attraktiven Aussehens. Ihre Ausstrahlung war enorm. Sobald sie einen Raum betrat, drehten sich alle nach ihr um. Wenn sie den Mund öffnete, hörte ihr jeder zu. Daher glaubte Anna keine Sekunde, dass der Typ an ihr und nicht an Maren interessiert war.

»Ach Maren. Schau mich an und dann sage mir, welcher Mann sich mit mir einlassen würde? Du weißt, wie mich die Jungs in der Schule wegen meines Körpergewichtes gedemütigt und sich über mich lustig gemacht haben. Das ist bis heute so geblieben. Ich spüre es jeden Tag.«

Maren schüttelte den Kopf. »Du glaubst gar nicht, wie viele Männer auf Frauen mit üppigeren Formen stehen. Und außerdem kommt es auf die innere Schönheit an. Du kannst doch nicht ewig so weiterleben.«

»Ewig nicht, aber heute habe ich keine Lust. Und außerdem hat er dich auf dem Kicker.«

Maren drehte sich erneut um.

»Der kommt zu uns rüber«, flüsterte sie.

»Hallöchen, ich bin der Thomas und wer seid ihr?«

Anna schaute demonstrativ in die andere Richtung, versuchte aber, ihn und Maren unauffällig zu beobachten.

»Ich bin Maren und das ist meine Freundin, Anna.«

»Seid ihr Studentinnen?«

Maren grinste. »Woran sieht man das?«

»Reine Intuition.«

»Du hast recht. Wir sind beide Lehramtsstudenten. Und du?«

»Ich studiere Medizin«, sagte er und fuhr sich lässig durchs Haar.

»Welche Fächer studiert ihr?«

»Ich Mathe und Informatik«, sagte Maren.

»Wow, kein einfaches Studium. Und du Anna?«

Sie drehte sich um und sah einem strahlenden Lächeln entgegen. Auch sonst sah Thomas nicht übel aus: dunkle Haare, breite Schultern und ein kantiges Kinn. Zwar hatte er einen kleinen Bauchansatz, doch der fiel bei seiner geschätzten Größe von 190 cm kaum auf. Seine tiefe Stimme empfand Anna als angenehm.

»Englisch und Deutsch.«

»Oh, in Englisch war ich schlecht in der Schule, leider.«

Sie wollte nicht unhöflich sein. »Warum leider?«

»Na ja, ich reise gerne. Mit Englisch kommst du in jedem Land auf unserem Planeten zurecht.«

Anna spitzte die Ohren. Die große weite Welt einmal kennenzulernen, war ihr Traum. »Wo bist du schon überall gewesen?«, fragte sie nach.

»Asien ist mein Lieblingskontinent. Indien ist der Hammer. Da musst du unbedingt mal hin.«

»Ich war erst einmal im Ausland, in London.«

»Du wirst es kaum glauben, da bin ich als Globetrotter noch nie gewesen. Hat dir die Stadt gefallen?«

»London ist spitze, eine pulsierende Metropole.«

Thomas nickte. »In den letzten Semesterferien war ich vierzehn Tage in einem Ashram.«

»Das ist doch ein Kloster, oder?«

»Genau, ein klosterähnliches Meditationszentrum. Dort leben Mönche, die ihre spirituelle Lehre weitergeben. Ich habe an einem Kurs teilgenommen. Zwei Wochen lang nur schweigen und meditieren. Kannst du dir das vorstellen?«

Anna schüttelte den Kopf. »Nur schwer.«

»Du bist ein anderer Mensch, wenn du deinen Geist und Körper in Einklang bringst. Nur so findest du wahre Harmonie.«

Anna zog die Mundwinkel hoch. »Hört sich interessant an.« Sie schaute zur Seite und bemerkte, dass Maren verschwunden war, und schüttelte den Kopf.

»Maren hat sich gar nicht von uns verabschiedet. Hast du gesehen, wann sie gegangen ist?«, unterbrach sie ihn.

»Nein, ... jedenfalls, du kannst dir nicht vorstellen, wie Meditation dein Leben verändert und bereichert. Sie fördert die Selbstbeherrschung und den Seelenfrieden.«

Anna war überrascht, wie unbefangen sie sich mit Thomas unterhalten konnte. Ihr imponierte seine Offenheit und Ehrlichkeit. Zudem schien er wirklich an ihr und ihrer Meinung interessiert zu sein.

Ihre Knie berührten sich beiläufig und eine angenehme Wärme erfasste Annas Körper. Auf einmal war sie weg, ihre Scheu gegenüber Männern.

Anna neigte ihren Kopf zur Seite und spielte mit ihren Ohrringen, während sich Thomas umschaute.

»Nicht besonders gemütlich hier, oder?«

»Da hast du recht. Ganz schön stickig.«

Zum ersten Mal kreuzten sich ihre Blicke. »Hättest du Lust auf eine Tasse Kaffee? Ich wohne gleich um die Ecke?«

Anna zögerte. »Ich weiß nicht. Lass uns lieber hier noch etwas trinken.«

Thomas beugte sich vor. »Dieter, zwei Kölsch, bitte. Oder möchtest du etwas anderes haben?«, fragte er.

Sie grinste. »Ist schon in Ordnung. In einer Kölner Altstadtkneipe ist Kölsch wohl Pflicht.«

Thomas nickte und rückte näher an sie heran.

»Die weißen Strähnchen auf deinem Kopf sind die echt?«, fragte Anna.

Er lachte. »Was meinst du mit echt?«

»Die sind gefärbt, oder?«

»Nein, die habe ich seit der Geburt. Das ist eine Pigmentstörung.«

»Gibt dir das gewisse Etwas.«

»Danke. Das hat noch niemand zu mir gesagt«, sagte er lächelnd.

»Hier, euer Kölsch.«

Thomas nahm die Gläser entgegen, behielt eins und schob das andere zu Anna hinüber.

Als er sie dabei, wie zufällig am Arm berührte, lief ihr ein wohliger Schauer über den Rücken.

»Hast du schon einmal ein Kölsch auf ex getrunken?«

»Noch nie. Normalerweise trinke ich kaum Alkohol und wenn, dann am liebsten einen Weißwein zum Essen.«

Thomas setzte das Glas an und leerte es in einem Zug.

»Und nun du.«

Anna musterte ihn von oben bis unten. »Boah, bist du groß.«

»Jetzt nicht ablenken. Möchtest du nicht oder traust du dich nicht?«

Anna grinste. »Soll das eine Mutprobe sein?« Sie nahm das Glas. »Aber nicht lachen, wenn ich es nicht packe.«

Er hielt die rechte Hand hoch. »Ich schwöre.«

Daraufhin führte Anna das Kölsch zum Mund, zögerte aber. Dann schaute sie ihm in die Augen, setzte an und trank. Tatsächlich schaffte sie es, das Glas zu leeren, wobei ihr Reste des Biers aus den Mundwinkeln liefen und auf ihre Bluse tropften.

Thomas klatschte. »Respekt. Das hätte ich dir nicht zugetraut.«

Sie lächelte, während er eine Packung Papiertaschentücher aus der Gesäßtasche nahm und sanft ihren Mund und ihre Bluse abputzte. Sie sah ihn verdutzt an. Ehe sie reagieren konnte, fuhr er fort.

»Ich mag dein buntes Oberteil. Hochgeschlossen steht dir gut.«

Anna kicherte peinlich berührt. Sie war es nicht gewohnt, so im Mittelpunkt zu stehen.

»Noch eins?«

»Ich glaube, ich habe schon einen kleinen Schwips. Aber eins schaffe ich noch.«

Thomas bestellte zwei weitere Kölsch. Als sie das Bier getrunken hatten, zwinkerte er ihr zu. »Noch eins?«

»Dann lieber eine Tasse Kaffee bei dir.« Sie musste kurz aufstoßen. »Aber nur eine halbe Stunde. Versprochen?«

Er verzog den Mund zu einem breiten Lächeln. »Versprochen. Lass uns gleich losziehen. Ich zahle nur schnell. Übrigens du bist eingeladen.«

»Danke, Thomas.«

Er ging zum Wirt am anderen Ende der Theke und diskutierte kurz mit ihm. Er zog einen Schein aus seinem Portemonnaie und der Wirt ließ das Wechselgeld direkt in seine Geldbörse fallen.

Anschließend verließ Anna zusammen mit Thomas die Kneipe. Obwohl es leicht nieselte, herrschte auf dem Marktplatz noch ein reges Treiben.

Thomas nahm Annas Hand. »Komm, wir beeilen uns. Es ist nicht weit.« Nach wenigen Metern bog er in eine enge Gasse ab und blieb stehen. Er zog Anna zu sich heran und drückte sie an seinen Körper.

Anna spürte seine Erregung. Sie riss sich los und trat einen Schritt zurück.

»Thomas, tut mir leid, ich kann das nicht«, sagte sie mit zittriger Stimme. »Ich glaube, ich fahre jetzt besser nach Hause.«

Er zuckte mit den Achseln. »Schade. Wie du möchtest. Ich hatte nur das Gefühl, dass du dich nach Wärme sehnst.«

»Das tu ich auch, zumindest ein Teil von mir ...«
Sie stockte.

»Das ewige Dilemma zwischen Kopf und Herz.
Ich verstehe dich sehr gut«, sagte Thomas.

»Wirklich? Dann gib mir ein wenig Zeit.« Sie bewegte sich auf ihn zu und gab ihm einen Kuss auf die Wange. »Danke für dein Verständnis.«

Schweigend schlenderten sie Hand in Hand bis zum Ende der Gasse.

»Links geht es zu meiner Wohnung, rechts zur Bushaltestelle. Herz oder Kopf?«, fragte Thomas. Es schien, als wollte er sie doch noch umstimmen.

Sie hielt einen Moment inne und atmete tief durch.

»Lass uns zu dir gehen.«

Thomas klatschte begeistert in die Hände.
»Großartig. Du wirst es nicht bereuen.«
Er streckte ihr eine Hand entgegen, mit der anderen zeigte er nach oben.

»Ich wohne im dritten Stock. Siehst du den Balkon mit dem Blumenkasten?«

»Du hast einen Balkon? Das ist ja purer Luxus.«

»Wo wohnst du?«

»Noch bei meiner Mutter in Chorweiler.«

»Wo genau?«

»Florenzer-Straße 23.«

»Im Hochhaus. Kenn ich«, sagte er.

»Wir wohnen im neunten Stock. Sehr bescheiden. Ich träume von einem kleinen Haus im Grünen.«

»Das klappt bestimmt. Wenn du mit der Ausbildung fertig bist, verdienst du als Lehrer richtig gut, knapp 3.000 Euro netto.«

»Ein bisschen weniger ist es schon«, erwiderte Anna, während sie das Haus betraten.

Der Flur machte einen gepflegten Eindruck, wie Anna fand, bevor sie in den Lift stiegen und nach oben fuhren.

Thomas steuerte die Wohnungstür direkt gegenüber dem Fahrstuhl an und zog Anna mit sich. Sie zeigte auf das Türschild.

»Wieso steht da Philipp Buschhausen?«

»Ich lebe hier zusammen mit meinem Bruder. Der ist zurzeit auf einer geologischen Exkursion in der Türkei.«

Er nahm einen Schlüssel aus der Hosentasche. Der passte nicht in das Schloss.

»Verflixt, das passiert mir immer wieder.« Er griff in seine Geldbörse und holte einen anderen Schlüssel hervor.

»Der funktioniert«, sagte er, wobei er erleichtert klang. Er öffnete die Tür und tastete nach dem Lichtschalter. Gleich darauf rümpfte er die Nase.

»Ich habe vergessen zu lüften«, sagte er, ging durch in den Wohnbereich und riss die Fenster auf.

Anna folgte ihm. Tatsächlich roch es muffig und feucht. Sie schaute sich nach der Ursache um, ohne sie zu finden.

Der Raum war spartanisch eingerichtet. Typische Studentenbude: unter der Schräge ein Bett, in der Mitte ein Glastisch und davor zwei Sitzkissen. Am Mansardenfenster stand ein Schreibtisch mit vier Schubladen, ein Drehstuhl und ein Sideboard. Nicht gerade einladend.

»Ganz nett«, sagte sie dennoch, wobei sie sich Mühe gab, reserviert zu klingen.

»Warte das Licht ist zu hell.« Er zog eine Schreibtischschublade heraus und kramte hektisch in ihr herum, schob sie wieder zurück und öffnete die nächste.

»Suchst du etwas Bestimmtes?«

»Ja, Kerzen.«

»Warum nimmst du nicht die da hinten auf der Fensterbank?«

Er schlug sich mit der Hand auf die Stirn. »Natürlich. Wie konnte ich die nur vergessen«, sagte er, holte die Kerzen, zündete sie an und schaltete die Lampe aus.

»Magst du dich setzen?« Er zeigte auf das Bett und nahm selbst auf einem der Sitzkissen Platz.

Nachdem Anna sich auf der Bettkante niedergelassen hatte, schauten sie sich schweigend an. Zu gerne hätte sie gewusst, was in seinem Kopf vorging, traute sich aber nicht zu fragen.

Unvermittelt stand Thomas auf. »Ach, wir wollten ja einen Kaffee trinken. Oder möchtest du etwas anderes?«

Ohne ihre Antwort abzuwarten, ging er in die Küche. Anna hörte, wie er Schränke öffnete und wieder zuschlug.

Plötzlich tauchte sein Kopf im Türrahmen auf.

»Ich habe eine angebrochene Flasche Weißwein im Kühlschrank gefunden. Vielleicht mit ein paar Chips?«

»Gerne.«

Er kam mit zwei Gläsern, der Flasche Wein und eine Tüte Chips zurück und stellte alles auf den Tisch. Danach griff er in die Gesäßtasche und zog ein paar Räucherstäbchen heraus.

»Die habe ich in der Küche gefunden. Hebt die Stimmung«, sagte er, zündete eins an und hielt es über den Tisch.

»Du darfst dir jetzt etwas wünschen.«

Sie strich sich eine Haarsträhne hinters Ohr. »Mir fällt vor lauter Aufregung gerade nichts ein.«

Er wartete, bis das Räucherstäbchen abgebrannt war, legte es auf Glastisch ab und setzte sich neben Anna. Er umfasste mit einem Arm ihre Hüfte.

Sie befürchtete eine blöde Bemerkung, aber die kam nicht. Sie spürte eine mollige Wärme am ganzen Körper.

Er sah sie mit sanften Rehaugen an. »Du siehst zauberhaft aus.« Er beugte sich zu ihr hinüber. Plötzlich vibrierte ihr Smartphone. Sie zog es aus der Gesäßtasche und schaute aufs Display.

»Meine Freundin. Sorry, ich muss mal eben annehmen.«

»Hallo Maren. Du warst auf einmal weg, ohne Bescheid zu sagen.«

»Ihr wart so intensiv im Gespräch vertieft, dass ich nicht weiter stören wollte. Bist du gut nach Hause gekommen?« Anna zwinkerte Thomas zu und schaltete den Lautsprecher ein.

»Maren, rate mal, wo ich gerade bin?«

»Bist du noch in der Kneipe?«

»Nein, ich bin in einer Studentenwohnung. Stell dir vor, Thomas hat mich zu einem Kaffee eingeladen. Wir unterhalten uns prächtig.«

»Oh, lasst euch nicht stören. Ich melde mich morgen noch einmal an«, sagte sie und legte auf.

»Das war aber ein kurzes Gespräch.«

»Ja, Maren ist immer sehr besorgt.«

Thomas starrte auf ihr Smartphone. »Kannst du mir deine Handy-Nummer geben, vielleicht auch die E-Mail-Adresse?«

Sie biss sich auf die Unterlippe. »Das geht mir alles ein bisschen flott, Thomas.«

»Ich würde dich in Zukunft gerne häufiger treffen und dir meine Lebensphilosophie näherbringen.«

»Welche Lebensphilosophie?«

»Meditation. Die hilft dir, deinen Alltag besser zu bewältigen. Wir können uns kurzfristig verabreden.«

Anna grinste. »Und dafür brauchst du meine Kontaktadresse. Du bist ganz schön clever.«

Thomas schmunzelte.

»Dann tipp meine Nummer mal ein«, forderte Anna ihn auf.

Er nahm sein Smartphone.

»Du kannst loslegen.«

»0170-4467...«

Kurze Zeit später vibrierte ihr Handy. Sie öffnete die Nachricht und las: *Schön, dass du bei mir bist.*

Unwillkürlich musste sie lächeln. »Eine SMS von dir?«

Sie hielt einen Moment inne. »Mensch Thomas, ich weiß gar nicht, was mit mir los ist. Ich habe das Gefühl, meinen Verstand zu verlieren.«

»Versuche deinen Kopf und dein Herz, in Einklang zu bringen.«

Er nahm das Smartphone und hielt es ein Stück weit über Augenhöhe und machte ein Selfie.

»Damit ich dich immer bei mir habe«, sagte er.

»Entschuldigung ...«, setzte sie zögernd an, »... aber ich möchte das nicht.«

»Warum nicht?«

»Wir kennen uns kaum.«

»Hier schau, sind wir nicht ein nettes Pärchen?« Sie warf einen Blick aufs Display.

»Doch, aber jetzt lösche die Aufnahme bitte.«

»Wie du möchtest.« Er drückte eine Taste und hielt ihr das Smartphone hin. »Siehst du, wieder weg.«

»Danke.«

Thomas zeigte auf die Seidenmalerei an der Wand.

»Das Motiv stammt aus dem tantrischen Buddhismus. Es stellt die Vereinigung von Mann und Frau dar. Schon mal was von Tantra gehört?«

Sie schüttelte den Kopf.

»Es ist eine Lehre, die philosophische und religiöse Elemente beinhaltet und die die Verbindung von Körper, Geist und Seele anstrebt. Zum Beispiel durch Sex.«

Anna schluckte. »Versteh ich nicht.«

»Sex in Tantra basiert auf einer inneren Geisteshaltung, die dein Bewusstsein erweitert.«

»Was bringt mir das konkret?«

»Mehr Lebensfreude und sinnliche Lust. Sexualität ist die Urquelle der Lebenskraft. Sogar Angstzustände kannst du mithilfe von Tantra überwinden.«

»Thomas, ich weiß nicht ... «

»Leg dich aufs Bett. Ich zeige dir ein paar Elemente.«

Anna saß benommen da und fragte sich, ob sie ihn richtig verstanden hatte.

»Ich glaube, ich bin ein bisschen beschwipst.«

»Dann klappt es besonders gut. Du musst nur ein wenig Zeit investieren.«

Sie schaute auf die Uhr. »Eigentlich wollte ich nur eine halbe Stunde bleiben.« Sie kicherte und ließ sich aufs Bett fallen, während er nachschenkte.

»Du willst mich wohl willenlos machen.«

»Vielleicht«, antwortete er grinsend. »Aber du musst dich ganz darauf einlassen, wie ich es in Indien getan habe.«

»Versuch es einfach mal, nur fünf Minuten«, schlug er vor. »Denke an etwas Schönes und lass deinen Gefühlen freien Lauf.«

Thomas schaute ihr fest in die Augen, bis Anna nickte. Dann legte er ihr eine Hand auf die Stirn. Sie war schwer und hart. Dennoch fühlte sich seine Berührung zart an.

Ein völlig neues Gefühl durchströmte Annas Körper.

Er öffnete den Gürtel und den Knopf ihrer Jeans.

»Damit du dich besser entspannen kannst. Schließe deine Augen«, hauchte er ihr ins Ohr.

»Du sagst mir Bescheid, wenn die fünf Minuten vorbei sind, okay?«

»Mach ich,« sagte er mit beruhigender Stimme.

Sie fiel in einen Tiefschlaf. Tausend Gedanken kreisten in ihrem Kopf herum.

Was passiert hier? Warum lasse ich das zu? Wie soll ich ihm beibringen, dass ich noch nie mit einem Mann Sex hatte? Und dann erschien plötzlich eine Gestalt vor ihrem inneren Auge. Sie kam immer näher und flüsterte ihr zu: Lass deinen Gefühlen freien Lauf.

Thomas schnippte mit den Fingern. »Du kannst die Augen öffnen.«

Sie reagierte nicht.

»Anna, wach auf«, wiederholte er.

Ihre Lider zuckten. Langsam kam sie wieder zu sich und öffnete sie die Augen. Sie erkannte Thomas, der sie anlächelte.

»Habe ich es ja doch geschafft?«

Er streichelte ihr Gesicht. »Das hast du toll gemacht.«

»Puh, ich muss mich erst wieder orientieren. Ich war völlig weg.«

Eine Hand hing ausgestreckt aus dem Bett. Sie spürte eine wohlige Wärme zwischen ihren Beinen. Erst jetzt bemerkte sie, dass die andere Hand in ihrem Schoß unter ihrem Slip lag.

»An was hast du gedacht?«

»Entschuldigung«, setzte sie zögernd an. »Ich bin total verwirrt.«

»War es so schlimm?«

»Es war schön und schaurig zugleich.«

Thomas lachte. »Warum schaurig?«

»Schaurig ist vielleicht das falsche Wort. Ich fühle mich irgendwie so tiefenentspannt, wie schon lange nicht mehr«, sagte sie, während sich ihre Finger verselbstständigten.

»Ich weiß gar nicht, wie ich es dir beibringen soll.«

»Was?«

»Ich schäme mich so.«

»Komm, trau dich. Lass es heraus.«

Sie räusperte sich. »Wenn du es wirklich wissen willst, ich bin bis heute Jungfrau.«

»Hast du noch nie einen Orgasmus gehabt?«

»Doch, aber ...« Sie zögerte.

»Das ist großartig. Ich werde besonders behutsam sein. Komm, zieh dich aus.«

»Thomas, hier sicher nicht. Ich gehe jetzt ins Badezimmer und lege meine Kleider dort ab. In der

Zwischenzeit gehst du in die Küche und machst das Gleiche. Ich rufe dich, sobald ich bereit bin.«

»Okay, dann warte ich solange«, versprach er. »Das Bad befindet sich gegenüber der Küche.«

Sie ging ins karg ausgestattete Badezimmer, zog ein Kleidungsstück nach dem anderen aus und trat vor den Spiegel. Am liebsten hätte sie ihren Körper in der Mitte abgeschnitten. Sie hasste ihre Beine und die aufgescheuerten Innenseiten der Oberschenkel. Sie griff nach einem frischen Waschlappen vom Regal, drehte den Wasserhahn auf und hielt inne.

Ich mach mich doch besser aus dem Staub. Noch ist es nicht zu spät. Oder ...? Anna schüttelte sich. Dann gab sie ihrem Herz einen Stoß. *Nein, da muss ich jetzt durch.*

Auf Zehenspitzen schlich sie nackt zum Bett und hüllte sich bis übers Kinn in die Bettdecke ein.

»Du kannst kommen«, rief sie und schloss die Augen.

»Hier bin ich«, hörte sie Thomas kurz darauf.

Anna sah ihn an. Genauer gesagt starrte sie auf sein bestes Stück und schluckte.

Behutsam beugte er sich über sie und strich ihr sanft durch die Haare.

»Du bist jetzt ganz entspannt. Denke an nichts, konzentriere dich auf meine Berührungen.«, flüsterte er ihr ins Ohr. Langsam streifte er ihre Decke zurück. Sie zitterte am ganzen Körper.

»Hab keine Angst.« Thomas starrte auf ihren Busen. Sie sah, wie seine Zungenspitze hervorblitzte.

»Du bist wunderschön.« Er stieg zu ihr ins Bett. »Atme ruhig ein und aus.« Er stöhnte und strich mit kreisenden Bewegungen über ihre Scham. »Spürst du das Hier, das Jetzt – und uns?«

»Ja, Thomas«, sagte sie und drückte ihren Unterleib fester gegen seine Hand.

»Du bist so schön weich und feucht.« Er erhöhte den Druck und drang mit zwei Fingern in ihre Vagina ein.

»Jetzt sind wir beide durch das Wechselspiel von Shakti und Shiva miteinander verbunden. – Und langsam ein- und wieder ausatmen ... «

Anna verstand kein Wort. Sie war wie in Trance. »Mach weiter«, flehte sie.

»Entspann dich, schließe deine Augen.« Thomas zog seine Finger zurück, stütze sich mit beiden Armen ab und legte sich über sie. Er bedeckte ihren Körper mit Küssen und umfuhr mit der Zunge ihre Brustwarzen. Annas Puls beschleunigte sich. Sie spreizte die Beine, bewegte ihr Becken vor und zurück. Langsam drang er in sie ein und wartete einen Moment. Als sie sich verkrampfte, gab er ihr Zeit, sich an ihn zu gewöhnen.

Ein leichter Schmerz ließ sie zusammenzucken.

»Habe ich dir wehgetan?«

»Nein, mach weiter.«

Ihr Atem wurde unregelmäßig und ihr Körper zitterte unkontrolliert.

Nach wenigen Minuten bäumte sie sich auf, sie kam und er gleich hinterher. Es war wie ein

Vulkanausbruch. Thomas stöhnte und sackte neben ihr zusammen.

Anna wartete auf ein Nachspiel, doch er regte sich nicht.

Sie beugte sich über ihn. »Danke, Thomas«, flüsterte sie ihm ins Ohr. Immer noch keine Reaktion. »Ich bin mal im Bad und mach mich ein bisschen frisch«.

Kurze Zeit später stand sie nackt vor dem Bett. Doch Thomas schnarchte. Sie streifte die Bettdecke zurück und legte sie sich zu ihm. Sie war von einem warmherzigen, liebevollen Mann entjungfert worden.

Jetzt bin ich endlich eine richtige Frau, jubelte sie innerlich.

Anna beugte sich über sein Gesicht. »Es war wunderschön mit dir, du wirst mir immer in Erinnerung bleiben. Du warst mein erster Mann. Ich würde gerne wiederkommen«, flüsterte sie ihm ins Ohr.

Er rührte sich nicht.

Als Anna am Morgen aufwachte, lag sie mit gespreizten Beinen nackt auf dem Rücken. Die Sonne schien durch das Fenster und blendete sie. Sie drehte sich um. Thomas war weg, aber sie hörte seine Stimme im Badezimmer.

»...tu mein Bestes ... ich muss vorsichtig sein ... da könnte was gehen ... ich muss auflegen ... melde mich wieder ... tschüss Papa.«

Er kehrte ins Wohnzimmer zurück und schrak zusammen, als er Anna sah.

»Du bist ja schon auf«, stotterte er.

»Gerade wach geworden. Hast du mit deinem Vater gesprochen?«

Er zögerte einen Moment. »Ja, war nicht wichtig. Ich möchte dich nicht mit familiären Problemen belasten.«

Sie senkte den Blick. »Musst du auch nicht. Trotzdem schade.«

Er lief einige Schritte hin und her. »Du hast ja recht. Kann ich dir vertrauen?«, fragte er.

»Ich kann schweigen wie ein Grab.«

»Mein Vater steckt in finanziellen Schwierigkeiten, aber mehr möchte ich nicht sagen.«

»Okay, geht mich ja auch nichts an«, sagte sie ernüchtert.

Thomas ging einen Schritt auf sie zu. »Ich muss dir etwas sagen. Du bist, du hast ...« Er setzte mehrmals an und stockte wieder.

»Thomas, ich kann viel vertragen. Trau dich.«

»So etwas wie heute Nacht habe ich noch nicht erlebt. Bombastisch dein Körper hat mich in Ekstase versetzt.« Er ging auf sie zu und gab ihr einen Klaps auf den Po.

»Wir können auch in Zukunft schöne Stunden miteinander verbringen, bei mir oder bei dir.«

»Oder im Café. Du kannst mich gerne von der Schule abholen.«

Thomas schluckte. »Ich will ehrlich sein. Ich

möchte nicht mit dir zusammen in der Öffentlich-
keit gesehen werden.«

Annas Kehle fühlte sich plötzlich an, als hätte
sich ein Frosch in ihr eingenistet.

»Warum nicht?«

»Ich würde mich schämen.«

Ihr Atem stockte, ihre Muskeln verkrampften
sich. Sie öffnete den Mund, doch zum Schreien fehlte
ihr die Kraft. Sie stürmte ins Badezimmer, zog sich
an, flüchtete in Richtung Ausgang und drehte sich
noch einmal um..

»Das wirst du mir büßen, du Scheißkerl«,
krächzte sie, ehe ihre Stimme versagte. Sie knallte
die Tür zu und blieb einen Moment keuchend im
Flur stehen.

Mit letzter Kraft schleppte sie sich heulend zur
Bushaltestelle und fuhr mit dem nächsten Bus nach
Chorweiler.

Zuhause ging sie gleich in ihr Zimmer, schmiss
sich aufs Bett und schlug mit den Fäusten auf das
Kopfkissen ein.

*Wie konnte ich nur so blöd sein? Und wie konnte
mich Maren mit diesem Arschloch alleine lassen? Das
habe ich alles ihr zu verdanken. Na warte, die kann
was erleben.*

Um ein Uhr nachts griff sie zum Telefon und
wollte ihre Freundin zur Rede stellen. Ohne Erfolg.

Gegen Mittag versuchte sie es noch einmal. Dieses Mal hat sie Glück und Maren meldete sich. Anna
ließ sie nicht zu Wort kommen und legte gleich los.

»Vielen Dank, dass du mich gestern im Stich gelassen hast. Der Typ hat meine Hilflosigkeit schamlos ausgenutzt. Alles deine Schuld ...«

»Was ist denn passiert ...?«

»Danke, dass du mich mit diesem perversen Typen verkuppelt hast. Wie konntest du mir das nur antun, Maren? Du kannst mir gestohlen bleiben. Lass dich bloß nicht mehr bei mir blicken.«

Anna legte auf, obwohl ihr klar war, dass sie ihre beste Freundin verloren hatte.

Kapitel 3
2013

Vier Jahre später lebte Anna in Rodenkirchen, wo sie am örtlichen Gymnasium eine Festanstellung bekommen und eine kleine Wohnung bezogen hatte. Nach der Erfahrung mit Thomas hatte sich Anna noch stärker auf ihren Beruf konzentriert und das Zweite Staatsexamen mit der Bestnote abgeschlossen.

Seit dem Telefongespräch vor vier Jahren hatte sie Maren aus den Augen verloren.

Mittlerweile war sie Pädagogin mit Leib und Seele. Ihre Schüler liebten sie und im Kollegium schätzte man sie. Sie schlug kaum eine an sie herangetragene Bitte ab und versorgte die gesamte Lehrerschaft mit Kuchen und anderen Leckereien. Mütterchen Courage wurde sie hinter vorgehaltener Hand genannt. Über ihr Privatleben hielt sie sich bedeckt.

An einem Montagabend im Mai korrigierte Anna die Klassenarbeiten der 7 b, als plötzlich ihr Smartphone vibrierte und sie aus den Gedanken riss. Sie griff danach, ohne auf das Display zu schauen.

»Hallo Anna, Thomas hier. Du erinnerst dich doch an mich oder?«

Ihr blieb fast das Herz stehen.

»Herzlichen Glückwunsch zur Festanstellung als Lehrerin. Da verdienst du ja jetzt richtig Knete. Wohnst du immer noch bei deiner Mutter?«

Sie zuckte zusammen und ließ vor Schreck das Smartphone auf den Boden fallen. Sofort waren sie wieder da, diese schrecklichen Gedanken an die Begegnung mit diesem Scheißkerl.

Anna warf den Stift hin, wankte ins Schlafzimmer und schmiss sich in voller Montur aufs Bett.

Am nächsten Morgen meldete sie sich krank.

In den folgenden Wochen verging kaum ein Tag, an dem sie nicht von Thomas mit Telefonanrufen und Nachrichten belästigt wurde.

»Es war so schön mit dir. Es tut mir alles so schrecklich leid.«

»Hallo lass dich noch einmal verwöhnen. Ich warte auf dich.«

Als sie nicht reagierte, wurde Thomas immer unverschämter. Sie hätte kotzen können.

»Ich liege gerade auf dem Bett, bin erregt und sehne mich so nach deinem weichen Körper.«

»Anna, hör mir bitte zu. Ich habe mein Studium abgebrochen. Ich verstehe, dass du nichts mehr mit mir zu tun haben möchtest. Kannst du mir finanziell aushelfen?«

Anna wechselte ihre Handynummer, löschte alle Kontaktdaten und legte sich eine neue E-Mail-Adresse zu.

Für zwei Wochen hatte sie Ruhe, bis sie an einem Wochenende ihre Mutter besuchte. Sie empfing Anna freudestrahlend und führte sie gleich ins Wohnzimmer.

»Setz dich. Ich mach uns einen Kaffee.«

Anna sprang sofort der Blumenstrauß auf dem Tisch ins Auge. »Hast du die von einem Verehrer bekommen, von dem ich nichts weiß?«

»Stell dir vor, ich hatte heute Morgen Besuch von einem jungen Mann. Da staunst du, oder?«

»Allerdings.«

»Kannst du dir vorstellen, von wem die sind?«, fragte ihre Mutter.

»Keine Ahnung.«

»Dein Freund Thomas hat mir die geschenkt. Der ist richtig nett.«

Anna schlug sich mit der Handfläche gegen die Stirn. *Oh mein Gott. Jetzt geht alles wieder von vorne los.*

»Du hast ihn reingelassen? Das kann doch nicht wahr sein.« Ihre Stimme zitterte.

»Er sagte, er wäre ein enger Bekannter von dir. Wir haben uns angeregt bei einer Tasse Kaffee unterhalten.«

»Mama, du kannst doch nicht wildfremde Leute ins Haus lassen.«

»Er sagte, er wäre ein Freund von dir«, wiederholte ihre Mutter. Anna kochte vor Wut. Mit hochrotem Gesicht sprang sie auf und fuchtelte wild mit ihren Händen herum.

»Warum regst du dich so auf? Setz dich wieder. Er war so interessiert an deinem Lebenslauf. Ich habe nur Gutes über dich berichtet.«

Anna fuhr sich mit der Hand durch die Haare.

»Worüber genau habt ihr gesprochen?«

»Wir haben uns über alles Mögliche unterhalten. Wie schwer du es in deiner Kindheit ohne Vater gehabt hast, wie toll du dich entwickelt hast und dass du sogar ein Studium absolviert hast.«

»Das weiß er doch längst. Was habt ihr sonst noch besprochen?«

»Stell dir vor, als ich ihm gesagt habe, dass du umgezogen bist, hat er gefragt, ob du noch etwas für deine neue Wohnung bräuchtest. Er würde es dir dann persönlich vorbeibringen.«

»Nein, Mama!« Sie holte tief Luft. »Du hast ihm meine Adresse gegeben?«

»Natürlich. Wie soll er dich sonst finden?«

Anna schüttelte den Kopf. »Wenn er ein Freund wäre, wüsste er bestimmt meine Adresse.«

»Da hast du recht Kind. Habe ich was falsch gemacht?«, fragte ihre Mutter nachdenklich.

»Nein, nein Mama, alles ist gut.«

Tage später fing der Stress mit Thomas erst richtig an. Er schickte ihr Briefe und Pakete mit diversen Liebesbekundungen. Als sie nicht reagierte, kamen die ersten Drohungen.

»Wenn du nicht mehr mit mir sprichst, werde ich deinen Kollegen sagen, was du für eine Schlampe bist.«

Eines Abends klingelte es an der Wohnungstür. Anna betätigte die Türsprechanlage. »Hallo.«

»Anna, ich bring mich um. Es hat alles keinen Zweck mehr, wenn du mir nicht hilfst. Öffne bitte die Tür.«

»Thomas, lass mich in Ruhe!«

Drei Tage hörte lang sie nichts von ihm. Dann schlug er wieder zu.

Als sie am späten Nachmittag von der Schule nach Hause kam, parkte sie ihr Auto – wie gewöhnlich – ein paar Meter von ihrer Wohnung entfernt. Schon beim Aussteigen hatte sie eine böse Vorahnung.

Plötzlich stürmte ein Mann mit Kapuze auf sie zu. Er packte sie am Kragen, zerrte sie auf die Garageneinfahrt und presste sie gegen die Hauswand. Sie sah ein Messer, direkt unter ihrer Nase.

»Hilfe, Hilfe ...«, schrie sie, wagte es aber nicht, sich zu bewegen.

»Hör auf, zu schreien. Sonst passiert was.«

»Ich kenne deine Stimme, Thomas ... «

Er zog die Kapuze herunter und hielt ein Messer hoch. Die Klinge glänzte in der Sonne.

»Das ist kein Spielzeug« sagte er, bevor er die Spitze an ihre Kehle führte.

Anna japste nach Luft. »Thomas, du tust mir weh.«

»Hör gut zu. Ich brauche tausend Euro bis morgen.«

Thomas zog das Messer zurück und schaute nervös in alle Richtungen. »Die Übergabe erfolgt um neunzehn Uhr in deiner Wohnung. Ist das klar?«

Zwei älteren Herren bogen um die Ecke. Thomas ließ das Messer in der Hose verschwinden, während er von ihr abließ. Er lief einige Meter und drehte sich noch einmal um. Anna wagte es nicht, sich zu bewegen.

»Ich meine es ernst! Morgen erfolgt die Übergabe. Sonst passiert ein Unglück! Denk auch an deine Mutter.«

Anna hielt sich an der Hauswand fest und keuchte.

»Können wir Ihnen helfen?«

Sie schaute auf und sah die verschwommenen Umrisse der beiden älteren Herren.

»Es geht schon.«

»Sind Sie sicher?«

»Ja, alles in Ordnung.«

Sie atmete zweimal tief durch und schleppte sich in ihre Wohnung. Dort ließ sich in den Sessel fallen und wischte sich mit dem Handrücken die Schweißperlen von der Stirn. Ihr Puls raste derart, dass ihr schwindelig wurde.

Ich kann nicht mehr ...

Anna stand auf, nahm das Telefon und wählte die 110.

»Einsatzzentrale, Sie sprechen mit Frau Thelen. Wie kann ich Ihnen helfen?«

»Mein Name ist Anna Rexhausen. Ich bin gerade mit einem Messer bedroht worden.«

»Wo ist es passiert?«

»Auf der Bonner Straße in Rodenkirchen.«

»Wo genau?«

»In der Nähe des China-Restaurants Hawan.«

»Und wann?«

Anna schaute auf die Uhr. »Vor einer halben Stunde.«

»Können Sie kurz den Ablauf des Geschehens beschreiben?«

»Hören Sie, ich kann nicht mehr. Wenn Sie nicht kommen können ...«

»Warten Sie Frau Rexhausen. Nicht auflegen. Wo sind Sie im Moment?«

»In meiner Wohnung, Bonner Straße 313.«

»Wir schicken Ihnen einen Streifenwagen vorbei.«

Fünfzehn Minuten später standen zwei Polizisten vor Ihrer Wohnungstür.

»Guten Tag, Frau Rexhausen, ich bin Polizeiobermeister Karduck.« Er zeigte nach links. »Das ist mein Kollege Polizeimeister Sommer. Sie sind bedroht worden?«

»Ja, kommen Sie bitte rein.«

76

Anna führte die Beamten ins Wohnzimmer und bat sie, Platz zu nehmen. Dann fasste sie das Geschehen in wenigen Worten zusammen.

»Kennen Sie diesen Mann näher?«, erkundigte sich Polizeiobermeister Karduck.

Anna schluckte. »Nicht wirklich. Ich habe ihn einmal vor Jahren in einer Kneipe getroffen. Trotzdem habe ich ihn sofort erkannt. Er sah noch genauso aus wie damals. Ich glaube, er heißt Thomas Buschhausen.«

»Können Sie ihn beschreiben?«, fragte Polizeimeister Sommer.

»Dunkelbraune Haare, ungefähr 190 groß, schlank.«

»Was hatte er an?«

»Eine weite, graue Trainingshose und einen Kapuzenpullover.«

»Ist ihnen sonst noch etwas aufgefallen?«

»Er hat weiße Strähnen im Haar.«

Die beiden Polizisten sahen sich an und nickten.

»Das kann nur Tommi gewesen sein. Frau Rexhausen, wir glauben, wir kennen den Mann.«

Anna beugte sich vor. »Woher?«

»Er hat einige Diebstahlsdelikte in Kiosken und Kaufhäusern begangen. Gewaltbereit ist er allerdings, nach unserem Kenntnisstand bis heute nicht in Erscheinung getreten.«

Sie schüttelte den Kopf. »Er hat mir ein Messer an die Kehle gehalten und forderte 1.000 Euro von mir.«

»Darf ich Ihnen eine indiskrete Frage stellen, Frau Rexhausen?«, fragte der Polizeiobermeister.

Anna verdrehte die Augen und überlegte. »Was hat das mit dem Typen zu tun?«

Der Polizist ruderte zurück. »Dann lassen wir es besser, ist nicht so wichtig.«

Anna spitzte die Ohren. »Nein, nein, fragen sie, wenn es der Wahrheitsfindung dient.«

»Hat er versucht, sie in eine Wohnung zu locken? Tommi leiht sich manchmal den Hausschlüssel von Studenten für eine Nacht aus.«

»Was heißt das?«

»Er hat keinen festen Wohnsitz.«

Sie rutschte auf ihrem Stuhl hin und her. »Das kann nicht sein.«

»Er verkehrt gerne in Studentenkreisen und prahlt mit seinen Weltreisen. Er glaubt, so bessere Chancen bei den Frauen zu haben«, ergänzte Sommer.

»Ich fass es nicht. Heißt das, dass er nie studiert hat?«

»So ist es. Er ist Gelegenheitsarbeiter. Mit seinen angeblichen Weltreisen versucht er potenzielle Opfer zu beeindrucken.«

Anna griff sich an die Stirn. *Ich Idiotin*, ging ihr durch den Kopf.

»Sie sind nicht die Erste, die auf ihn hereingefallen ist.«

Beschämt ließ Anna den Kopf hängen. »Wie kann ich mich denn gegen künftige Attacken wehren?«

»Gibt es für den Vorfall Zeugen?«, fragte Polizeimeister Sommer.

»Nein, leider nicht«, antwortete Anna. »Doch warten sie. Da sind zwei ältere Herren vorbeigekommen.« Sie stockte. »Aber denen habe ich gesagt, es wäre alles in Ordnung.«

»Die Chancen, ihn zu überführen, sind gering. Er wird den Vorgang anders darstellen oder jede Beteiligung verneinen. Wir kennen Thomas seit Jahren. Er gibt nur etwas zu, wenn er auf frischer Tat ertappt wird«, sagte Herr Sommer.

Sein Kollege nickte. »Aufgrund des von ihnen geschilderten Sachverhalts wird kein Staatsanwalt ein Ermittlungsverfahren gegen ihn einleiten.«

»Ich kann gar nichts machen?«

»Sie können natürlich eine Anzeige wegen Bedrohung aufgeben. Unsere Erfahrungen zeigen allerdings, dass die Chancen für eine Verurteilung des Täters gering sind. Wenn es dennoch zu einer Verhandlung kommen sollte, steht Aussage gegen Aussage. Ich weiß nicht, ob Sie sich das antun wollen.«

»Und was raten Sie mir, wenn er morgen Abend auftaucht?«

»Lassen Sie ihn auf keinen Fall in die Wohnung. Wann wollte er kommen?«

»Um neunzehn Uhr.«

»Wir werden in der Nähe ihrer Wohnung die Vorgänge vom Streifenwagen aus beobachten. Mehr können wir im Moment nicht tun.«

Die Beamten standen auf und verabschiedeten sich.

Anna seufzte. »Vielen Dank, dass Sie so schnell gekommen sind.«

»Gerne.«

Sie begleitete die Polizisten zum Ausgang und wollte die Tür schon wieder zuschlagen. Im letzten Moment hielt sie sie einen Spalt offen. Das Treppenhaus war so hellhörig, dass sie jedes Wort ihrer Unterhaltung verstehen konnte. Sie glaubte ihren Ohren kaum.

»Tommi und gewalttätig, das ist ein Witz«, bemerkte einer der Polizisten.

Sie schäumte vor Wut, drückte die Tür zu und fluchte leise vor sich hin, denn sie fühlte sich total verarscht.

Wer kann mir helfen? Schade, dass ich meine beste Freundin verloren habe. Maren hätte sicher Rat gewusst. Im Kollegium gab es niemanden, mit dem sie über diese Dinge sprechen konnte.

Anna legte sich auf die Couch und wälzte sich von einer Seite auf die andere. Sie fühlte eine innere Leere, die alles in sich hineinsaugte, wie ein schwarzes Loch.

Maren war die einzige Rettung! Hoffentlich ist sie nicht umgezogen. Hoffentlich spricht sie überhaupt noch mit mir.

Sie nahm ihr Smartphone und wählte Marens alte Handynummer.

»Diese Rufnummer ist uns nicht bekannt.«

Sie versuchte es erneut, dieses Mal auf ihrer Festnetznummer. Anna atmete auf, als am anderen Ende der Leitung das Freizeichen ertönte.

»Mira Becker.«

»Oh, Entschuldigung, ich habe mich verwählt.«

»Warten Sie, wen möchten Sie denn sprechen?«

»Maren, Maren Weber.«

»Sie sind hier richtig. Maren ist noch auf dem Elternsprechtag. Kann ich etwas ausrichten?«

»Sagen Sie ihr bitte, sie möchte Anna Rexhausen anrufen. Meine Nummer ist ...«

»Die habe ich im Display, 0160879...?«

»Genau.«

»Ich sage Maren Bescheid. Schönen Abend noch.«

»Ebenfalls. Danke.«

Merkwürdig, ging ihr durch den Kopf. *Seit wann hat Maren eine Mitbewohnerin?*

Am nächsten Morgen, einem Samstag, blieb Anna bis Mittag im Bett liegen. Die Gedanken an Thomas, diesem Scheißkerl, schürten ihr immer noch die Kehle zu. Gerade war sie dabei gewesen, ihr Leben in den Griff zu bekommen und jetzt dieser Rückschlag.

Erst gegen Mittag stand sie auf, stellte die Kaffeemaschine an und ging ins Badezimmer.

Als ihr Smartphone vibrierte, erkannte sie Marens Festnetznummer im Display und atmete auf. Dennoch schlug ihr das Herz bis hinauf in den Hals, während sie den Anruf annahm.

»Maren, Gott sei Dank, dass du zurückrufst. Mir geht's sauschlecht.«

»Du brauchst mich wohl nur, wenn du in Not bist.«

Anna schluckte. »Okay, vergiss meinen Anruf.«

»Warte. Was ist denn passiert?«

»Du erinnerst dich an Thomas, den wir in der Kneipe getroffen haben?«

»Ja klar. Wegen dem haben wir uns zerstritten.«

»Der Kerl hat mich gestern mit einem Messer bedroht. Ich musste die Polizei rufen.«

»Dann ist ja alles in Ordnung«, sagte Maren kühl.

»Nichts ist in Ordnung. Er will mich heute Abend um neunzehn Uhr besuchen. Er verlangt tausend Euro von mir. Ich weiß nicht, was ich machen soll. Das Schlimme ist, die Polizei scheint an meiner Aussage zu zweifeln.«

Beide schwiegen für mehrere Sekunden.

»Ich bin bis sechszehn vier Uhr in der Schule. Soll ich danach vorbeikommen?«, fragte Maren.

»Wenn es dir nichts ausmacht.«

»Nein, wir sehen uns später. Ich habe dir gegenüber wegen dieses Typen ein schlechtes Gewissen. Glaube mir, ich wollte dich damals nicht verkuppeln.«

Anna fiel ein Stein vom Herzen.

»Ein Glück, dass ich dich habe.«

»Mach dir keine Sorgen, Anna. Ich habe auch einmal Probleme mit einem Stalker gehabt. Der hat von meinem damaligen Freund eine Spezialbehandlung erhalten. Danach hat er sich nie mehr blicken lassen.«

»Ich muss in die Konferenz. Alles Weitere besprechen wir am Nachmittag.«

Es wurde halb fünf bis Maren endlich vor der Tür stand. In der einen Hand hielt er einen Blumenstrauß, in der anderen eine Stofftasche.

»Tut mir leid, dass ich mich verspätet habe. Ich bin noch einmal nach Hause gefahren, um ein paar Utensilien zu holen«, sagte sie, überreichte Anna die Blumen und zeigte auf die Tasche.

Für einen Moment wusste Anna nicht, ob sie Maren umarmen sollte. Ihre Freundin kam ihr zuvor und drückte sie fest an sich.

»Ich bin froh, dich wiederzusehen.« Sie ging einen Schritt zurück, sah Anna in die Augen und fasste sich an die Stirn. »Warum habe ich dich nicht schon eher kontaktiert? Manchmal verhält man sich wie ein kleines Kind, das bockt.«

»Mir ging es genauso«, gestand Anna und nahm Marens Hand. »Komm bitte herein.«

Sie führte Maren ins Wohnzimmer, wo diese sich umsah.

»Gemütliche Wohnung, schön hell.«

»Leider etwas klein. Eigentlich bräuchte ich ein separates Arbeitszimmer«, erwiderte Anna, während sie eine Vase holte. Nachdem sie die

Blumen arrangiert hatte und sie auf den Couchtisch stellen wollte, traf ihr Blick auf Marens. Das Funkeln darin war ihr so vertraut. Unvermittelt kam es Anna so vor, als wenn nie etwas zwischen ihnen gewesen wäre. Sie nahmen beide zeitgleich auf dem Sofa Platz.

»Danke, dass du gekommen bist«, sagte Anna schließlich.

»Du hast besorgt geklungen. Erzähl mir, was passiert ist.«

Anna rieb sich den Nacken und berichtete Maren von dem Vorfall mit Thomas und der Begegnung mit der Polizei.

Maren schüttelte den Kopf. »Ich bin sprachlos.«

»Das Schlimmste ist, ich hatte das Gefühl, dass mir die Beamten nicht geglaubt haben.«

»Warum haben sie nicht angeboten, mit dir gemeinsam in deiner Wohnung auf Thomas zu warten?«

»Weiß ich auch nicht.«

»Das ist ungeheuerlich. Stalking in Reinform. Wenn solche Typen nicht mehr weiterwissen, greifen sie auf körperliche und psychische Gewalt zurück. Wir müssen dem Kerl ein für alle Mal das Maul stopfen. Du hast mit gesagt, er wäre pervers.«

»Pervers ist vielleicht der falsche Ausdruck. Er hat gewisse Neigungen. Jedenfalls nutzte er meine Unerfahrenheit schamlos aus, um sich sexuell bei mir abzureagieren. Und jetzt nach vier Jahren bedroht und erpresst er mich. Ich glaube, für Geld macht der alles.«

»Das sind günstige Voraussetzungen für das Gelingen meines Plans.«

»Verstehe ich nicht.«

»Ich möchte mir zunächst einmal dein Schlafzimmer ansehen.«

»Wie bitte?«

»Keine Angst, es geht um deine Sicherheit.«

Beide standen auf und Anna öffnete die Schlafzimmertür. Maren warf einen Blick auf das Metallbett mit hohem Kopfteil und grinste.

»Das passt.«

»Was?«

»Warte einen Moment, Anna. Ich erkläre es dir gleich.« Maren zeigte auf die Tür. »Wo geht es da hin?«

»Ins Badezimmer.«

»Wow, du hast einen direkten Zugang vom Schlafzimmer ins Bad. Den hätte ich auch gerne in meiner Wohnung.«

Maren öffnete die Tür. »Dein Bad ist ja riesig. Perfekt. Komm, wir setzen uns wieder, und dann erkläre ich dir alles in Ruhe.«

»Möchtest du etwas trinken?«, fragte Anna, während sie zurück ins Wohnzimmer gingen.

»Ein Glas Wasser, bitte.«

Anna holte eine Flasche und zwei Gläser. Beide nahmen auf dem Sofa Platz und tranken einen Schluck.

Maren griff in die Stofftasche, zog etwas Metallenes heraus und hielt es hoch.

»Die werden heute zum Einsatz kommen.«

»Handschellen. Was soll ich damit?«

»Wenn der Kerl nachher kommt, wirst du ihn kampfunfähig machen. Ich werde mich im Badezimmer verstecken. Unser Signalwort ist *Bingo*. Sobald du das Wort rufst, übernehme ich das Kommando. Bei Gefahr bin ich sofort da.«

Anna fuhr sich mit der Hand durch die Haare. »Du bist ganz schön dreist. Ich weiß nicht, ob ich das durchstehe.«

»Du schaffst das. Wir zusammen schaffen das.«

»Und was ist, wenn er sich nicht darauf einlässt?«

»Er wird darauf eingehen, glaube mir.«

Anna schüttelte sich. »Ich kann diesen Kerl nicht anfassen.«

»Zieh ein Paar Handschuhe an.«

Unfähig länger still zu sitzen sprang Anna auf und ging hin und her.

»Ich weiß nicht. Was ist, wenn er mich schlägt oder mir an die Kehle geht?«

»Dann bin ich sofort da, vertraue mir.« Maren griff in die Hosentasche und kramte ein Döschen hervor

»Pfefferspray. Für den Notfall.«

Anna holte tief Luft. »Jetzt brauche ich erst einmal einen Schnaps. Du auch?«

»Ich muss noch fahren. Also bleibe ich besser bei Wasser. Seit wann trinkst du Hochprozentiges?«

»Normalerweise überhaupt nicht, aber der heutige Tag ist nicht normal.«

Anna ging zum Sideboard, holte eine volle Whiskyflasche, öffnete sie und füllte ihr Glas zur Hälfte.

»Prost Maren, auf ein gutes Gelingen.«

Sie trank den Whisky in einem Zug. »Das ist meine Nervennahrung«, sagte sie dann. »Wie kannst du nur so entspannt dasitzen?«

»Ich habe Nerven wie Drahtseile«, erwiderte Maren und zwinkerte Anna zu.

»Versuche einfach, an etwas anderes zu denken. Ich weiß, wie schwer das ist, aber es bringt dir nichts, dir jetzt schon über alles Mögliche Sorgen zu machen, was schief gehen könnte.«

»Du bist lustig. Gleich kommt jemand, der mich bedroht hat. Wie soll ich da an etwas anderes denken?«

Anna stellte das Glas ab und lief ins Bad.

»Alles in Ordnung?«, rief Maren ihr hinterher.

»Mir ist übel. Mach dir keine Sorgen. Es geht sicher gleich wieder.«

Eine Viertelstunde später kam sie zurück ins Wohnzimmer.

»Ich habe kalt geduscht. Jetzt kann ich wieder klar denken.«

Maren musterte Anna, die Jeans und eine hochgeschlossene Bluse trug, von oben bis unten.

»Hast du nichts mit einem tiefen Ausschnitt. Das streckt zum einen den Körper, zum anderen solltest du Thomas mit allen Reizen einer Frau empfangen, damit sein Verstand aussetzt.«

»Mit tiefem Ausschnitt?«, murmelte sie vor sich hin.

»Da hängt noch ein luftiges Kleid im Schrank, aber das habe ich schon Jahre nicht mehr getragen.«

Maren horchte auf. »Zeig doch mal.«

»Ich weiß nicht. Das ist mir wahrscheinlich mittlerweile viel zu klein.«

Sie zögerte einen Moment. »Ich hole es und dann sehen wir weiter.«

Maren ging ins Schlafzimmer und zog sich ein Midi-Hänger Kleid mit Blumenmuster, Ärmelbündchen und einem tiefen V-Ausschnitt an.

»Das sieht richtig verführerisch aus«, rief Maren, als sie zurück ins Wohnzimmer kam. Sie stand auf und ging einmal um Anna herum und blieb schließlich vor ihr stehen.

»Dein Dekolleté ist der Hammer. Da könnte selbst ich schwach werden«, sagte sie schmunzelnd.

»Jetzt hör aber auf, Maren.« Trotz ihrer Worte musste auch Anna grinsen. Sie drehte sich einmal um die eigene Achse. »Okay, ich behalte es an.«

Dann nahm sie einen weiteren Schluck Whisky, ging an Maren vorbei, setzte sich auf den Schreibtischstuhl und schaltete den Computer ein.

»Druckst du jetzt deine Arbeitsblätter für Montag aus?«, fragte Maren und schüttelte den Kopf.

»Nein, ich suche nach Meditationstexten. Immerhin brauche ich ein paar schöne Formulierungen, um Tomas einzulullen. Mir fehlt die Fantasie für solch esoterische Gedankenspiele.«

»Gute Idee.«

Nach zehn Minuten fand Anna einen passenden Text, den sie kopierte und anschließend ausdruckte. Sie nahm das Blatt und wollte es gerade in die in die Hosentasche stecken, als Maren sagte: »Lass mal lesen.«

Anna reichte ihr den Zettel. Während Maren las, schmunzelte sie mehrmals. »Das ist genial.«

»Ich habe heute noch nicht gefrühstückt. Was hältst du davon, wenn wir eine Pizza kommen lassen?«

»Super Idee.«

Anna holte die Speisekarte eines Lieferdienstes und reichte sie Maren.

»Ich nehme eine Pizza-Hawaii.«

»Die nehme ich auch.«

Anna gab die Bestellung telefonisch auf und deckte den Wohnzimmertisch.

Bereits dreißig Minuten später wurde die Pizza geliefert.

Nachdem Anna ein Viertel gegessen hatte, legte sie das Besteck auf den Tisch. »Ich krieg nichts mehr herunter.«

Sie stand auf und ging erneut nervös von einer Ecke in die andere und schaute zwischendurch immer wieder auf die Uhr.

»Zehn nach sieben. Der Kerl hat vielleicht Muffensausen bekommen oder den Streifenwagen gesehen.« Sie ging zum Fenster und blickte hinaus.

»Hm, keine Spur von einem Polizeiauto.«

Sie warteten weitere fünfzehn Minuten, dann endlich klingelte es.

Anna zuckte zusammen. Unvermittelt begann ihr Puls zu rasen.

»Maren, ich habe Angst«, krächzte sie mit staubtrockener Zunge.

»Du verhältst dich so, wie wir es besprochen haben.« Aufmunternd tätschelte Maren ihr den Arm.

»Ich verschwinde jetzt ins Badezimmer. Hab keine Angst. Von dort passe ich auf dich auf.«

Anna nickte, atmete noch einmal tief durch und bewegte sich dann in Richtung Eingangstür, erstaunt darüber, dass ihre wackeligen Beine ihr Gewicht trugen. Mit zitternder Hand bediente sie Sprechanlage.

»Ja bitte?«

»Ich bin es, Thomas.«

Ihre Kehle wurde eng, während sie den Öffner drückte und hörte, wie er die Treppe hochkam. Es klopfte. Selbst durch die Tür roch es nach Schweiß und abgestandenem Schweiß.

Nichtsdestotrotz schluckte Anna die aufkommende Übelkeit hinunter und ließ ihn eintreten.

»Hallo Thomas«, flüsterte sie und senkte den Blick aus Angst, er könne ihr ihren Widerwillen ansehen.

Reglos standen sie sich gegenüber. Anna, die seinen Blick auf sich spürte und sich nicht traute, sich zu rühren und Thomas, der hörbar schluckte.

»Hast du das Geld?«, stieß er dann hervor.

»Komm erst einmal rein«, wisperte Anna, zwang sich, ihn nicht nur anzusehen, sondern ihm auch ein Lächeln zu schenken.

»Ich brauche die Asche, Anna. Sofort!«

»Du bekommst das Geld. Und noch mehr.«

Seine Augen weiteten sich. »Mehr als die Tausend? Wie viel?«

»Nein, du kriegst die Tausend und ein besonderes Extra. Du musst dich nur darauf einlassen.«

»Willst du mich verarschen?«

Anna nahm das bunte Tuch, dass sie bereits im Vorfeld an der Garderobe platziert hatte, schwenkte es, wobei der unaufdringliche Duft ihres Parfums von dem Stoff aufstieg. »Folge mir ins Paradies,« sagte sie in der Hoffnung, ihn ins Wohnzimmer locken zu können.

Tatsächlich kam er ihr nach, wenn auch mit zögernden Schritten.

»Denk an Tantra und die Verbindung von Körper, Geist und Seele«, raunte sie, griff nach den Handschellen, die auf dem Sofa lagen, und hielt sie vor ihr Dekolleté. »Schau mal, was ich hier habe ...«

91

Kurz zuckte Thomas zusammen. »Was soll das werden?«

»Ein Spiel. Ich habe mich dir gegenüber falsch verhalten, was ich bedauere. Gibt mir die Chance, es wieder gut zu machen.« Anna kam sich lächerlich vor bei dem Versuch verführerisch zu klingen. Doch ihn schien es zu gefallen, denn er näherte sich ihr.

Ein Funkeln trat in seine Augen.

»Du hast wunderschöne Titten«, sagte er und griff ihr ihn den Ausschnitt. Dabei keuchte er, wie ein Hund, dem man ein Leckerchen vor die Nase hielt. »Ich kenne solche Spielchen, wusste aber nicht, dass du darauf stehst. Sind die Handschellen tatsächlich für mich?«

»Nur wenn du möchtest. Oder hast du Angst, die Kontrolle über dich zu verlieren?«

»Ich und Angst?« Er lachte auf. »Natürlich nicht.«

»Sexualität ist die Urquelle der Lebenskraft. Selbst Angstzustände kannst du mithilfe von Tantra überwinden«, sagte Anna.

»Habe ich schon mal gehört. Ich bin beeindruckt.«

Du Arsch, das sind die gleichen Worte, die du mir vor fünf Jahren gesagt hast.

»Folge den Impulsen deines Körpers.« Anna zeigte auf die offene Tür zum Schlafzimmer. »Das ist der heilige Raum zur wahren Harmonie. Schau ihn dir an.«

Sie registrierte, wie sich sein Atem beschleunigte, als er an ihr vorbeieilte und einen Blick ins Schlafzimmer warf.

»Sogar eine Kerze brennt. Und in dem Bett möchtest du mich verwöhnen?«

»Genau.« Ihr lief der Schweiß den Rücken hinunter.

»Kann ich vorher noch duschen? Ich rieche ein bisschen streng.«

Annas Herz raste, während sie gerade noch verhindern konnte, in Richtung Badtür zu blicken.

»Das musst du nicht. Ich mag Männerschweiß. Ich finde ihn sogar erregend.«

Thomas starrte sie an. »Das hat noch nie jemand zu mir gesagt.«

Erneut zwang Anna sich zu einem Lächeln »Ist das wichtig? Willst du dich nicht lieber ausziehen?«

Er zerrte an seinen Kleidungsstücken und warf sie auf den Boden, bis er nackt vor ihr stand.

»Und nun legst du dich auf das Bett.«

Thomas ließ sich auf die Matratze fallen und schaute sie erwartungsvoll an. »So?«

»Sehr gut. Jetzt schließe die Augen und strecke deine Hände nach oben.«

»Warum? Und wieso hast du Handschuhe an?«

Für eine Sekunde erstarrte Anna. »Lass dich überraschen.«

»Boah, ist das aufregend.« Thomas grinste sie an und folgte ihrer Anweisung.

Anna legte ihm die Handschellen an und befestigte sie an den Bettstangen. Thomas schien keinen Verdacht zu schöpfen, denn sein Glied hatte sich steil aufgerichtet.

»Ich werde dir jetzt die Augen verbinden, damit du dich besser gehen lassen kannst«, flüsterte Anna mit trockener Kehle.

»Und dann passiert was?«, fragte er.

»Überraschung.«

»Okay, leg los.«

Sie nahm das Tuch, dass sie sich locker um den Hals gelegt hatte, und beugte sich zu ihm hinunter. »Heb den Kopf mal eben an.«

Nachdem er das getan hatte, verdeckte sie seine Augen und verknotete beide Enden des Tuches fest. Dabei rümpfte sie die Nase, während Thomas erwartungsvoll auf die nächsten Schritte zu warten schien.

»Wow, wie aufregend«, stöhnte er. »Mach weiter.«

Was für eine erbärmliche Kreatur.

Anna verzog das Gesicht und wich zurück. Sie setzte sich auf den Stuhl in der anderen Ecke, zog ihren Zettel aus der Tasche und las den Text vor.

Stell Dir vor, Du stehst in einem alten Park.
Hier ist es wunderschön.
Große, alte Bäume und Blumen in allen Farben,
die Sonne scheint und berührt Deine Haut.
Das kannst Du spüren.

Thomas lag regungslos auf dem Bett und atmete tief ein und aus.

Fühle das Licht der Sonne. Vögel fliegen durch den Park und zwitschern in der Luft, alles ist friedlich.

Sein Körper zuckte unruhig.

Eine Taube kommt zu Dir geflogen und setzt sich auf Deine Schulter, sie gurrt Dir leise ins Ohr ...

»Gehts ein wenig aktiver? Du kannst mit mir machen, was du willst.«

Anna reagierte nicht.

Lausche! Am Horizont erscheint eine Fee. Siehst du ihr seidiges, rosafarbenes Haar und ihre feine zartrosa schimmernde Haut. Sie flüstert dir zu: ›Du hast einen Wunsch frei.‹

»Verschaffe mir Erleichterung. Nimm ihn endlich«, kam es, wie aus der Pistole geschossen.

Siehst du das blinkende Messer in ihrer Hand? ...

»Was soll der Scheiß?«, brüllte Thomas und riss an den Handschellen. »Mach mich sofort los.« Er zappelte mit den Beinen wie ein Fisch am Haken.

»B-i-n-g-o!«, schrie sie aus voller Kehle,

»Drehst du jetzt völlig durch?«

Maren kam wie abgesprochen aus dem Badezimmer geschossen, nahm Thomas die Binde ab und hielt ein Messer hoch, sodass er es sehen konnte.

»Kannst du dir vorstellen, was gleich passiert?«

»Mach mich los! Das ist Misshandlung.«.

»Nun hör mir mal gut zu, mein Junge.« Maren näherte sich mit der Klinge seinem Unterleib. »Du wirst gleich die Wohnung verlassen und Anna nie mehr belästigen. Hast du mich verstanden? Nie mehr.« Sie hielt das Messer an seinen Penis, der in der Zwischenzeit schlaff wie ein Waschlappen war »Solltest du Anna noch einmal bedrängen, schneide ich dir dein Ding ab.« Sie drückte die Spitze einige Millimeter in die Haut des Hodens. »Und deine Eier gleich mit.«

»Nie mehr! Ich schwöre!«, krächzte er.

Maren drückte noch fester zu. »Lauter!«

»Nie mehr!«, schrie er aus voller Kehle.

Daraufhin ließ sie von ihm ab, sammelte seine Klamotten auf, öffnete das Fenster und schmiss die Kleidungsstücke nach draußen. Dann ging sie zu Thomas zurück.

»Ich werde die Handschellen jetzt lösen. Verpiss dich so schnell du kannst.«

»Ich kann doch nicht nackt auf die Straße laufen.«

Sie hielt ihm das Messer an die Kehle. »Du hast keine Wahl. Sonst werde ich mir das noch einmal anders überlegen. Denk an dein bestes Stück.«

Maren steckte das Messer zwischen die Zähne, löste die Handschellen und trat einen Meter zurück. Sie nahm die Klinge wieder in die Hand und hielt sie drohend in seine Richtung.

Thomas dachte anscheinend nicht daran, sie anzugreifen. Stattdessen sprang er auf und floh aus der Wohnung, ohne sich noch einmal umzuschauen.

Anna hatte währenddessen zusammengekauert auf ihrem Stuhl in der Ecke gesessen. Sie hatte das Schauspiel regungslos verfolgt und sich zeitweise die Ohren zugehalten.

»Wir haben es geschafft, Anna.«

»Ja, wir haben es geschafft. Danke Maren. Du hast unseren Plan eiskalt durchzogen. Das hätte ich allein nie geschafft. Boah, bist du dreist gewesen.«

»Das Ziel ist der Weg. Gehts dir gut?«

Anna zögerte einen Moment. »Ja, aber jetzt möchte ich einfach nur alleine sein.«

»Kann ich verstehen. Wenn du etwas brauchst, melde dich.«

»Mach ich. Bevor du gehst, kannst du mir noch einem Gefallen tun?«

Maren ging auf sie zu und streichelte ihr durchs Haar.

»Nicht nur einen. Viele, wenn du möchtest.«

»Zieh bitte die Bettwäsche ab und schmeiß sie in die Waschmaschine im Badezimmer.«

»Kein Problem.«

»Und öffne alle Fenster, ich ersticke sonst.«

»Mach ich sofort.«

»Danke Maren. Ruf mich morgen bitte an«, sagte Anna, während sie ins Wohnzimmer ging, um sich dort auf die Couch zu legen.

Ehe Maren das Haus verließ, schaute sie Anna noch einmal tief in die Augen.

»Wir sind ein starkes Team, Anna. Ich melde mich morgen.«

Maren hielt ihr Wort und rief bereits am nächsten Vormittag an.

»Hast du die Nacht gut überstanden, Anna?«

»Geht so. Ich habe mich gestern nicht mehr bewegt und bin auf dem Sofa eingeschlafen. Es kann eigentlich nicht sein, aber ich habe immer noch diesen scheußlichen Geruch in der Nase.«

»Der hat aber auch fürchterlich gestunken«, sagte Maren.

»Ich habe gerade die Matratze und das Bett neu bezogen. Vielleicht lag es daran. Ich bilde mir ein, dass sein Gestank noch überall in der Wohnung haftet.«

»Das legt sich sicher bald«, versuchte Maren sie zu trösten.

Dann, nach einer kurzen Pause sagte sie: »Übrigens, ich habe gestern noch lange über uns nachgedacht. Ich bin echt froh, dass wir uns wieder vertragen haben.«

»Bist du das wirklich?«

»Ja, ganz sicher.«

»Du hast mich beeindruckt und erschreckt zugleich, Maren. Wie souverän und mit welcher Ruhe und Kaltschnäuzigkeit du das Ganze abgewickelt hast.«

»Du kennst mich doch von früher, wie ich die Jungs zusammengestaucht habe, wenn sie dich beleidigt hatten.«

»Ja, ich erinnere mich.«

»Manchmal musst du halt etwas brutaler sein. Dein Verhalten war auch cool. Du hast alles genau so gemacht, wie wir es besprochen hatten. Respekt.«

»Danke. Ich bin auch ganz stolz auf mich. Ohne dich hätte ich das aber nie geschafft.«

Maren lachte. »Allein sind wir stark, zusammen unschlagbar.«

Kapitel 4
2016

Beruflich TOP, beziehungsmäßig FLOP. So hätten andere vermutlich Annas Leben beschrieben.

Mittlerweile war sie Beamtin auf Lebenszeit und ging voll in ihrem Job auf. Ihre Kollegen und Kolleginnen schätzten sie wegen ihres pädagogischen Engagements, die Schüler respektierten sie.

Den Zwischenfall mit Thomas hatte Anna abgehakt, zumindest versuchte sie, sich das einzureden. Eine Freundschaft zu einem Mann, geschweige denn ein Liebesverhältnis, stand für sie nicht mehr zur Debatte.

Dafür freute sie sich auf den jährlichen Lehrerausflug, der wie immer im Frühjahr anstand. Dieses Mal ging es in die Eifel, an den Rursee. Wie in den letzten Jahren sollte es an einem Freitag nach der dritten Stunde losgehen.

Kaum hatte Anna vor Unterrichtsbeginn das Lehrerzimmer betreten, kam Wolfgang, der Organisator des Ausflugs, auf sie zu.

»Du hast dich nicht in die Liste eingetragen. Wandern oder Bootsfahrt?«, fragte er sie.

»Lieber Bootsfahrt.«

»Habe ich mir schon gedacht,« sagte er grinsend.

Sie griff in ihre Tasche, legte einen Stapel Klassenarbeiten auf den Tisch, die sie in der nächsten Stunde zurückgeben wollte, und setzte sich.

Dabei bemerkte sie Wolfgangs Blick auf ihren Busen. Immer, wenn er glaubte, sie würde es nicht bemerken starrte er ihre Brüste an, als wenn er sie analysieren wollte und gerne gewusst hätte, wie sie unter der Kleidung aussahen.

Entschlossen schaute sie zu ihm hoch.

»Ist noch was?«, fragte sie.

Ertappt zuckte er zusammen, seine Wangen röteten sich, während er den Kopf schüttelte und hastig davon ging.

Anna verkniff sich ein Grinsen.

Oh ja, die Zeit, die sie mittlerweile wieder mit Maren verbrachte, tat ihr definitiv gut.

Nach der dritten Unterrichtsstunde versammelte sich die ganze Lehrerschaft vor der Schule. Dieses Jahr spielte das Wetter mit. Kein Wölkchen am Himmel, Temperaturen von über 20 Grad.

Der Bus wartete schon. Wie in den letzten Jahren fuhr Franz sie zum Zielort.

»Hallo Franz, es kann losgehen«, sagte Wolfgang.

»Hallo zusammen. Ich bin bereit.«

Franz war Ende dreißig, groß, charmant und bis auf seinen kleinen Bauchansatz gut gebaut. Er entdeckte Anna und strahlte. Als ein Kollege während der letzten Klassenfahrt am vorletzten Tag wegen Krankheit kurzfristig ausgefallen war, hatte er sich rührend um die Jungs gekümmert.

»Hallo, Anna. Alles gut?«

Sie musste zu ihm aufsehen, während sie antwortete, weil er einen halben Kopf größer war als sie. »Ja, danke. Und bei dir?«

»Alles im grünen Bereich.«

Er lachte und Anna fiel auf, wie sehr sie diese Stimme mochte, ebenso wie seine Grübchen und die Lachfalten an seinen Augen.

Innerlich über ihre Gedanken den Kopf schüttelnd, ging sie rasch weiter, denn ihre Kolleginnen und Kollegen hatten sich schon hinter ihr aufgereiht. Jeder versuchte, den besten Platz ergattern.

»Alle an Bord?«, ertönte schließlich Franz' tiefe Stimme durch die Lautsprecher.

Wolfgang zählte noch einmal durch. »... vierundfünfzig. Es kann losgehen.«

Anna nahm neben Vera, einer Fachkollegin, Platz. Sie unterhielten sich über den Schulalltag, bis sie am späten Vormittag Rurberg erreichten und Wolfgang wieder das Kommando übernahm.

»Die Wanderer gehen mit Thorsten, die Bootfahrer folgen mir zum Anlegesteg. Essen gibt es ab dreizehn Uhr. Wir treffen uns im Heimbacher Brauhaus.«

Der Tross zog los. Anna ließ die Gruppen ziehen, zwinkerte Franz zu und legte den Zeigefinger senkrecht auf die Lippen. Franz zwinkerte zurück.

Anna wartete, bis die anderen weg waren, dann ging sie zu ihm hin.

»Ich habe keine Lust, mit dem Boot zu fahren, ich mach mich gleich auf zum Brauhaus. Kommst du mit? Die haben einen tollen Außenbereich«, schlug sie vor.

»Gerne.« Er sah sie an und lächelte vergnügt.

Fünfzehn Minuten später erreichten sie das Ausflugslokal. Die Terrasse war gut besucht, dennoch fanden beide ein lauschiges Plätzchen unter einer alten Buche.

Franz rückte Anna den Stuhl zurecht und setzte sich erst, nachdem sie Platz genommen hatte. Er nahm die Hornbrille ab und legte sie auf den Tisch.

»Was möchtest du trinken?«, fragte er.

»Einen Kaffee, bitte.«

Die Kellnerin kam und er bestellte zwei Kaffee.

Anna lehnte sich derweil zurück und beobachtete Franz, der sich seinerseits nun umschaute.

»Wirklich ein nettes Plätzchen.« Er zeigte auf das Blumenbeet vor der Eingangstür. »Und diese Hortensien sind ein Traum.«

»Magst du Blumen?«, fragte Anna.

»Ja, ich liebe meinen Garten über alles.«

»Ist er denn groß?«

»Ja, fast tausend Quadratmeter. Für eine einzelne Person kaum zu schaffen.«

»Mach du die ganze Arbeit selbst? Oder hilft deine Frau mit?«

Er zögerte einen Moment. »Seit vier Jahren wohne ich alleine in dem Haus. Meine Frau ist damals tödlich verunglückt«, sagte er und seufzte.

Anna schluckte, während sie spürte, wie ihr das Blut in die Wangen schoss. Typisch, dass sie direkt ins Fettnäpfchen treten musste.

»Das ... das ist ja furchtbar«, stammelte sie. »Das tut mir leid für dich, Franz. Möchtest du darüber sprechen?«

»Da gibt es nicht viel zu sagen. Sie ist bei Regen in einer scharfen Kurve ins Schleudern gekommen und gegen einen Baum geprallt.«

Anna bemerkte, wie seine Augen vor zurückgehaltenen Tränen glänzten.

»Entschuldigung, Franz, das wusste ich nicht.«

»Woher auch?«

»Vielleicht findest irgendwann eine neue Partnerin, die zu dir passt. Du darfst nicht aufgeben.«

»Das wäre schön«, sagte er und runzelte die Stirn.

»Du bist doch jung und hast das halbe Leben noch vor dir.«

»Schau mich an.« Er zeigte auf sein lichtes dunkles Haar, das an einigen Stellen graue Strähnen aufwies und seinen Bauchansatz. »Was schätzt du, wie alt ich bin?«

Anna musterte ihn. »Vierzig?«

»Respekt, gut geschätzt, ich bin neununddreißig.«

»Also zehn Jahre älter als ich.«

»Findest du ...?«

Die Kellnerin kam und servierte den Kaffee. Franz nahm zwei Stücke Würfelzucker, ließ sie in die Tasse fallen und begann zu rühren. Dabei musterte er Anna genau. »Irgendwie siehst du traurig aus. Geht es dir gut?«, fragte er.

Sie zuckte die Schulter »Es geht so. Ich habe gestern ein wenig Stress mit einer Kollegin gehabt, weil ich mit ihrer verhängten Ordnungsmaßnahme gegen eine Schülerin nicht einverstanden war.«

»Das kenne ich. Was glaubst du, wie wir uns unter Busfahrerkollegen manchmal über Kleinigkeiten streiten.«

»Das war keine Kleinigkeit«, protestierte Anna.

»Ich kann mir vorstellen, welche Kollegin das gewesen ist.«

Anna sah ihn verdutzt an. »Woher willst du das wissen?«

»War es Frau Eckhoff?«

Sie starte ihn mit offenem Mund an.

»Woher weißt du das?«

»Die hat sich neulich bei eurem Chef über mich beschwert, weil ich einem ihrer Schüler verboten hatte, mit einem Eis in den Bus einzusteigen.«

»Typisch Claudia. Die hätte ja erst einmal mit dir darüber reden können.«

»Allerdings.«

»Frau Eckhoff ist manchmal etwas eigen.«

Franz wirkte verlegen, als er Anna daraufhin anlächelte.

»Du bist mir jedenfalls viel sympathischer.«

»Ach Franz, du kennst mich nicht. Ich kann auch ganz schön zickig und ungerecht sein.«

»Das kann ich mir gar nicht vorstellen.«

»Es ist aber so. Glaube mir.«

Er lachte nur, stand dann aber auf. »Ich gehe mal eben für kleine Jungs.« Anna nickte und sah ihm hinterher.

Franz ist ein wahrer Gentleman. So ruhig, so verständnisvoll, ausgeglichen und ehrlich, ging ihr durch den Kopf. *Und wie tapfer er den Tod seiner Frau ertragen hat.*

Nachdem er zurückgekommen war, rutschte er auf seinem Stuhl hin und her. »Da ist noch etwas ...«, begann er, zögerte kurz und gab sich einen sichtlichen Ruck. »Da ist noch etwas, was ich dich immer schon einmal fragen wollte.«

»Dann schieß mal los.«

»Aber bitte nicht falsch verstehen.«

»Franz, mach es nicht so spannend.«

»Ich würde dich gerne einmal zu in einem Kaffee bei mir zu Hause einladen und dir meinen Garten zeigen.«

Anna wandte den Blick von ihm ab, bemerkte, wie sie unwillkürlich die Lippen zusammenpresste. Sofort stand ihr Thomas wieder vor Augen. Mit ihm hatte es ähnlich angefangen.

»Was ist los?«, hörte sie Franz sagen. »Habe ich etwas falsch gemacht? Wir können auch zu Mittag essen gehen, wenn dir das lieber ist. Oder … Vergiss es einfach. Es war eine dumme Frage.«

Er klang derart kleinlaut, dass Anna ihn wieder ansehen musste. Sie atmete tief durch, ehe sie sagte.

»Nein, mir tut es leid, Franz. Du kannst das ja nicht wissen, aber, wenn ich diesen Satz höre, läuten bei mir die Alarmglocken.«

»Welchen Satz?«

»Sobald mich jemand zu einem Kaffee einladen möchte, bricht bei mir Panik aus. Dann sind sie plötzlich wieder da. Diese traumatischen Erinnerungen an … ihn.«

»Möchtest du darüber sprechen?«

»Lieber nicht. Vielleicht später einmal. Bitte entschuldige mich kurz.«

Ohne seine Antwort abzuwarten, stand Anna auf und flüchtete förmlich in Richtung Toiletten.

Es kann doch nicht sein, dass Thomas nach wie vor in meinem Kopf herumspukt und nicht nur ich, sondern auch andere darunter leiden müssen, ging ihr durch den Kopf, während sie vor dem Waschbecken stand und sich kaltes Wasser ins Gesicht schöpfte. Sie schaute in den Spiegel, beengte dort ihrem Blick, der ihr viel zu ängstlich erschien.

Ich muss dieses Trauma loswerden!

Ein Entschluss, den sie nicht zum ersten Mal fasste. Dennoch dauerte es knapp zehn Minuten, bis sie sich so weit gefasst hatte, dass sie auf die Terrasse zurückkehrte.

Fast war sie überrascht, dass Franz noch immer dort auf sie wartete.

»Alles in Ordnung?«, fragte er. »Tut mir leid, wenn ich dich an ein schlimmes Ereignis erinnert habe.«

Anna schaute in sein braun gebranntes Gesicht. »Das war nicht deine Schuld. Aber nun hast du miterlebt, wie launisch ich sein kann. Meistens bin freundlich und *Everybody´s Darling*, doch manchmal, von jetzt auf gleich, aufbrausend und reizbar. Mitunter auch ungerecht. Ganz anders als du. Du strahlst eine Ruhe aus, die mir guttut.«

Franz hörte ihr offenbar aufmerksam zu. »Du bist du, so wie du eben bist. Und das ist gut so«, sagte er schließlich.

Ihre Blicke trafen sich. »Wie schön du das gesagt hast, Franz. Ich würde mir gerne noch etwas die Beine vertreten. Hast du Lust, mitzukommen?«

»Gute Idee«, antwortete er und reichte ihr die Hand.

Sie drehten eine Runde in der Nähe des Ausflugslokals und plauderten über dieses und jenes. Plötzlich blieb Franz stehen und atmete tief durch. Seine rehbraunen Augen leuchteten.

»Ich glaube, wir ergänzen uns ideal.«

Anna lachte. »Wie kommst du darauf?«

»Nun ja ...« Er stockte. »Ich spüre es einfach.«

»Ich weiß nicht«, erwiderte Anna, wobei sie sich Mühe gab, reserviert zu klingen. Er sollte nicht gleich wissen, dass ihr ähnliche Gedanken durch den Kopf schwirrten. »Wir können ja mal ein Eis essen gehen und dann sehen wir weiter«, schlug sie trotzdem vor.

»Gerne«, antwortete Franz, wie aus der Pistole geschossen.

Zur Mittagszeit kehrten sie zum Lokal zurück. Anna warf einen Blick in den separaten, von der Sonne hell durchfluteten, Saal im Seitentrakt des Restaurants. Die Tafel dort war in drei Reihen angeordnet.

»Lass uns gleich reingehen. Die Tische für unsere Gruppe sind bereits gedeckt«, schlug sie vor.

Franz stimmte zu und so suchten sie sich einen Platz direkt am Fenster.

»Deine Handynummer habe ich ja von der letzten Schulfahrt. Ist die noch gültig?«, fragte Anna.

»Nein. Ich habe mittlerweile eine neue ...«

Obwohl sie nicht danach gefragt hatte, nannte er ihr die Ziffern.

Sie nahm einen Stift aus ihrer Jacke und notierte die Nummer auf einem Bierdeckel.

In dem Moment trudelten die ersten Ausflügler wieder ein und Anna ließ den Untersetzer schnell in der Handtasche verschwinden.

»Erwischt. Welche Geheimnisse wollt ihr uns verbergen?«, fragte Ilona, die zu ihnen an den Tisch kam und aus voller Kehle lachte. »Los raus damit.«.

»Ihr wart auf einmal weg. Da hat mich Franz zu einem Kaffee eingeladen.«

Der konnte sich offensichtlich ein süffisantes Lächeln nicht verkneifen, stand aber auf und machte Annas Kolleginnen Platz.

»Nennt man das jetzt so«, fragte Ilona und zwinkerte zweideutig.

»Wenn ich das gewusst hätte, wäre ich auch hiergeblieben. Bei der Wanderung ging es teilweise steil hoch«, beschwerte sich Birgit, immer noch nach Atem ringend.

Anna verdrehte die Augen, als Claudia an ihrem Tisch auftauchte.

»Da bist du ja. Wir haben dich schon vermisst«, schaltete sie sich ein und warf Franz einen kühlen Blick zu.

Auf der Stelle stand er auf und zog sich in den Bus zurück, was Anna bedauerte. Allerdings ließ sie sich das nicht anmerken. Ilonas Bemerkungen, obwohl scherzhaft gemeint, gingen Anna gegen den Strich. Sie wollte nicht noch mehr Anlass, zu Spekulationen bieten.

Der weitere Verlauf des Ausflugs verlief wie üblich: Mittagessen, pädagogischer Gedankenaustausch bei Wein und Bier, bis es einige Kollegen an den Tresen zog. Anna war sichtlich erleichtert, als es zwei Stunden später zurück zur Schule ging.

Unterwegs hielt Franz an einer Raststätte. »Zehn Minuten Pinkelpause«, rief er, bevor er sich halb umdrehte und sein Blick kurz Annas Augen streifte.

Vor Ankunft an der Schule griff Wolfgang zum Mikrofon. »Bis Montag, ihr Lieben, in alter Frische.«

Die Gruppe verließ den Bus und löste sich auf. Die meisten bewegten sich in Richtung Auto.

Anna und Vera jedoch waren zu Fuß gekommen.

»Ich begleite dich ein Stück, wenn ich darf«, sagte Vera.

»Gerne.«

»War doch wieder einmal nett. In der Woche haben wir kaum Zeit für intensivere Gespräche.«

»Da hast du recht, Vera.«

»Hast du dich nicht gelangweilt mit Franz?«

»Im Gegenteil. Wir haben uns gut unterhalten.«

»Ihr seid bestimmt über Kollegen hergezogen, oder?«

Anna zog die Augenbrauen hoch. »Nein. Wir haben viele Sachen angesprochen, aber Schule war kein Thema. Ich wusste beispielsweise gar nicht, dass Franz ein Haus hat und seinen Garten über alles liebt«, versuchte Anna abzulenken.

»Das Eigenheim liegt schön im Grünen. Ich habe ihn einmal mit zwei Kolleginnen besucht, als er einen leichten Herzinfarkt hatte.«

»Wie bitte?«, unterbrach Anna. »Er hat einen Herzinfarkt gehabt?«

»Ja, es war wohl nicht so schlimm wie befürchtet.«

111

Ehe Anna nachfragen konnte, erzählte Vera weiter.

»Sein Grundstück, vor allem seine Blumenbeete, sind eine wahre Pracht. Er hat wirklich einen grünen Daumen.«

Anna hörte aufmerksam zu. Wie gerne hätte sie eigenes Haus mit Garten gehabt. Es fehlte nur noch der richtige Partner. Sie blieb stehen und schaute Vera fragend an.

»Wusstest du, dass seine Frau bei einem Unfall ums Leben gekommen ist?«

Vera strich sich die Haare hinter das Ohr und lächelte verlegen, als wäre es ihr unangenehm gewesen, zu antworten.

»Da fragst du am besten Claudia. Die weiß einiges über ihn«, sagte sie und ging schnellen Schrittes weiter. Anna zuckte mit den Schultern und lief ihr hinterher.

An der nächsten Straßenkreuzung verabschiedeten sie sich.

»Ich wünsche dir ein schönes Wochenende. Bis Montag«, sagte Vera, die es auf einmal eilig zu haben schien.

»Dir und deiner Familie das gleiche ... «

Kaum war Anna zu Hause angekommen, klingelte ihr Handy.

»Hallo Anna, vermisst du etwas?«

»Hallo Franz.« Sie überlegte und schaute auf ihre Handtasche. »Nicht, dass ich wüsste ... doch, meinen Anorak.«

»Genau, der lag in der Ablage oben im Bus. Wann brauchst du ihn wieder? Ich bin von morgen bis Freitag mit einer Reisegruppe am Gardasee.«

Sie schmunzelte. »Wie schön für dich. Da würde ich gerne mitkommen.«

Er lachte. »Vielleicht ein anderes Mal. Geh du mal schön in deine Schule.«

»Das ist unfair, Franz. Ich würde auch gerne in Urlaub fahren.«

»Ich möchte dir ein anderes Angebot machen.«

»Sag schon.«

»Ich würde dich gerne nächsten Samstag zu einem Tee einladen«, sagte er, wobei er das Wort *Tee* betonte. »Bei der Gelegenheit kann ich dir auch deine Jacke zurückgeben.«

Sie lachte aus vollem Herzen. »Ich würde auch zum Kaffee kommen.«

»Super. Ungefähr gegen sechzehn Uhr?«

»Abgemacht.«

»Nimm am besten die S-Bahn. Ich hole dich am Bahnhof ab. Dann kannst du das eine oder andere Gläschen Wein trinken. Ich habe schon nachgeschaut. Der letzte Zug fährt kurz vor Mitternacht zurück.«

»Wie vorsorglich von dir, Franz.«

»Ich freu mich.«

»Ich mich auch. Alles Gute für die Fahrt«, sagte sie und beendete das Gespräch.

Kaum hatte sie den Hörer aufgelegt, kamen ihr Zweifel auf. Die anfängliche Freude über die Verabredung wich einer inneren Zerrissenheit.

Wie konntest du nur auf dieses Angebot eingehen, Anna Rexhausen? Vielleicht hat Franz ganz andere Absichten, so wie damals Thomas?

Sie fasste sich an den Kopf und versuchte, einen klaren Gedanken zu fassen. Ein Satz von Franz kam ihr in den Sinn:

»Du bist du, so wie du bist. Und das ist gut so.«

Wie klar er es auf den Punkt bringen konnte.

Das ganze Wochenende schwankte sie zwischen himmelhochjauchzend und zu Tode betrübt.

Wofür habe ich eine Freundin?, dachte sie und verabredete sich kurzfristig am Montagabend mit Maren in einem Café am Rheinufer.

Die beiden saßen auf der Terrasse und schauten auf den Fluss, wie die untergehende Sonne das Wasser langsam golden färbte.

Maren kam direkt zur Sache. »Was liegt dir denn auf dem Herzen?«

Anna erläuterte ihr Problem.

»Ich weiß nicht, was ich machen soll, ihn treffen oder nicht?«

»Anna, ich finde es toll, dass du mich um Rat fragst.« Sie zögerte einen Moment. »Aber du bist jetzt sechsundzwanzig. Ich kann dir bei deiner

Entscheidung nicht helfen. Erstens kenne ich ihn nicht und zweitens, musst du selbst wissen, was für dich gut ist.«

Anna beugte sich nach vorne. »Genau das weiß ich eben nicht. Außerdem schwirren mir immer noch die Begegnungen mit Thomas im Kopf herum.«

»Du kannst dich doch nicht ewig mit diesem Trauma herumschlagen. Vielleicht solltest du einmal einen Psychologen aufsuchen?«

»Ich bin nicht krank«, rief Anna und starrte Maren zornig an.

»Beruhige dich«, sagte Maren, nahm ihre Hand und streichelte sie. »So wie du ihn mir beschrieben hast, macht Franz einen soliden Eindruck. Geh das Ganze doch einmal positiv an. Gib ihm eine Chance.«

»Bestimmt hast du recht ...« Annas Stimme schwankte, als sie hinzufügte: »Ich glaube, ich habe mich soeben entschieden, ihn zu treffen.«

»Gut so. Wie alt ist er eigentlich?«

»Neunundreißig, aber er sieht jünger aus.«

Maren runzelte die Stirn. »Zehn Jahre älter wäre mit persönlich zu viel. Bist du sicher, dass du nicht nach einem Vaterersatz suchst?«

»Bestimmt nicht. Zehn Jahre ist doch keine Generation.«

»Na dann, warum solltest du Franz nicht treffen? Du brauchst ihn ja nicht gleich zu heiraten,« sagte ihre Freundin mit einem breiten Grinsen.

Ebenfalls grinsend stimmte Anna zu.

Samstagnachmittag, eine Stunde vor Annas Treffen mit Franz. Sie stand vor dem Spiegel und fuhr sich mit den Fingern durch die Haare. Sie schminkte sich und holte ein gestreiftes Jerseykleid mit Herzausschnitt und 3/4-Ärmel aus dem Schrank, das sie erst vor kurzem in einer *Boutique für starke Frauen* gekauft hatte. Nachdem Anna es angezogen hatte, nahm sie das Fläschchen mit Eau de Parfum, benetzte das Handgelenk, die Armbeuge und Ohrläppchen. Sie war gespannt, wie Franz auf ihr Outfit reagieren würde. Aber da war auch dieses ambivalente Gefühl, die sich widersprechenden Erwartungen, in Bezug auf den bevorstehenden Besuch, die ihren Magen flattern ließ.

Sie packte die Kiwi-Pflanze, die sie im Gartencenter gekauft hatte, in eine Tragetasche. Bevor sie die Wohnung verließ, schickte sie ihm noch eine WhatsApp:

»Bin jetzt unterwegs.«

Es war ein warmer Frühlingstag. Die Sonne strahlte am wolkenlosen Himmel. Anna schlenderte an den Schaufenstern vorbei.

Hoffentlich gefällt ihm mein Kleid, dachte sie, als sie ihre Spiegelung darin bemerkte.

Da es ohnehin zu spät war, sich umzuziehen, versuchte sie, sich keine weiteren Gedanken um ihr Äußeres zu machen. Immerhin hatte Franz sie eingeladen. Das hätte er doch nicht getan, wenn sie ihm nicht gefallen würde.

Sie grübelte noch immer, als sie in Pulheim in S-Bahn stieg.

Franz erwartete sie bereits am Gleis und strahlte über das ganze Gesicht, während er auf sie zukam.

»Schön, dass es geklappt hat, Anna.«, sagte er und begrüßte sie mit Handschlag.

»Ich freue mich auch, Franz.«

Er trat zwei Schritte zurück. »Das Kleid steht dir ausgezeichnet.«

»Danke«, sagte sie erleichtert. »Ich habe dir etwas für deinen Garten mitgebracht.« Sie überreichte ihm die Tasche mit der Pflanze. »Hoffentlich findest du ein geeignetes Plätzchen.«

»Eine Kiwi! Genau die wollte ich mir in den nächsten Tagen besorgen. Anna, du bist verrückt. Das wäre doch nicht nötig gewesen.«

Sie lachte nur und winkte ab.

Alles richtig gemacht.

Sie verließen nebeneinander den Bahnhof, wobei Anna die Eisdiele auf der anderen Straßenseite entdeckte.

»Weißt du, worauf ich jetzt Lust hätte?«, fragte sie.

»Worauf denn?«

»Auf ein dickes Eis mit Sahne.«

Franz hakte sie unter und führte sie über die Straße. »Dein Wunsch ist mir Befehl.«

Sie setzten sich an einen der Außentische und bestellten kurz darauf für Anna einen Erdbeerbecher und für Franz einen Cappuccino.

»Wie war es am Gardasee?«

»Fantastisch, wie immer. Ich mag Italien, die Landschaft, das Klima, die Menschen und die Küche.«

»Da würde ich gerne einmal Urlaub machen.«

»Kann ich dir nur empfehlen«, sagte Franz, als die Bedienung den Cappuccino und das Eis servierte. Anna strahlte, als sie die Riesenportion sah und probierte gleich.

»Mmh, Lecker«, schwärmte sie.

»Ist ja auch italienisches Eis«, bemerkte Franz.

Sie wollten gerade aufbrechen, als Anna einen Druck auf ihrer Schulter spürte. Sie zuckte zusammen, wobei ihr fast der Löffel aus der Hand gefallen wäre und drehte sich um. Johannes, einer ihrer Kollegen, stand hinter ihr.

»Schau an, Anna und unser Busfahrer. Darf ich mich zu euch setzen?«

»Bitte, aber wir müssen gleich weiter«, sagte Anna.

»Ach, ihr habt noch etwas vor?«, fragte Johannes grinsend.

Anna schluckte und warf Franz einen unsicheren Blick zu. Der schaltete sofort und schaute auf die Uhr. »Der Zug kommt in fünf Minuten. Wir müssen uns beeilen.«

»Wo geht es denn hin?«, fragte Johannes nach.

Franz hielt den Finger vor den Mund. »Das soll eine Überraschung werden.«

»Dann noch einen schönen Tag«, sagte Johannes und wandte sich Anna zu. »Wir sehen uns am Montag.«

»Bis Montag.«

Franz nahm erneut Annas Arm und führte sie über die Straße in Richtung Bahnhof. Dort schauten sie sich um.

»Ich glaube, die Luft ist rein«, sagte Anna. Sie kam sich vor, wie Kinder beim Verstecken spielen. »Was machen wir jetzt, Franz?«

»Wenn du möchtest, zeige ich dir mein Haus. Es liegt fußläufig nur zehn Minuten von hier. Ich habe eine kleine mediterrane Speise für uns vorbereitet.«

Anna räusperte sich. »Okay ...«

Sie gingen an zwei Häuserreihen vorbei und bogen in eine Sackgasse ein. Franz blieb stehen. »Siehst du das Häuschen am Ende der Straße?«

»Da, wo der Bus steht?«

»Genau, das ist mein Reich.«

Anna schaute sich um. »Schöne Wohnlage, kein Durchgangsverkehr und viel Grün. Gefällt mir.«

Sie erreichten den Vorgarten. Ein gepflasterter Weg führte zum Eingang. Neben der Haustüre rankte eine weiße Kletterrose die Fassade hoch. Links und rechts blühten vor den Fenstern zwei rosafarbene Rhododendronsträucher. Überall Stauden in allen Farben. Der gesamte Vorgarten war rundherum mit einer niedrig geschnittenen Buchsbaumhecke eingefasst.

»Den habe ich letztes Jahr gebaut«, sagte Franz und zeigte auf den plätschernden Springbrunnen. »Wie gefällt dir mein Vorgarten?«

Anna zog die Augenbrauen zusammen. »Nett, aber bestimmt auch viel Arbeit«, bemerkte sie, obwohl ihr die ganze Anlage zu spießig war.

Er nahm ihre Hand und führte sie ins Haus.

»Dein Häuschen ist größer, als ich erwartet habe«, sagte sie, als sie den Flur betraten.

»Einhundertundfünfzig Quadratmeter genau. Alleine oben befinden sich drei Schlafzimmer. Eigentlich viel zu groß für eine Person. Früher haben wir zu dritt ...«

Franz zuckte zusammen und bekam einen roten Kopf.

»Wie bitte? Was heißt hier *zu dritt*?«

Er druckste. »Ich ... meine verstorbene Frau und ... unser Sohn.«

Anna schaute ihn entgeistert an. »Du hast einen Sohn?«

»Ja, Helmut.«

»Was macht er? Wo lebt er?«

»Das ist eine lange Geschichte. Die erzähl ich dir später einmal.«

Schade, dachte Anna. Nur allzu gerne hätte sie mehr erfahren.

»Komm, ich zeige dir das Wohnzimmer«, sagte er und schritt voran.

Sie schaute sich in alle Richtungen um. »Das ist also deine gute Stube?«

»Ja.« Franz zeigte stolz auf die dunklen Eichenbalken an der Decke. »200 Jahre alt, alles massiv.«

Obwohl das Zimmer ein großes Fenster mit Ausgang zum Garten hatte, wirkte es düster. Ein typisch deutsches Wohnzimmer, Eiche brutal. Der riesige Schrank an der Rückseite dominierte den Raum. Eine Ledersitzgruppe war auf einen Flachbildfernseher ausgerichtet, davor stand ein schwerer Sofatisch mit Glasplatte und an einer Wand hingen Fotos neben dem Kamin. In einer Vitrine war das gute Geschirr verstaut.

Anna atmete tief durch. »Darf ich ehrlich sein.«

»Natürlich.«

»Der Raum erschlägt mich.«

Franz schluckte. »Warum?«

»Dieses riesige Schrankwandmonster, zum Beispiel, schnürt mir fast die Kehle zu.«

Franz verzog keine Miene. »Das hat mir noch niemand gesagt.«

»Nun ja, du wolltest meine ehrliche Meinung hören ... Wenn ich deine Frau wäre, kämen einige Teile auf den Müll.«

Für ein paar Sekunden herrschte Schweigen.

»Du bist aber nicht meine Frau,« sagte er dann schmunzelnd.

Sie biss sich auf die Unterlippe. Mit dieser Reaktion hatte sie nicht gerechnet. Noch während

121

sie darüber nachgrübelte, warum er das gesagt hatte, fragte er:

»Möchtest du ein Gläschen Wein trinken?«

»Später vielleicht«, antwortete sie.

»Ich geh mal eben in die Küche. Du kannst dich in der Zwischenzeit etwas umsehen.«

»Franz, mach keinen Aufstand.«

»Nur eine Kleinigkeit.«

Lächelnd ließ Anna ihn gewähren, stand auf und bewegte sich in Richtung Fotogalerie. Viele Motive waren Landschaftsaufnahmen mit Bergen im Hintergrund. Ein Bild passte nicht in die Serie: eine Urkunde.

Oberfinanzdirektion Köln
Hiermit ernenne ich Herrn Franz Forst zum Finanzbeamten im mittleren Dienst auf Lebenszeit. Köln, 06.08. 2013

Seltsam, dachte sie. *Warum gibt jemand einen sicheren Beamtenjob auf?*

Sie wurde aus ihrer Betrachtung gerissen, als Franz mit zwei Weingläsern aus der Küche kam und sie auf den Couchtisch stellte.

»Die meisten Aufnahmen stammen aus Tirol. In den letzten Jahren war ich mindestens einmal mit einer Reisegruppe dort«, sagte er. Plötzlich stand er neben ihr.

»Ich liebe die Berge.«

Anna zeigte auf die Urkunde. »Ich wusste nicht, dass du Finanzbeamter gewesen bist. Warum hast du den Job aufgegeben?«

»Ja, weißt du, ich hatte keine Lust mehr auf diese stumpfe Büroarbeit. Den ganzen Tag am Schreibtisch und am Computer zu verbringen, war nicht meine Welt. Ich habe es zum Schluss nicht mehr ausgehalten. Es war wie im Käfig. Ich musste raus aus diesem Mief.«

»Darum hast du deinen sicheren Beamtenstatus aufgegeben? Den Mut hätte ich nicht?«

»Na ja, ich habe einen Traum. Ich möchte gerne mein eigenes Reiseunternehmen gründen. Im Moment fehlt mir das nötige Kleingeld.«

»Mutig, mutig«, entgegnete sie.

Er kratzte sich das Gesicht. »Komm, ich zeige dir den Garten. Der ist mein ganzer Stolz.«

Er reichte Anna die Hand und führte sie auf die Terrasse. In der Mitte stand ein Holztisch mit vier Stühlen. Annas Augen wanderten über das Grundstück. Den größten Teil nahm die Rasenfläche ein. Ein gepflasterter Weg, der von einem Rosenbogen überspannt war, führte von der Terrasse direkt zum Gartentor. Das Grundstück war eingerahmt von einer meterhohen Koniferenhecke.

»Und wie gefällt dir mein Garten?«

»Das Blütenmeer ist ein Traum.«

»Jetzt ein Gläschen Weißwein?«

»Gerne«, sagte sie, bevor er sich ins Haus begab.

Sie näherte sich dem kunterbunten Blumenbeet. Sie erkannte einige Stauden, wie Rittersporn, Phlox und Margariten. Eine blaublühende Pflanze sprang ihr besonders ins Auge. Sie beugte sich über sie und wollte an einer Blüte riechen.

In dem Augenblick kam Franz mit einer Weinflasche und zwei Gläsern zurück, die er, als er Anna entdeckte, sofort auf dem Tisch ablegte.

»Vorsicht. Bloß nicht anfassen!«, rief er.

Anna zuckte zusammen.

Er eilte auf sie zu und zog sie ein Stückchen vom Beet fort.

»Das ist Eisenhut, eine der giftigsten Pflanzen Europas. Wunderschön, aber tödlich. Schon wenige Gramm können einen Erwachsenen töten.«

Anna schüttelte sich, wobei es ihr heiß und kalt den Rücken hinunterlief.

»Wieso hast du so etwas im Garten?«

Er grinste. »Man weiß ja nie.«

»Franz, solche Sprüche mag ich gar nicht.«

»War nur ein Scherz. Kommt nicht mehr vor.«

Er ging zurück zum Tisch, füllte die Gläser und hielt Anna eines entgegen.

»Komm, lass uns anstoßen. Prost, Anna.«

»Prost Franz.«

Er lächelte und beugte sich zu ihr. »Lass dich mal drücken.«

Noch ehe Anna antworten konnte, legte er eine Hand um ihre Schulter. Anna fühlte eine wohlige Wärme.

»Du tust mir gut, Franz. Ich habe mich lange nicht mehr so lebendig gefühlt.«

Plötzlich wurde ihr bewusst, was sie gesagt hatte. Sie riss sie die Augen auf und trat fluchtartig ein paar Schritte zurück.

»Was ist los, Anna?«

»Verzeih mir, Franz. Mir sind gerade die Gefühle durchgegangen. Die letzten Jahre bin ich vor Männern immer weggelaufen, weil ich Angst hatte, enttäuscht zu werden. Ich schäme mich so.«

»Warum?«

Anna senkte den Kopf. »... weil ein ganz bestimmter Mann meine Gutgläubigkeit schamlos ausgenutzt hat.«

»Möchtest du darüber sprechen?«

»Ich bin noch nicht so weit.«

Franz reichte ihr die Hand. »Komm, lass uns reingehen. Ich habe eine Kleinigkeit im Backofen vorbereitet.«

Beide nahmen ihr Weinglas. Franz führte sie durchs Wohn- ins Esszimmer und rückte ihr den Stuhl zurecht.

»Setz dich bitte. Ich bin gleich zurück.«

Anna nahm Platz und starrte an die Decke. Sie war völlig durcheinander und hatte keine Ahnung, was sie machen sollte. Ihr Schädel brummte. So viele Gedanken gingen ihr durch den Kopf.

Soll ich noch einmal fünf Jahre warten, bevor ich einem Mann eine Chance gebe?

Aber ihr ging das alles viel zu schnell.

Franz kam zurück und stellte die dampfende Bratschale auf das Holzbrett in der Mitte des Tisches ab.

»Mediterrane Putensteaks mit Ofengemüse.«

Ein Hauch von Thymian, Rosmarin und Oregano stieg ihr in die Nase.

Anna liebte diese Gewürze, doch heute empfand sie sie als widerlich.

Franz sah sie an. Sein Lächeln gefror sofort.

»Du siehst ganz bleich aus. Geht es dir nicht gut?«

»Ich habe Magenkrämpfe und mir ist übel«, sagte sie, während er das Fleisch in der Mitte des Tellers und die in Streifen geschnittenen Karotten und Zucchini um das Steak herum platzierte.

»Franz, sei mir nicht böse, aber ich kriege nichts herunter.«

Ihm stand die Enttäuschung ins Gesicht geschrieben.

»Ich mach dir einen Kamillentee.«

»Ich werde jetzt nach Hause fahren, Franz. Ich bin total verwirrt.«

»Der letzte Zug geht doch erst um halb zwölf. Das sind noch fast zwei Stunden. Bleib bitte noch ein wenig.«

Er stand auf und kniete vor ihr nieder.

Das darf doch nicht wahr sein, dachte sie.

»Franz, lass das! Ich mag das nicht.«

Er erhob sich und umfasste leise schluchzend ihren Arm.

»Tut mir leid Anna. Ich muss immer an Julia denken, die immer genau da gesessen hast, wo du jetzt Platz genommen hast. Ich vermisse meine Frau.«

»Ich kann nicht mehr, Franz.« Sie, riss sich von ihm los, griff nach ihrer Tasche und eilte zur Haustür.

»Anna, lass mich jetzt bitte nicht allein«, rief er ihr hinterher.

Sie öffnete die Tür und knallte sie zu.

Was fällt dem Kerl ein!

Anna rannte wie eine Verrückte zum Bahnhof. Sie hatte Glück. Als sie dort eintraf, fuhr der Zug gerade ein. Kaum war sie eingestiegen, kippte ihre Gefühlslage.

Der arme Franz. Wie schlimm muss es für ihn gewesen sein, seine Frau durch einen schrecklichen Unfall zu verlieren? Dann auch noch die Schwierigkeiten mit seinem Sohn.

Am Montag begann der Unterricht für Anna erst zur fünften Stunde. Sie hatte es befürchtet. Dank Johannes war ihr Treffen mit Franz bereits Gesprächsthema im Kollegium. Den ganzen Tag wurde sie von den Feministinnen beäugt, als hätte sie etwas verbrochen.

»Ist was?«, fragte Anna in die Runde.

Die meisten Kollegen und Kolleginnen schwiegen und schauten verschämt weg. Claudia dagegen kam direkt auf den Punkt.

»Ich habe gehört, du hast einen schönen Samstag verbracht. Ich würde dir gerne Informationen über eine gewisse Person zukommen lassen. Läuft da was zwischen Franz und dir.«

»Wie kommst du darauf?«

»Na ja, ich habe meine Quellen.«

»Na und, was ist schon dabei? Außerdem bin ich alt genug.«

»Mich geht es ja nichts an, aber glaube mir, ich kenne Franz länger und besser als du, nicht nur als Busfahrer. Ich kann dir nur den Rat geben, lass die Finger von ihm.«

Anna stand da und rührte sich nicht.

»Da läuft gar nichts. Selbst wenn da etwas liefe, das ist einzig und allein meine Sache.«

Während sie sprach, schüttelte Claudia den Kopf.

»Du weißt nicht, was Franz auf dem Kerbholz hat, sonst würdest du nicht so reagieren. Bestimmt hat er dir erzählt, dass seine Frau bei einem Verkehrsunfall ums Leben gekommen ist.«

Anna starrte Claudia an. »Was willst du von mir?«

»Ich möchte dich nur warnen, sonst nichts. Aber wenn du meine Hilfe nicht brauchst ...«, sagte Claudia, verließ das Lehrerzimmer und knallte die Tür hinter sich zu.

Anna trat erschrocken über ihr eigenes Verhalten von einem Fuß auf den anderen. Noch nie zuvor hatte sie sich mit einer Kollegin so offen auseinandergesetzt. Aber sie regte sich darüber auf, wie Claudia sich ungebeten in ihre Angelegenheiten eingemischt hatte. Trotzdem geisterte ihre Aussage in Bezug auf Franz´ Vergangenheit stundenlang im Kopf herum.

Selbst am Abend bei ihr zu Hause konnte sie nicht abschalten.

Ein wenig seltsam war er ja schon. Wie er vor mir niederkniete und sich ausheulte. Aber war das nicht nachvollziehbar, nach dem schrecklichen Tod seiner Frau? Er ist solide, zuvorkommend, höflich, ein wahrer Gentleman. Genau das, was ich brauche.

Anna musste an seine Wohnungseinrichtung denken und grinste.

Auch wenn wir verschiedene Geschmäcker haben, auf jeden Fall ist er authentisch.

Vielleicht meldet er sich noch einmal. Oder sollte ich noch einmal bei ihm anrufen?

Die Entscheidung wurde ihr abgenommen, als am späten Abend das Telefon klingelte.

»Hallo Anna, tut mir leid wegen Samstag. Ich wollte dich nicht mit meinen Problemen erdrücken. Die Gefühle sind einfach mit mir durchgegangen.«

»Es ist schon gut, Franz. Vielleicht habe ich vorschnell gehandelt.«

»Ich würde gerne mit dir noch einmal über uns reden.«

»Wie meinst du das, Franz?«

»Ich glaube, wir haben vieles gemeinsam. Können wir uns morgen treffen?«

Anna schwieg für einen Moment. Innerlich hatte sie seinem Vorschlag grundsätzlich längst zugestimmt.

»Morgen ist mir zu kurzfristig.«

»Schade.«

»Wie wäre es mit Donnerstag?«, schob sie schnell hinterher.

»Donnerstag ist auch gut. Achtzehn Uhr?«

»Abgemacht, ich freu mich.«

»Ich freu mich auch. Dann bis Donnerstag«, sagte Franz.

Hoffentlich ist meine Zusage nicht zu euphorisch angekommen, dachte sie.

Der Donnerstag hätte schöner nicht sein können. Die Sonne schien und die Temperaturen waren auch am frühen Abend noch angenehm. Dieses Mal fuhr Anna mit dem Auto zu Franz. Einerseits freute sie sich, Franz wiederzusehen, andererseits hatte sie ein mulmiges Gefühl in der Magengegend. Sie konnte nicht abschätzen, was auf sie zukam und wie sie sich in bestimmten Situationen verhalten sollte.

Ihre Zweifel waren verschwunden, als Franz die Tür öffnete.

»Danke, dass du gekommen bist.« Er strahlte übers ganze Gesicht und gab ihr einen sanften Kuss auf die Wange. »Lass uns gleich durch in den Garten gehen. Ich habe uns ein lauschiges Plätzchen vorbereitet.«

Sie durchquerten das Wohnzimmer und betraten die Terrasse.

»Schau mal«, sagte er und zeigte auf die Sitzecke. »Ein neuer Gartentisch mit vier weißen Holzstühlen.«

»Die gefallen mir«, sagte sie lächelnd. »Ich mag helle Möbel.«

»Mittlerweile weiß ich das«, entgegnete er und erwiderte ihr Lächeln. »Setz dich erst einmal. Kaffee? Saft? Wasser?«

»Einen Weißwein bitte, wenn du einen hast.«

Franz zog die Augenbrauen hoch. »Gerne. Einen leichten trockenen Riesling von der Mosel oder lieber einen kräftigen vollmundigen Chardonnay?«

»Du scheinst ja ein Weinkenner zu sein.«

»Nicht wirklich. Aber wenn ich unterwegs bin, nehme ich mir schon einmal die eine oder andere Flasche aus den verschiedenen Anbaugebieten mit.«

»Mosel ist gut.«

Anna nahm Platz, während Franz ins Haus ging und nach kurzer Zeit mit zwei Gläsern, der Weinflasche und einer Schale mit Gebäck zurückkehrte.

»Ich habe uns noch Käsestangen zum Knabbern mitgebracht. Habe ich selbst gebacken«, sagte er und setzte sich.

Anna probierte eine. »Köstlich.«

In der Zwischenzeit füllte er die Gläser zur Hälfte.

»Prost schöne Frau«, sagte er und lächelte.

Sie sah ihn mit großen Augen an und erwiderte sie sein Lächeln.

Diese Augen können nicht lügen, dachte sie.

»Prost, schöner Mann.«

Franz stellte das Glas ab und erhob sich.

»Ich möchte dich gerne einmal ganz fest drücken.«

Annas Herz klopfte. Sie stand auf und ging auf ihn zu. Sie musterten sich gegenseitig und schwiegen. Franz umfasste sie mit beiden Armen und drückte sie fest an sich. Sie fühlte seinen erigierten Penis, aber weniger deutlich als damals bei Thomas und nur kurz. Es war so, als wenn jemand die Luft aus seinem besten Stück gelassen hätte. Dann tat sie etwas, was sie sich nie hätte vorstellen können. Sie streichelte mit einer Hand über sein Gesäß und hoffte auf eine Reaktion, aber seine Erregung kam nicht mehr zurück.

Ob er mich nicht begehrt?, fragte sie sich.

Franz ließ sie los, trat einen Schritt zur Seite und sah sie an. Sein Gesicht verzog sich zu einem breiten Lächeln.

»Ich mag dich.«

Anna schüttelte den Kopf. »Franz, du kennst mich doch kaum. Du weißt genau so wenig über mich wie ich über dich. Manchmal habe ich das Gefühl, ich kenne mich selbst nicht. Komm, setz dich wieder.«

Sie nahmen Platz und tranken einen Schluck Wein.

Anna suchte Blickkontakt und rückte näher an ihn heran.

»Erzähl mir etwas über deine Lebensphilosophie«, forderte sie ihn auf.

»Man merkt, dass du Lehrerin bist.«

»Warum?«

»Weil du dich so geschwollen ausdrückst.«

Sie lachte. »Wir Pädagogen sind schon eine besondere Spezies.«

»Genau, das meine ich.«

»Okay, jetzt noch einmal für einen bodenständigen Busfahrer«, sagte sie lächelnd, setzte das Glas ab und legte eine Hand auf seine.

»Wie stellst du dir deine Zukunft vor? Hast du irgendwelche Pläne oder Träume?«

Seine Antwort kam prompt. »Wenn ich die richtige Frau fände, würde ich gerne mein Haus mit ihr teilen.«

»Und wie sieht deine Traumfrau aus?«

Er überlegte kurz. »Sie sollte etwas Besonderes haben.«

»Ein wenig konkreter bitte.«

»Sie sollte ein natürliches Äußeres haben, nicht nur Partnerin sein, sondern auch beste Freundin.« Er stockte. »Und mir das Gefühl von Geborgenheit geben und ein gesundes Selbstbewusstsein haben. Ob dick oder dünn, blond oder dunkel, das ist mir egal. Hauptsache, sie hat ihr Herz am richtigen Fleck und die Chemie stimmt. Sie sollte sein ... wie du.«

Anna war peinlich berührt. Gleichzeitig fühlte sie sich geschmeichelt.

Franz warf ihr einen fragenden Blick zu. »Was denkst du gerade?«

»Ich bin hin- und hergerissen. Wie stellst du dir die Zukunft mit deiner künftigen Partnerin vor?«

Seine Augen leuchteten. Es schien, als ob er auf die Frage gewartet hätte. »Ich würde gerne mit ihr ein eigenes Busunternehmen gründen und Tagesausflüge zu den bekannten Sehenswürdigkeiten der Region und längere Fahrten in das südliche Europa anbieten. Im Moment fehlt mir das nötige Kleingeld. Ich habe einmal angefangen, einen Finanzplan aufzustellen. Grundsolide, du weißt, ich bin vom Fach ...«

Anna unterbrach ihn und grinste. »Dann scheide ich wohl als potenzielle Partnerin aus.«

»Warum?«

Sie starrte ihn mit offenem Mund an und schüttelte ungläubig den Kopf. »Franz, wie stellst du dir das vor? Ich bin Lehrerin und beabsichtige nicht, meinen Beruf aufzugeben. Außerdem habe ich von der Materie keine Ahnung.«

»Schade, aber es ist eh nur eine Idee. Natürlich bräuchtest du deinen Job nicht an den Nagel zu hängen. Ich dachte eher an eine Nebentätigkeit. Du machst die ganze Planung und Logistik.«

»Selbst eine Nebentätigkeit müsste ich beantragen und die würde mir mein Dienstherr kaum genehmigen.«

Franz schenkte nach und suchte anschließend Blickkontakt. »50.000 habe ich schon gespart. Du könntest die Buchführung übernehmen. Das wäre großartig.«

Anna war irritiert und fragte sich, wie sie reagieren sollte.

»Lass uns bitte das Thema wechseln.«

Franz schluckte und nickte. »Ich werde mal etwas Musik machen«, sagte er, stand auf und ging zum Regal.

»Hast du einen speziellen Wunsch? Wie wäre es mit Helene Fischer?«

»Bitte nicht. Ich mag keine Schlager.«

»Okay, vielleicht etwas Lokales, eine ruhigere Ballade, mit den *Bläck Fööss?*« Er nahm eine CD und steckte sie in das Laufwerk der Stereoanlage. *En unserem Veedel* ertönte.

Annas Gesicht hellte sich auf. »Die mag ich auch.«

Franz ging auf sie zu und verbeugte sich. »Darf ich bitten.«

»Ich kann nicht tanzen. Tut mir leid.«

»Jeder kann tanzen. Komm, ich zeige es dir«, forderte er sie auf, nahm ihre Hand und zog sie zu sich heran.

Er umfasste ihre Hüfte. »Lege deine Arme um meinen Hals. Die Schrittfolge ist ein einfaches Links-Rechts.«

Anna folgte seiner Anleitung.

»Siehst du, es klappt doch«, sagte Franz.

Wange an Wange bewegten sie sich hin und her.

Zwischendurch ging er einen Schritt nach vorne und drückte sein Knie zwischen ihre Beine.

»Du tust mir so gut, Franz.«

Kapitel 5
2017

In den folgenden Monaten trafen sich Anna und Franz in seinem Haus immer häufiger. Teilweise übernachtete sie im Gästezimmer. In der Zwischenzeit hatte sie sogar einen eigenen Schlüssel. Wenn Franz für mehrere Tage unterwegs war, goss sie die Blumen im Garten und kümmerte sich um den Haushalt. Keiner im Kollegium wusste davon. Nur Maren, die froh war, dass Anna einen Freund gefunden hatte, war eingeweiht.

Am letzten Freitag im April wartete Anna auf Franz, der jeden Augenblick von seiner viertägigen Fahrt aus den Dolomiten zurückkehren musste.

Am Nachmittag schickte er ihr eine WhatsApp.

»Wir stecken hier im Stau, kurz vor Frankfurt. Es wird später werden.«

Endlich am frühen Abend hörte sie das Motorengeräusch des Busses. Sie öffnete Eingangstür und lief ihm entgegen.

»Hallo Schatz, schön wieder zu Hause zu sein«. Er gab ihr einen flüchtigen Kuss und stellte seine Reisetasche im Flur ab.

Beide gingen durch ins Wohnzimmer. Bevor Franz auf dem Sessel Platz nahm, kreiste er seinen Kopf, schüttelte und streckte sich, bis die Gelenke knackten.

»Mein Rücken ist total verspannt.«

»Kein Wunder nach den vielen Stunden am Steuer«, bemerkte Anna, stellte sich hinter ihn und massierte seinen Nacken.

»Oh, das tut gut«, sagte er und schloss die Augen. »Das kannst du stundenlang so weitermachen.«

Anna lachte. »Das könnte dir so passen. Das ist viel zu anstrengend. Wie wäre es mit einem Bier?«

»Gerne.«

»Dann werde ich dir mal ein leckeres Kölsch holen«, sagte sie und ging in die Küche.

Nach kurzer Zeit kam sie zurück und reichte ihm die Flasche.

Er nahm einen Schluck. »Jetzt geht es mir schon besser.«

»Wie war denn deine Reise? Erzähl mal.«

»Die Hin- und Rückfahrt war ziemlich anstrengend. Aber dafür wurden wir am Zielort reichlich belohnt. Stell dir vor, ich hatte ein Zimmer mit direktem Blick auf die Drei Zinnen und das Essen war super. Besser geht es nicht.«

»Du machst mich ganz neidisch, Franz. Vielleicht werde ich da auch noch einmal hinkommen.«

»Wir beide zusammen.«

Sie grübelte über sein Angebot. »Warum eigentlich nicht.«

Franz strahlte. »Ist das dein Ernst? Das wäre toll.« Er holte tief Luft. »Ich habe auf der Reise viel über uns nachgedacht. Am besten, du setzt dich.«

Sie zog die Augenbrauen hoch und nahm ihm gegenüber Platz.

»Was ist denn, Franz? Habe ich etwas falsch gemacht?«

»Nein, im Gegenteil.« Er stockte und trank einen weiteren Schluck aus der Bierflasche. »Verdammt noch mal, ich weiß nicht, wie ich es dir das sagen soll.«

»Lass es doch einfach raus«, ermunterte ihn Anna.

Er starrte sie an, machte den Mund mehrmals auf und wieder zu.

»Könntest du dir vorstellen, mich zu heiraten?«

Sie wäre beinahe vom Stuhl gefallen. »Franz, du bist verrückt. Lass uns doch erst einmal gute Freunde bleiben.«

»Ich spüre es, wir passen zusammen.«

»Frag mich in einem halben Jahr nochmal. So viel Bedenkzeit brauche ich mindestens noch.«

Er senkte den Blick. »Schade, ich dachte, wir verstehen uns so gut, dass wir es wagen könnten. Ich würde alles für dich tun, sogar eine Hälfte meines Hauses auf deinen Namen überschreiben.«

Seine Stimme schwankte. »Wenn wir in sechs Monaten noch zusammen sind, werde ich dir die gleiche Frage ein zweites Mal stellen.«

Anna stand auf, stellte sich hinter ihn und legte beide Arme um seinen Hals.

»Ich weiß dein Angebot wirklich zu schätzen. Es stimmt, dass wir gut miteinander auskommen, Franz. Aber ein ganzes Leben zusammen zu bleiben, bedeutet schon ein wenig mehr.« Sie zögerte einen

Moment. »Was hältst du davon, wenn ich zunächst für einige Wochen ganz zu dir ziehe?«

Franz schaute auf und sah sie mit großen Augen an.

»Super Idee. Dann kannst du deine Wohnung später kündigen und das Geld für die Miete in unseren gemeinsamen Haushalt einbringen.«

»Mal langsam Franz, lass uns erst einmal abwarten, ob wir auch im Alltag miteinander klarkommen. Außerdem ist da eine Sache, die wir vorher klären müssen. Kannst du dir denken welche?«

Franz rutschte auf dem Stuhl hin und her und blickte zu ihr hoch. »Ich bin ganz Ohr.«

»Ich möchte gerne Kinder haben und du?«

Er zog die Augenbrauen hoch und hielt einen Moment inne.

»Warum eigentlich nicht?«

»Das klingt nicht sehr überzeugend.«

»Doch, aber es kommt so überraschend.«

Anna setzte sich auf seinen Schoß und legte die Arme um seinen Hals.

»Dann sind wir ja schon ein bisschen weiter. Was hältst du davon, wenn wir heute einmal das Bett teilen?«

Als ob er geahnt hätte, was Anna im Schilde führte, wiegelte Franz ab und gähnte.

»Sei mir bitte nicht böse, aber heute kann ich nicht mehr. Die Fahrt sitzt mir immer noch in den Knochen.«

Sie sah ihn schweigend an, stand auf und ging in Richtung Flur.

»Warte«, rief er ihr hinterher. »Geh nicht.«

Sie drehte sich um, als er leise schluchzte.

»Was hast du, Franz?« Sie ging zurück und strich ihn über den Kopf. »Ich geh nur auf die Toilette und bin gleich wieder da.«

Als sie zurückkehrte, saß er zusammengekauert auf dem Stuhl, das Gesicht in den Händen vergraben.

»Was ist los Franz?«

Er wippte mit den Beinen und schaute auf.

»Ich muss unbedingt etwas loswerden. Es fällt mir nicht leicht.«

Sie setzte sich und sah ihn an. »Du machst es aber spannend.«

»Anna, ich habe dich belogen.« Er stockte. Mittlerweile hatte er Tränen in den Augen. Sie war auf das Schlimmste gefasst.

»Meine Frau hat keinen tödlichen Unfall gehabt. Sie hat mich verlassen. Wir sind seit vier Jahren geschieden.«

Anna starrte ihn mit rasendem Herzschlag an.

»Ich fass es nicht. Warum hast du mich belogen?« Sie stand auf und fuhr sich mit der Hand durch die Haare.

»Ich hatte Angst, dich zu verlieren«, sagte er mit tränenerstickter Stimme.

»Sie lebt also noch?«

»Ja, soviel ich weiß, am anderen Ende der Stadt. Aber ich habe sie seit der Scheidung nicht mehr gesehen.«

Anna schüttelte den Kopf und warf ihm einen scharfen Blick zu.

»Warum habt ihr euch getrennt?«

»Sie hat mich verlassen, weil ich impotent bin.«

Für einen Moment herrschte betretenes Schweigen. Dann atmete Anna tief durch.

»Das habe ich befürchtet.«

Franz rieb sich nervös die Nase. »Wer hat das behauptet?«

»Keiner. Ich habe es bemerkt.«

Er erstarrte und lief rot an. »Wann, wie ...?«, stotterte er.

»Ich habe gemerkt, dass du deine Erektion nur für kurze Zeit aufrechterhalten kannst.«

»Und nun?«

»Jetzt bin ich hin- und hergerissen. Ich bin enttäuscht, dass du mich belogen hast und froh, dass du mir endlich doch die Wahrheit gesagt hast.«

»Du glaubst nicht, wie schwer mir das gefallen ist. Ist jetzt zwischen uns alles vorbei?«

Sie zögerte einen Moment, während er sie flehentlich anschaute, und beschloss vorerst nicht auf seine Frage einzugehen.

»Impotenz heißt nicht, dass wir keine Kinder haben könnten. Die moderne Medizin bietet verschiedene Möglichkeiten.«

Franz schluckte. »Das ist leider noch nicht alles. Ich bin nicht nur impotent, sondern auch zeugungsunfähig«, sagte er und versteckte das Gesicht mit den Händen.

Anna verschlug es die Sprache. Für ein paar Minuten blieb sie regungslos sitzen, ehe sie ihn tief in die Augen schaute.

»Woher weißt du das?«

»Ich habe mehrere Spermiogramme beim Urologen machen lassen. Ich habe zu wenig Spermien, und zudem sind sie in der Beweglichkeit stark eingeschränkt.«

»Das heißt, Helmut ist gar nicht dein leiblicher Sohn?«

»So ist es. Wir haben ihn damals adoptiert.«

Anna verharrte wie angewurzelt auf dem Stuhl. »So war das also.«

»Ist jetzt alles vorbei?«

»Was?«

»Unsere Beziehung.«

Anna lehnte sich, in Gedanken versunken, zurück und schlug ein Bein über das andere.

»Zumindest werden sie mich jetzt in Ruhe lassen.«

»Wer?«

»Meine Kolleginnen und Kollegen.«

»Ich verstehe nur noch Bahnhof.«

»Franz, es hört sich jetzt vielleicht paradox an, aber ich bin froh, die Information von dir und nicht von jemand anders bekommen zu haben. Das zeigt

143

mir, dass ich dir trauen kann. Wenn wir eine gemeinsame Zukunft gestalten wollen, ist Aufrichtigkeit eine Voraussetzung.«

Franz hörte aufmerksam zu und musterte sie.

»Was haben deine Kollegen denn behauptet?«

»Einige haben mich vor dir gewarnt.«

»Warum?«

»Weil du nicht aufrichtig seist und Lügengeschichten erzählen würdest.«

Anna beugte sich nach vorne, streichelte ihn sanft über das Haar.

»Wie schrecklich muss es für einen Mann sein, wenn er wegen Impotenz und Unfruchtbarkeit von seiner Frau verlassen wird.«

»Ich empfinde es als persönliches Versagen und einen Makel. Warum ich?, sagte er und ließ die Schultern sinken.«

Mit ihrer Hand hob sie sein Kinn an und schaute in seine feuchten Augen.

»Hör auf, Franz. Es ist nicht deine Schuld. Es ist, wie es ist. Wir müssen das Beste daraus machen.«

»Und macht es dir nichts aus, wenn wir keine Kinder haben können?«

Anna stand auf und ging einige Schritte hin und her, bevor sie sich wieder setzte.

»Würdest du lieber ein Mädchen oder einen Jungen haben?«, platzte es aus ihr heraus.

»Warum fragst du mich das? Die Sache hat sich ja wohl erledigt.«

»Was hältst du davon, wenn wir ein Kind adoptieren?«

»Mit meinem Adoptivsohn habe ich nicht die besten Erfahrungen gemacht.«

»Ich habe eine Kollegin, die hat zwei Kinder aus Afrika adoptiert und das klappt ganz gut.«

Franz hielt einen Augenblick inne.

»Das müsste ich mir noch einmal durch den Kopf gehen lassen.« Sein Gesicht entspannte sich. »Vielleicht gar keine schlechte Idee.«

Er schloss die Augen und murmelte Unverständliches vor sich hin, ehe er wieder zu ihr aufschaute.

»Je länger ich darüber nachdenke, desto mehr kann ich mich mit deinem Vorschlag anfreunden.«

»Wirklich?« Annas Gesicht leuchtete auf. »Wir brauchen nichts zu überstürzen. Ich werde einmal die Fühler ausstrecken, welche Möglichkeiten es gibt.«

Franz nickte. »Du bist als Pädagogin bestimmt besonders für eine Adoption geeignet.«

»Warum? Ich glaube, unsere Möglichkeiten werden häufig überschätzt.«

»Ihr seid doch Profis, auch im Umgang mit schwierigen Kindern.«

»Das glauben tatsächlich einige Eltern, die mit der Erziehung ihrer Kinder überfordert sind.«

»Weißt du was Franz, ich fahre jetzt zurück in meine Wohnung ...«

»Nein, bleib ...«, flehte er sie an.

Sie lächelte. »Lass mich doch bitte ausreden. Ich werde die wichtigsten Sachen packen. Morgen kommst du mich holen und dann ziehe ich bei dir ein. Die Möbel bleiben bis auf den Schreibtisch und das Regal stehen.«

Für alle Fälle, dachte sie, *wenn es schief geht, bin ich wieder schnell zurück.*

Franz schien völlig aus dem Häuschen zu sein. Er streckte eine Faust in die Luft.

»Ich kann es kaum erwarten«, sagte er und umarmte sie. »Also, mach, dass du wegkommst«, fügte er mit einem süffisanten Lächeln hinzu.

Am nächsten Morgen tauchte Franz mit einem Kollegen bei Anna auf.

»Ich habe für den Transport der Möbel meinen Kumpel Uwe mitgebracht.«

»Kommt bitte rein.«

Anna begrüßte Franz mit einem Kuss auf die Wange und schaute Uwe an.

»Vielen Dank, dass Sie uns helfen. Der Schreibtisch ist doch ziemlich schwer.«

»Jode Morje, Frau Rexhausen. Franz is mi bester Fründ. Dat dun isch jähn.«

»Do häs de rääch. De bes mi bester Fründ.«

Anna traute ihren Ohren nicht. »Franz, ich wusste gar nicht, dass du Kölsch sprichst.«

»Meine Eltern haben früher nur Kölsch mit mir gesprochen.«

Anna führte die beiden ins Wohnzimmer.

»Auweia, gut, dass wir mit dem Kleinbus gekommen sind«, sagte Franz, als er die Stapel von Büchern, die Wäschekörbe, Taschen und Kartons entdeckte.

»Das ist noch nicht alles«, erwiderte Anna. »Die Kleiderschränke sind auch noch voll.«

Franz und Uwe grinsten sich an.

Eineinhalb Stunden später waren sie mit dem Einladen fertig und fuhren zusammen nach Pulheim. Franz stieg aus und öffnete die Haustür. Anna und Uwe folgten ihm in den Flur.

»Alles bitte nach oben ins Gästezimmer«, sagte Anna. »Den Schreibtisch, das Regal und die Bücherkartons ans Fenster, die Kleidungsstücke aufs Bett. Den Rest mach ich selbst.«

»Aye, aye, Käpten«, entgegnete Uwe, nahm die Arbeitshandschuhe aus der Gesäßtasche und streifte sie über. Franz tat das Gleiche und los ging es mit dem Schreibtisch.

Nachdem sie alles hochgetragen hatten, bat Anna sie ins Wohnzimmer.

»Ihr möchtet doch bestimmt einen Kaffee? Im Schrank habe ich auch noch ein paar Kekse gefunden.«

»Jähn«, sagte Uwe und sah Anna an. »Wie lange kennt ehr üch no allt?«

»Was hat er gefragt?«, hakte sie nach.

» ... wie lange wir uns schon kennen.«

Anna musterte Franz. Er schien zu überlegen.

»Ungefähr ein Jahr«, antwortete Anna für ihn.

»Dann könnt ehr jetz jo hierode.«

Franz sah Anna an, die verlegen zur Seite schaute.

»So ist der Uwe, immer direkt, aber ehrlich.«

Nach einigen Minuten stand Uwe auf und verabschiedete sich. »Maach et jood, bes morje.«

»Bes Morje, Uwe, un danke noch mal för ding Hilfe.«

Anna schloss sich an. »Danke, wir sehen uns bestimmt wieder.«

»Dat hoffe isch och. Verleech bei de Huhzick?«

Franz drückte die Haustür zu.

»Hast du verstanden, was er gesagt hat?«, fragte er grinsend.

»Komm mal her Franz.« Sie umarmte ihn. »Ich fühle mich so geborgen bei dir. Ich mag dich. Vielleicht ist das mit der Hochzeit gar nicht die schlechteste Idee.«

»Ich kann mir keine bessere Frau für mich vorstellen«, sagte er und drückte sie an sich.

Anna schloss die Augen. »Ich bin glücklich«, flüsterte sie ihm ins Ohr.

»Ich möchte, dass du das ganze Wohnzimmer nach deinen Vorstellungen umgestaltest. Raus mit Eiche brutal, so wie es dir gefällt.« Anna stand da und fand keine Worte.

Nach einer kurzen Pause fuhr sie fort: »Ich würde jetzt gerne einige Sachen oben auspacken und sie auf die Räume verteilen. Das Gästezimmer soll mein künftiger Arbeitsbereich sein.«

»Eine Hälfte des Kleiderschranks im Schlafzimmer ist leer. Da passt auch noch eine Menge rein.«

Anna schmunzelte. »Hast du den Riesenhaufen an Kleidern gesehen?«

»Kein Problem. Das Schlafzimmer ist so groß, dass wir dort notfalls noch einen weiteren Schrank hineinstellen könnten.«

»Ich geh schon einmal hoch«, sagte sie und machte sich auf in Richtung Treppe.

»Benötigst du Hilfe?«, rief er ihr hinterher.

»Nein, nein danke.«

Bloß nicht, dachte sie. *Als erstes muss ich gewisse Utensilien verschwinden lassen.*

»Wenn ich dich brauche, sag ich dir Bescheid, okay?«

»In Ordnung, dann werde ich jetzt etwas fernsehen. Da kommt ein interessanter Dokumentarfilm über die Dolomiten.«

Sie betrat das Gästezimmer, griff nach ihrem Kulturbeutel und nahm zwei Aufbewahrungsbeutel heraus.

Wohin mit dem Vibrator und Dildo?, überlegte sie.

Sie öffnete die Schreibtischschublade und schob die Teile nach hinten durch. Davor platzierte sie einige Hefter.

Danach brachte sie einen Teil ihrer Kleider ins Schlafzimmer nach nebenan und warf einen Blick aufs Bett. Es sah aus, als wenn es ganz frisch mit einer gestreiften Decke bezogen worden wäre.

149

»Kommst du klar?«, schallte es von unten.

»Ja, ich brauche noch ein paar Minuten.«

Sie ging zurück ins Gästezimmer und sah auf die Kartons.

Die werde ich erst morgen auspacken, dachte sie.

Der Umzug war ein voller Erfolg. Die Harmonie zwischen beiden war Anna fast unheimlich. Sie waren ein Herz und eine Seele und unternahmen viel zusammen. Im Sommer begleitete Anna Franz auf einer Tagesfahrt an die Mosel. Für sie ein tolles Erlebnis. Sie war rundum zufrieden. Das einzige, was zum absoluten Glück noch fehlte, war ein erfülltes Sexualleben. Immer wenn sie Lust auf Sex hatte, griff sie heimlich auf ihre Hilfsmittel zurück und verschaffte sich so Erleichterung.

An einem Abend im Herbst kam es dann zu einem Schlüsselerlebnis der besonderen Art.

Beide saßen vor dem Fernseher und schauten sich den Erotikthriller *Basic Instinct* mit Sharon Stone und Michael Douglas an. Während Franz den Film ohne sichtliche Regung konsumierte und zwischendurch immer wieder einnickte, spürte Anna ein Kribbeln und Pochen zwischen den Beinen, das immer heftiger wurde. Sie fasste sich in den Schritt, ließ einen Stoßseufzer ab und blinzelte zu Franz hinüber, der ihre sexuelle Erregung offenbar nicht bemerkt hatte.

»Franz, ich gehe schon mal auf die Toilette und werde dann oben bleiben.«

Er schlug die Augen auf und schaute auf die Uhr.

»Der Film dauert noch zwanzig Minuten. Ich komme dann nach.«

Anna ging die Treppe hinauf ins Gästezimmer, wo sie gezielt in die Schublade mit dem Vibrator griff.

Plötzlich verstummte der Ton des Fernsehers. Sie zuckte vor Schreck zusammen und drückte die Schublade schnell wieder zu. Sie hörte, wie Franz die Treppe hochkam.

Plötzlich stand Franz direkt hinter ihr.

»Ich kenne das Ende des Films bereits«, sagte er, umfasste mit beiden Händen ihren Körper und zog sie zurück, sodass sie einknickte. Im nächsten Moment ließ er eine Hand los, griff mit ihr unter ihre Kniekehlen und hob sie an.

»Franz, was machst du?«

»Wirst du gleich sehen«, sagte er, trug sie hinüber ins Schlafzimmer und legte sie sanft mit dem Rücken aufs Bett.

»Was hast du vor Franz? Hat dich der Film so angeturnt?«, fragte sie und grinste.

Mach mit mir, was du willst.

Genau das hätte sie sich heimlich gewünscht, wagte es aber nicht offen auszusprechen. Sie hoffte, er würde sich jetzt auf sie stürzen, ihr die Kleider vom Leib reißen oder irgendetwas anderes mit ihr anstellen.

Stattdessen legte er sich in voller Montur neben sie und streichelte zärtlich ihr Gesicht. Sie drehte sich zu ihm um und beugte sich über ihn. Sie nahm seine Hand und führte sie unter das Kleid zwischen ihre Beine.

»Das tut so gut, Franz.« Gleichzeitig griff sie ihn mit der anderen Hand in den Schritt.

»Vielleicht solltest du einmal die blauen Pillen ausprobieren«, flüsterte sie.

»Du meinst *Viagra*?«

»Als Generika gibt es die mittlerweile recht preisgünstig.«

Während sie das sagte, presste sie ihre Oberschenkel fest zusammen.

»Es ist schön, dich so zu spüren.« Sie schob seine Hand weg.

»War es das schon?«, fragte er, während sie sich an der Bettkante aufstützte und aufrecht hinsetzte.

Sie streifte den Schlüpfer herunter.

»Rutsch noch ein wenig zum Fußteil runter. Mach schon.«

Seine Füße und Beine hingen bis zu den Knien aus dem Bett. Anna kniete mit gespreizten Beinen hinter seinem Kopf und rutschte langsam nach vorne, bis ihr Kleid sein Gesicht verhüllte.

»Bleib so liegen.«

Nach einigen Minuten hatte sich Anna ausgetobt. Ein letztes Aufbäumen des Körpers, ein letztes rhythmisches Zucken des Beckens, bevor sie mit einem Seufzer in die Kissen sank.

Sie lag einfach nur da, regungslos und starrte an die Wand. Eine Hand hing schlapp aus dem Bett, die andere lag ausgestreckt auf dem Kissen.

»So etwas habe ich noch nicht erlebt. Du warst wie ein Tier«, sagte Franz und fuhr sich mit der Zunge über die wunden Lippen.

»Setz dich zu mir«, flüsterte sie.

Er rollte sich mit einem Schwung nach vorne und nahm neben ihr auf der Bettkante Platz.

»Ich fühle mich wie neugeboren«, sagte sie und schaute zu ihm hoch. Er rieb sich die Nase.

»Die ist ja ganz rot. Sorry, das wollte ich nicht. Wenn ich einen bestimmten Punkt erreiche, bin ich ein anderer Mensch, als ob zwei Personen in mir wohnten.« Sie senkte den Kopf. »Hinterher schäme ich mich, so wie jetzt.«

»Brauchst du nicht. Ich habe es genossen«, sagte er und streichelte ihren Kopf.

Sie schaute ihm tief in die Augen.

»Du darfst mit niemanden über meine dunklen Seiten sprechen. Das ist unser Geheimnis. Versprichst du mir das?«

Er hob die rechte Hand. »Versprochen. Du kannst dich hundertprozentig auf mich verlassen, ich kann schweigen wie ein Grab.«

Das ist genau der Mann, den ich brauche, dachte sie.

Es war dieses instinktive, unerschütterliche Vertrauen, das sie ihm gegenüber hatte, dass sie immer stärker zu ihm hinzog.

Und dann konnte sie ihre Gefühle nicht mehr zurückhalten.

»Franz, weißt du noch, was du mich vor einem halben Jahr gefragt hast?«

»Das weiß ich noch ganz genau. Ob du meine Frau werden möchtest.«

»Ja, ich möchte deine Frau werden.«

Er wusste gar nicht, wie ihm geschah, so überrascht war er.

»Meinst du das ernst?«

»Ja«, jubelte sie und fiel ihm stürmisch um den Hals.

»Dann lass uns darauf anstoßen«, sagte sie und schmunzelte. »Aber zuerst wäschst du dir das Gesicht.«

»Ich werde alle Spuren beseitigen«, sagte er und grinste dabei verschmitzt.

Als er zurückkehrte, stellte er sich erhobenen Hauptes demonstrativ vor sie hin.

»Bin wieder überall kussfrisch.«

»Du duftest wie ein Blumenstrauß«, flüsterte sie ihm ins Ohr.

Er lachte. »Das hat noch keiner zu mir gesagt.«

»Dann werde ich auch mal kurz ins Bad gehen. In der Zwischenzeit kannst du eine Flasche Sekt aufmachen, okay?«

»Bin schon weg.«

Als sie das Wohnzimmer betrat, wartete Franz am Kamin schon mit zwei gefüllten Gläsern in der Hand auf sie.

Er reichte ihr ein Glas. »Champagner, für uns nur das Beste.«

»Wo hast du den denn her?«

»Eine Flasche habe ich für besondere Anlässe immer im Keller.«

»Prost Anna. Auf unsere Hochzeit.«

»Auf uns.«

Sie stießen an, stellten das Glas ab und küssten sich, intensiver als je zuvor, bevor sie auf dem Sofa Platz nahmen.

»Wann soll die Hochzeit stattfinden«, fragte er sie und legte eine Hand auf ihren Oberschenkel.

»Ich bin für den Wonnemonat. Im Mai werden die Tage deutlich länger und milder, die Blumen blühen und die Vögel zwitschern. Nichts Großes. Was hältst du von einer bescheidenen, persönlichen Hochzeit ohne pompösen Festakt? Vormittags Standesamt und nachmittags eine schlichte Feier mit Freunden in deinem Garten?«

Franz nickte. »In unserem Garten. Eine Feier in kleinem Rahmen wäre mir auch am liebsten. Ich würde nur sieben Kollegen einladen.«

»Mit oder ohne Partner?«

»Die meisten sind solo bis auf drei. Von meiner Seite kämen höchstens zehn Leute. Und wie sieht es bei dir aus?«

Anna überlegte. »Meine Mutter und Maren ...«.

»Keine Kollegen aus der Schule?«

»Ich weiß nicht so genau. Was ist mit deinem Sohn? Hast du den vergessen?«

Er atmete tief durch. »Meinen Stiefsohn kann ich nicht einladen.«

Anna starrte ihn mit offenem Mund an. »Warum nicht?«

»Das ist eine lange Geschichte«, versuchte er auszuweichen.

»Aber er ist dein Sohn. Du verschweigst mir doch irgendetwas. Franz, das wäre ein schlechter Start. Jetzt, wo wir uns entschieden haben, zu heiraten, möchte ich alles über ihn wissen.«

Er ließ den Kopf hängen und reagierte nicht.

Anna packte ihn, schüttelte ihn kräftig durch und ließ nicht locker.

»Was verschweigst du mir?«

Franz räusperte sich und lehnte sich nach vorn.

»Du hast ja recht. Ich habe Helmut schon längere Zeit nicht mehr gesehen. Das letzte Mal sind wir im Streit auseinandergegangen. Er wollte mich wieder einmal anpumpen. Er ist mittlerweile dreißig, ein egozentrischer junger Mann, ein Lebenskünstler, der auf Kosten anderer lebt und zusätzlich noch Gelder vom Staat kassiert. Auf Arbeiten hat er keinen Bock. Kannst du das verstehen?«

»Nein, aber er ist dein Sohn, Franz.«

»Nein, ist er nicht. Wir haben ihn adoptiert, das weißt du doch.«

Für einen Moment wurde es still. Sehr still.

»Aber wenn dir soviel daran liegt, kann ich versuchen, mit ihm Kontakt aufzunehmen. Vielleicht kommt er«, sagte er dann zögernd.

»Versuch es bitte, Franz. Dann wären wir insgesamt 16 oder 17 Leute. Sollte der eine oder andere Schulkollege hinzukommen, bleibt die Anzahl der Gäste immer noch überschaubar.«

»So machen wir es, Anna. Ich kümmere mich um die Organisation des Gartenfestes. Lass dich überraschen.«

Sie streckte ihm beide Hände entgegen.

»Ich werde Maren anrufen und ihr die Neuigkeiten mitteilen. Die wird Augen machen.«

Sie nahm das Handy vom Tisch und wählte ihre Nummer.

»Hallo Maren, geht es dir gut? Mir geht's sehr gut. Überraschung! Sitzt du bequem?«

»Ja, du bist ja völlig aus dem Häuschen. Was ist denn los?«

»Franz und ich werden heiraten.«

Maren antwortete nicht.

»Hallo, bist du noch dran?«

Es dauerte ein paar Sekunden, bis Maren reagierte.

»Ja, ja. Ich bin wirklich überrascht«, sagte sie.

»Freust du dich nicht?«, fragte Anna nach.

»Doch natürlich. Allerdings kommt mir das etwas plötzlich.«

»Maren, ich bin so glücklich. Stell dir vor, Franz will mir sogar die Hälfte seines Hauses überschreiben.«

Sie schaute zu Franz hinüber. »Stimmt doch, oder?«

Er nickte und winkte ihr zu.

»Maren, ich könnte heulen vor Freude. Willst du meine Trauzeugin werden?« Sie erwartete eine spontane Zusage, aber die kam nicht. »Hast du meine Frage verstanden?«

»Ja, ja, wir sollten das alles in Ruhe besprechen. Ich lade dich zum Chinesen ein. Was hältst du davon?«

»Wann? Wo?«

»Wie wär's mit übermorgen im Restaurant *Great Wall* in der Altstadt. Ist achtzehn Uhr okay für dich?«

»Passt. Dann bleib ich nach der Schule in Köln und gehe vorher ein wenig bummeln.«

»Bis übermorgen. Ich freue mich, Anna.«

»Bis Montag.«

Franz hatte Anna die ganze Zeit beobachtet und zog eine Augenbraue hoch.

»Deine Freundin schien ja nicht gerade begeistert zu sein.«

»Sie war nur etwas überrascht. Damit hatte sie nicht gerechnet. Wie sollte sie auch? Bis vor wenigen Wochen habe ich mir das selbst nicht vorstellen können.«

Sie setzte sich auf seinen Schoß und legte die Arme um seine Schulter.

»Franz halt mich fest.«

Er umfasste ihre Hüfte, wobei sein Atem ihre Wange streifte. Sie fuhr mit den Fingerspitzen sanft über seinen Nacken und genoss die wohlige Wärme. Gleichzeitig spürte sie ein Schaudern, das ihren ganzen Körper durchlief.

»Anna, was hast du?«

Sie stemmte ihre Hände gegen seine Schulter und sah ihn eindringlich an.

»Mir ist heiß und kalt zugleich. Franz, ich kann mein Glück immer noch nicht fassen.«

Es herrschte eine unheimliche Stille, bevor es aus ihr herausplatzte:

»Franz schau mich an. Es fällt mir schwer, dir diese Frage zu stellen. Es ist wie ein Traum. Ich kann es noch gar nicht glauben.«

Sie senkte ihren Kopf und blickte auf den Boden. Er nahm ihr Gesicht in beide Hände und sah sie verdutzt an.

»Welche Frage? Ich verstehe dich nicht. Anna, was meinst du?«

Sie holte ein paar Mal tief Luft.

»Franz, das ist kein Spiel, oder? Du meinst es doch ernst mit mir?«

Er schüttelte den Kopf und sprang auf.

»Ich fass es nicht. Wie kannst du mir nur diese Frage stellen? Hast du irgendwelche Zweifel an meiner Aufrichtigkeit?« Seine Stimme zitterte. »Ich liebe dich. Wenn du Bedenken hast, dann lass uns getrennte …«

Sie sprang auf und fiel ihm ins Wort.

»Nein, nein Franz, vergiss, was ich gesagt habe. Es tut mir leid«, schluchzte sie.

Beide standen sich für Sekunden schweigend gegenüber.

»Du hast mir wehgetan«, unterbrach er die Stille.

»Das wollte ich nicht. Verzeih mir Franz. Ich weiß nicht, was mit mir los ist.«

Sie bewegte sich nicht von der Stelle. Er ging einen Schritt auf sie zu und nahm sie in die Arme.

»Glaub mir, ich werde dich nicht enttäuschen«, versprach er, nahm ein Taschentuch aus der Schublade und trocknete ihr die Tränen ab.

Sie merkte, wie ihre Augen brannten, als sich beide auf die Couch setzten.

Wie konnte ich nur an seiner Aufrichtigkeit zweifeln?, dachte sie.

Franz streichelte ihr zärtlich über den Rücken.

»Wir zwei kriegen das schon irgendwie hin.«

Anna sah ihm tief in die Augen. »Ist dir noch nie aufgefallen, wie launisch ich sein kann? Auf ein und das gleiche Ereignis reagiere ich zu unterschiedlichen Zeitpunkten total anders. Wie jetzt heute wieder. Vorhin oben im Schlafzimmer war ich euphorisch, aber dann schlägt die Hochstimmung auf einmal in Angst und Zweifel um. Manchmal habe ich das Gefühl, als wenn zwei verschiedene Menschen in meinem Gehirn lebten.«

160

Franz beugte sich vor. »Doch, jetzt, wo du mich direkt darauf ansprichst. Manchmal bist du tatsächlich unberechenbar.« Er rieb sich die Augen. »Jetzt brauche ich einen Kaffee.«

»Bleib sitzen. Ich hol dir einen. Mit Süßstoff?«

»Ja, bitte.«

Anna stand auf, ging in die Küche und kam nach wenigen Augenblicken zurück.

»Hier mein Schatz.«

»Danke« Er trank einen Schluck und fragte fast beiläufig. »Hast du vor, auch deine Kollegin, Frau Eckhoff, einzuladen?«

»Du meinst Claudia?«

»Ja, ich glaube, das ist ihr Vorname.«

»Warum fragst du?«

»Nur so.«

»Hast du wieder Probleme mit ihr?«

»Nein, die war und ist, glaube ich, noch immer mit meiner Frau befreundet. Und ...« Er brach den Satz ab.

»Lass uns lieber mit unserer Hochzeitsplanung weitermachen.«

Anna nickte, obwohl sie seine Aussage irritierte und stutzig machte, aber sie wollte die gute Stimmung nicht trüben.

»Ich würde gerne Maren als Trauzeugin nehmen und du?«

»Ich Uwe, meinen besten Kumpel. Ist das Okay für dich?«

»Natürlich.«

»Du hast ihn ja auch kurz kennengelernt. Uwe ist einfach gestrickt, aber ansonsten ein lieber Kerl. Lass dich nicht von seinen flotten Sprüchen irritieren«, sagte er, hielt sich die Hand vor den Mund und gähnte.

»Das waren so viele Eindrücke heute, sei mir nicht böse, ich bin müde und muss morgen früh raus. Komm, lass uns schlafen gehen.«

»Geh schon einmal vor. Ich bleibe noch etwas auf.«

Nachdem er sich verabschiedet hatte, setzte sich Anna wieder an den Tisch. Die Flasche Champagner war noch halb voll. Sie füllte das Glas, trank einen Schluck und lehnte sich zurück, um den Tag Revue passieren zu lassen. In der Zwischenzeit war ein schweres Gewitter aufgezogen. Draußen grollte der Donner. Ein Blitz jagte den anderen und es regnete in Strömen.

Hoffentlich kein schlechtes Zeichen, dachte sie.

Sechszehn Uhr, Unterrichtsende. Anna rieb sich aufgeregt die Hände. Gleich würde sie sich mit Maren treffen.

Sie fuhr mit dem Bus in die Innenstadt und stieg am Neumarkt aus. Auf dem Weg in die Altstadt blieb sie vor einem Brautmodengeschäft stehen. Die ultraschlanken Modelle im Schaufenster sahen aus wie aus dem Ei gepellt.

Schade, dass ich so etwas nicht tragen kann, dachte sie.

Kurz vor sechs erreichte sie das *Great Wall* in der Altstadt. Sie blieb vor dem Eingang stehen und fuhr sich mit der Zunge über die trockenen Lippen. Sie öffnete die Tür und betrat eines dieser typischen asiatischen Restaurants mit Lampions, Drachenfiguren und -bilder, goldenen Bordüren, Fächer etc. Sie verliehen dem Lokal ein besonderes Ambiente.

Maren saß an dem Zweiertisch vor dem Aquarium und winkte ihr zu.

»Schön, dich zu sehen«, sagte sie.

»Ich freue mich auch«, entgegnete Anna und setzte sich.

»Na, wie war dein Tag?«, fragte Maren.

»Wie immer, nichts Besonderes.«

»Bei uns stand eine Lehrerkonferenz an. Hat länger gedauert. Einige Kollegen hatten das Bedürfnis, sich zu profilieren. Ätzend diese Grundsatzdiskussionen.«

»Wem sagst du das? Bei uns ist das nicht anders.«

Maren nahm eine Speisekarte und reichte die zweite an Anna weiter. Sie studierten das Angebot und waren sich schnell einig. Anna blickte auf.

»Ich nehme die knusprig gebratene Ente süß-sauer.«

»Klingt gut, ich auch. Und einen Weißwein dazu?«

»Gerne.«

Beide lehnten sich entspannt zurück, bis die Bedienung kam und die Bestellung aufnahm.

»Du warst vorgestern so komisch am Telefon«, bemerkte Anna.

Maren strich sich eine Haarsträhne hinters Ohr. »Ich weiß nicht, wie ich dir das sagen soll.«

»Sag es doch einfach!«

»Ich meine es nur gut mit dir.« Maren holte tief Luft. »Eigentlich hätte ich dich sofort anrufen sollen, aber ich wollte das Ganze noch einmal überschlafen.«

Anna spitzte die Ohren. »Mach es nicht so spannend.«

»Pass auf, ich habe gestern einen Anruf erhalten. Wenn das stimmt, was die Frau in Bezug auf Franz gesagt hat, dann kann ich dich vor diesem Mann nur warnen.«

»Von einer Kollegin?«

»Ja.«

Anna schlug die Hände über dem Kopf zusammen. »Ich kann mir denken, wer das war. Ich fass es nicht. Du hast dich von Claudia manipulieren lassen? Wie kommt die dazu, dich anzurufen? Woher weiß sie, dass wir befreundet sind?«

Maren zuckte mit den Schultern. »Keine Ahnung«, sagte sie und schüttelte den Kopf. »Anna, wie lange kennen wir uns jetzt?«

Anna faltete die Stirn. »Seit unserer Kindheit, also - mit Unterbrechungen – über zwanzig Jahre.«

»Hast du in dieser Zeit jemals erlebt, dass ich mich leicht habe beeinflussen lassen?«

»Nein.«

»So und nun zurück zu Claudia. Du hast recht, ich habe mit ihr gesprochen. Sie hat Sachen behauptet, die ungeheuerlich sind, falls sie stimmen.«

Anna zog eine Augenbraue hoch und gestikulierte wild.

»Warum seid ihr alle gegen mich?« Ihre Stimme überschlug sich beinahe.

»Beruhig dich wieder. Vielleicht hat Claudia übertrieben oder gelogen. Aber ich bin deine Freundin und fühle mich verpflichtet, mit dir darüber zu sprechen. Ich mache mir Sorgen. Kannst du das nicht nachvollziehen?«

»Offen gesagt, nein. Franz und ich verstehen uns, als ob wir jahrzehntelang zusammen wären. Er ist vielleicht nicht der Intellektuellste, aber er ist ehrlich, zuverlässig und erfüllt mir jeden Wunsch. Das ist, was ich brauche.«

»Anna, versteh mich bitte. Ich bin froh, dass du deine Ängste gegenüber dem männlichen Geschlecht überwunden hast. Ich möchte nur, dass du nicht noch einmal auf jemanden hereinfällst. Denk an Thomas.«

Anna reckte ihr Kinn vor. »Maren, das ist nicht dein Ernst. Du willst doch wohl nicht Franz mit Thomas vergleichen?«

»Nein, nein ...«

Anna legte erleichtert ihre Hand auf Marens Arm.

»Ich bin froh, dass du meine Freundin bist. Genauso froh bin ich, dass ich Franz gefunden habe. Er ist der richtige Mann für mich. Ich möchte gar nicht wissen, was Claudia über ihn gesagt hat. Es ist mir egal.«

Maren nickte. »Okay, verstanden.«

Es schien so, als ob sie das Thema schnell wechseln wollte, denn sofort darauf erkundigte sie sich: »Wann soll die Hochzeit stattfinden?«

»Wir werden in den nächsten Tagen das Aufgebot bestellen. Am liebsten wäre uns der Mai.« Anna zögerte einen Moment. »Maren, ich möchte, dass du meine Trauzeugin wirst?«

»Was erwartest du von mir genau?«

»Ich würde gerne mit dir zusammen das Brautkleid aussuchen. Hast du Lust?«

»Hast du eine Vorstellung, wie es aussehen soll?«

»Nicht wirklich.«

»Sag mir Bescheid, wenn du losziehen möchtest.«

»Am liebsten übermorgen.«

»Du hast es aber eilig.«

Anna grinste. »Und wie.«

»Kann ich noch weitere Aufgaben für dich übernehmen?«

»Vielleicht kannst du mir bei den Einladungen und beim Ankleiden am Tag der Hochzeit helfen. Das wäre toll.«

Maren nickte. »Wo findet die Feier denn statt?«

»In unserem Garten. Da wirst du staunen, wie traumhaft mein künftiger Ehemann den angelegt hat.«

»Ich könnte dir auch bei der Dekoration des Festes helfen.«

»Franz hat bestimmt nichts dagegen, wenn du ihn unterstützt.«

Kapitel 6
2018
April - Juni

Entgegen der ursprünglichen Planung fand die Hochzeit nicht im Wonnemonat statt, sondern Ende April. Vier Tage vor dem großen Ereignis besuchte Maren Anna in ihrem neuen Zuhause. Stolz führte Anna sie durch das Haus und dann in den Garten.

»Der ist wirklich wunderschön«, sagte Maren, sichtlich beeindruckt und zeigte auf das Blumenbeet neben der Terrasse. »Dieses Blütenmeer, einfach bezaubernd.«

Anna nahm sie an die Hand und hob den Zeigefinger.

»Siehst du die blauen Blumen zwischen den weißen Rosen? Das ist Eisenhut, die giftigste Pflanze Europas. Wenige Gramm sind absolut tödlich.«

»Die kenne ich. Die haben meine Eltern auch im Garten.« Maren grinste. »Gut zu wissen, für alle Fälle.«

Sie drehte sich noch einmal um und ließ den Blick über den Garten schweifen. »Mir gehen einige Deko-Ideen im Kopf herum.«

»Welche?«

»Überraschung. Ich werde mich mal mit Franz kurzschließen.«

Endlich war es so weit. Die Hochzeit fand an einem

herrlichen Frühlingstag mit Temperaturen um die zweiundzwanzig Grad statt.

Anna war zusammen mit Maren und einer Friseuse im Schlafzimmer, während Franz im Wohnzimmer wartete.

Anna hatte es nicht abwarten können und einen Blick auf sein Outfit geworfen. Er hatte sich für die klassische Variante entschieden: dunkler Anzug mit Hemd und Krawatte.

Ob er auch so nervös ist wie ich?, fragte sie sich.

Sie näherte sich der Treppe zum Erdgeschoss, dicht gefolgt von Maren, die den Schleier hielt, auf den Anna nicht hatte verzichten wollen.

All das vergaß sie jedoch, als Franz nun zu ihr heraufsah. Sie senkte rasch den Blick, was, wenn sie sich täuschte und ihm ihre Aufmachung nicht zusagte?

Die Zweifel bewirkten, dass Annas Herz raste, als sie Stufe für Stufe hinabstieg. Dabei musste sie sich mit der einen Hand am Geländer festhalten, da sie ihren wackeligen Knien nicht so recht traute. Sie musste ja schon aufpassen, dass sie den frühlingshaften Brautstrauß mit den rosafarbenen Rosen, Ranunkeln, Schneeball und Schleierkraut nicht zerquetschte, den sie in der anderen Hand hielt.

Gerade eben im Schlafzimmer hatte sie noch einmal in den Spiegel gesehen und sich tatsächlich hübsch gefühlt.

Auch Maren hatte ihr versichert, sie würde hinreißend aussehen. Ihr weißes, fließendes

Brautkleid mit Spitzenapplikationen und V-Ausschnitt, das sie zusammen ausgesucht hatten, verlieh ihr Eleganz und etwas sehr Feminines. Die gelockte und halb offene Brautfrisur mit Blumenkranz schmeichelte ihrem Gesicht und ließ es schmaler wirken. Aber würde es auch Franz gefallen?

Endlich blickte sie auf und sah ihn an. Er kämpfte tatsächlich mit den Tränen!

Vor lauter Erleichterung lachte Anna hell auf und blieb auf der letzten Stufe stehen.

»Gefalle ich dir?«

Er ging ihr entgegen und umarmte sie. »Du bist die schönste Braut, die ich jemals gesehen habe.«

»Nicht so fest, Franz. Denk an mein Kleid, meine Frisur und die Blumen!«, sagte sie und lachte herzlich.

Dann legte sie den Brautstrauß auf den Tisch ab und drehte sich einmal um die eigene Achse. Beinahe wäre sie über die Schleppe ihres Kleides gestolpert. Franz konnte sie im letzten Moment auffangen.

»Hoppla Madame, nicht, dass du mir an unserem schönsten Tag noch schlappmachst.«

Sie lachte erneut. »Gut, dass ich einen starken Mann habe.«

»Darauf kannst du sich verlassen. Aber wir müssen langsam fahren«, sagte Franz. »Hast du alles dabei?«

Anna überlegte und warf Maren einen fragenden Blick zu. Ihre Freundin hielt das Brauttäschchen in die Höhe.

»Personalausweis, Geldbörse, Handy, Schlüssel, Lippenstift, Make-up und Parfüm ...«, rief sie. »Alles komplett.«

Anna warf einen letzten Blick auf den Garderobenspiegel und hakte sich mit dem rechten Arm bei Franz unter.

Als er die Tür öffnete, verschlug es ihr die Sprache. Vor ihnen stand ein ungewöhnliches Hochzeitsgefährt: ein schneeweißer Bus, mit der Aufschrift:

Busfahrer wissen genau, was sie wollen:

1. einen eigenen Bus,

2. eine Beamtin,

3. oder am besten beides.

Der Bus war geschmückt mit einem Blumenkranz, Schleifen, Girlanden und dem *JUST MARRIED* Schriftzug an einem Fenster. An der hinteren Stoßstange befanden sich etliche an einer Schnur aufgereihte Blechdosen.

Franz sah Anna verwundert an. »Das kann nicht wahr sein«, sagte er. »Donnerwetter, da haben sich meine Kollegen etwas einfallen lassen. Ich hatte keine Ahnung.«

In dem Moment ging die mittlere Tür des Busses auf, und drei galante Herren mit Schirm, Charme und Melone stiegen aus. Sie verneigten sich vor ihnen.

»Alles Liebe und Gute zu Eurer Vermählung wünschen euch die Busfahrer«, trugen sie im Chor vor.

»Das sind drei meiner Kumpel«, raunte Franz Anna zu. »Links Peter, in der Mitte Kevin und rechts Uwe. Den kennst du ja schon.«

»Jungs, wer hat denn diese verrückte Idee gehabt?«, rief er, während sie sich dem Bus näherten. »Bestimmt Uwe, oder?«

»Wir alle«, antwortete der.

Anna war immer noch sprachlos. Sie sah Franz an. »Hast du wirklich nichts davon gewusst?«

»Nein, ich bin genauso überrascht wie du.«

Uwe machte eine auffordernde Geste Richtung Bustür.

»Einsteigen bitte.«

Das Brautpaar nahm in der ersten Reihe Platz, Maren direkt dahinter.

Uwe startete den Motor und fuhr los. Die Büchsen schepperten und machten wahnsinnig Lärm, was Anna schon wieder zum Lachen brachte. Selten hatte sie sich so gelöst gefühlt.

Selbst die Tatsache, dass die Hochzeitsgesellschaft, die sie am Standesamt erwartete, kleiner war, als ursprünglich geplant, konnte Annas Laune nicht trüben. Neben drei weiteren Kollegen von Franz samt ihren Gattinnen waren von ihrer Seite aus lediglich ein Vertreter des Lehrerrates ihrer Schule und ihre Mutter gekommen.

Für einen Moment bedauerte Anna, dass es

Franz nicht gelungen war, seinen Sohn zur Teilnahme zu bewegen. Da sie sich nicht die Stimmung verderben wollte, verwarf sie den Gedanken rasch wieder.

Nacheinander verließen sie den Bus und auch Maren, die treu den Schleier hochhielt, folgte ihnen.

Bevor sie den Eingang des Standesamts erreichten, drehte sich Anna noch einmal um und entdeckte in ungefähr zehn Metern Entfernung einen jungen Mann mit dunklen Haaren am Straßenrand. Sie traf fast der Schlag. Der Kapuzenpullover, den er trug ... sie kannte ihn!

»Thomas ...«, entfuhr es ihr.

Franz blickte sie überrascht an. »Was ist denn? Du bist ja plötzlich ganz bleich.«

Anna klammerte sich an seinen Arm. »Der Typ dahinten ...« Sie wandte sich wieder um, wollte auf den Mann zeigen, doch er war verschwunden.

»Ich sehe niemanden.«

»Ich bin doch nicht verrückt. Da stand gerade noch jemand, der uns beobachtet hat. Ich glaube, ich kenne ihn.«

Ehe Franz antworten konnte, tauchte ein Herr mit Kamera und Stativ auf und begrüßte sie beide.

»Meinst du den?«, fragte Franz.

Anna schüttelte den Kopf. »Den Fotografen habe ich doch persönlich bestellt.«

»Am besten, sie stellen sich hier direkt vor dem Eingang hin«, sagte dieser.

Um nicht noch mehr Aufsehen zu erregen,

befolgte Anna mit Franz an ihrer Seite die Anweisungen.

»So ist gut und jetzt mal lächeln.«, kommentierte der Fotograf. »Und nun einmal dorthin schauen.« *Klack, klack, klack ....*

»Bitte die Position wechseln.« *Klack, klack, klack ....*

»Und jetzt noch der obligatorische Kuss.« *Klack, klack, klack ...*

Danach war die gesamte Hochzeitsgesellschaft an der Reihe.

»Ich glaube, wir müssen rein«, sagte Franz schließlich und beendete so das Shooting.

Bereits im Vorzimmer wurden sie von der Standesbeamtin begrüßt. Nach Überprüfung der Personalien nahmen sie alle im Trauzimmer Platz. Annas Anspannung lag nun nicht mehr allein an der Zeremonie. Noch immer schwirrte ihr der Kerl im Hoodie im Kopf herum.

Aber nein, nein, das kann nicht sein, beruhigte sie sich selbst und zwang sich, nicht weiter an ihn zu denken.

Stattdessen konzentrierte sie sich auf das nun folgende Prozedere: Ansprache der Standesbeamtin, Eheschließungsformel, gegenseitiges Anstecken der Eheringe, der obligatorische Kuss und schließlich der Eintrag ins Ehebuch, den Franz und sie als Ehepaar sowie die Trauzeugen unterschrieben.

Zwanzig Minuten später war die

standesamtliche Trauung vorbei und der Tross bewegte sich wieder nach draußen.

Annas Mutter streckte ihr Arme aus und umarmte sie innig.

»Mein Kind, du siehst umwerfend in dem Kleid aus. Toll, einfach nur toll.« Sie nahm ein Taschentuch und trocknete sich die Tränen ab.

Der Fotograf machte noch ein paar Aufnahmen von der Hochzeitsgesellschaft und vom Brautpaar, bevor sie zurückfuhren.

Franz hatte zusammen mit Maren bereits am Vortag den Garten liebenswert hergerichtet: dekorierte Sitzbänke, selbst gemachte Halterungen für die Blumendeko und einen Rosenbogen. Die Bierzelt-garnituren hatte sie mit weißen Batistdecken umwickelt.

Anna hatte sich umgezogen, das Hochzeitskleid gegen ein kürzeres und die Brautschuhe gegen Flip-Flops getauscht.

Als Begrüßungsdrink servierte einer von Franz Kollegen Champagner im Pavillon, für das leibliche Wohl sorgte ein Caterer und auch die Zapfanlage war einsatzbereit.

Uwe trat mit einem Spickzettel vor und hielt eine kurze Rede.

»Als Franz vor einigen Jahren zu uns stieß, waren wir zunächst skeptisch. Warum tauscht ein ehemaliger Finanzbeamter seinen sicheren Job gegen den eines Busfahrers, fragten wir uns. Aber er hat uns allen eines Besseren belehrt. Er besitzt genau die Eigenschaften, die einen Busfahrer auszeichnen: Ruhe, Gelassenheit, ein polizeiliches Führungszeugnis und wenig Punkte in Flensburg.«

Schallendes Gelächter.

Anna stieß Franz an. »Der kann ja auch hochdeutsch sprechen.«

»Ja, aber es fällt ihm schon schwer.«

Uwe sah Anna an. »Dein Gatte hat mir gesagt, sein Glück sei jetzt vollkommen. Seine charmante Frau wäre die ideale Ergänzung für ihn. Sie sei aufrichtig, intelligent und auch sonst passe sie zu ihm.« Er schwenkte seinen Blick zu Franz. »Wir haben zusammen ja noch einiges vor, nicht wahr?«

Franz nickte verlegen. Uwe schaute kurz auf die Notizen und fuhr fort.

»Wir gratulieren herzlichst zu eurem Jawort und wünschen euch, dass ihr gemeinsam alt, grau und glücklich werdet.«

Alle klatschten.

Anna hörte, wie zwei Arbeitskollegen sich unterhielten.

»Da hat der Franz ja Glück gehabt. Beamtin, gute Partie. Respekt«, sagte einer von ihnen.

Gegen einundzwanzig Uhr verließen die meisten Gäste die Hochzeit. Neben Maren waren nur Uwe, Peter und Kevin übriggeblieben. Die hatten gebechert, dass sich die Balken bogen.

»So jetzt musst du sie über die Schwelle tragen«, grölten sie. »Eins, zwei, drei.«

Franz fackelte nicht lange, packte Anna mit

einem Arm unter ihre Hüften mit dem anderen ihre Oberschenkel. Er schnaufte mächtig.

Anna strahlte. »Wie stark du bist, Franz. In deinem Armen fühl ich mich geborgen.«

Er trug sie mit Schwung durch die geöffnete Terrassentür in einem Rutsch die Treppe hinauf bis vors Schlafzimmer.

»Du kannst mich jetzt absetzen.«

Er schüttelte den Kopf. »Das könnte dir so passen. Das letzte Stück schaffe ich auch noch.«

Mit den Knien drückte er gegen die Tür, eilte zum Bett, beugte sich vor und ließ sie schließlich fallen.

Anna starrte ihn verwundert an. »Du bist aber ganz schön stürmisch.«

»Sorry, du bist mir einfach aus den Händen geglitten.«

Anna senkte die Unterlippe. »Wenn das mal kein schlechtes Omen ist.«

»Quatsch, du bist doch nicht abergläubisch, oder?«

»Überhaupt nicht. Ich glaube eher, du hast zu tief ins Glas geschaut.«

Für einen Moment wurde es still. Sie suchte Augenkontakt, aber er schaute ohne Regung auf dem Boden.

»Du darfst mich jetzt ausziehen«, forderte sie ihn auf. Immerhin hatte sie extra verführerische Unterwäsche angezogen, den Körper auf streichelzart getrimmt und sein Lieblingsparfüm aufgelegt.

Doch Franz fasste sich an die Brust und sackte vor ihr zusammen. Sie schwang die Beine über die Bettkante, streckte ihre zitternden Hände aus und berührte seinen Kopf.

»Was hast du, Franz?«

Sein Gesicht war weiß wie ein Leintuch und er hatte Schweißperlen auf der Stirn.

»Mein Kreislauf spielt verrückt. Mir ist schwindelig und ein wenig übel.«

Sie schlug sich erschrocken die Hand vor den Mund.

»Setz dich mal aufs Bett«, sagte sie besorgt und wollte ihm zu Hilfe kommen.

»Das schaffe ich noch selbst.« Er stützte sich mit beiden Händen an der Bettkante ab und richtete sich auf.

Anna öffnete derweil die Knöpfe seines Hemdes und den Gürtel.

Sie biss auf die Lippe. »Soll ich den Arzt rufen?«

»Nein, nein, es geht mir schon besser«, sagte er immer noch schwer atmend.

»Leg dich trotzdem hin.« Anna drückte seinen Oberkörper aufs Bett, zog ihm die Hose, Socken und das Hemd aus und deckte ihn zu.

Anschließend blieb sie neben ihm sitzen, bis er eingeschlafen war. Danach zog sie sich aus und hängte das Hochzeitskleid auf einen Bügel am Schlafzimmerschrank auf. Seufzend streifte sie das Negligé über, das sie sich extra für die Hochzeitsnacht gekauft hatte, und legte sich neben

Franz.

Die ganze Nacht über gelang es Anna kaum, ein Auge zuzumachen. Immer wieder schaute sie zu ihm herüber, um zu sehen, ob er noch atmete.

Erst als es draußen schon hell wurde, nickte sie ein.

Ihr letzter Gedanke war:

Na ja, die Hochzeitsnacht hätte ich mir schon ein wenig romantischer vorgestellt.

Als sie kurz darauf aufwachte, beugte sie sich als erstes über Franz und berührte mit den Lippen sein Ohr.

»Guten Morgen, mein Liebster.« Ihr fiel ein Stein vom Herzen, als er die Augen öffnete. »Alles wieder in Ordnung?«

Er nickte, reckte und streckte sich und lächelte sie an, als ob nichts gewesen wäre.

»Tut mir leid wegen gestern. Ich hätte nicht so viel trinken sollen.«

Sie musterte ihn kritisch. »Keine Schmerzen mehr?«

»Nein, es geht mir blendend.«

»Dann stell dich mal unter die Dusche. Du riechst ein wenig streng.«

»Aye, Aye Madam. Ich bin schon unterwegs.«

Er sprang fast aus dem Bett, als ob er seine Fitness beweisen wollte, und verschwand im Bad.

Anna stand währenddessen auf, öffnete das Fenster und atmete tief durch.

Nach einigen Minuten kam Franz nackt zurück.

»Der nächste bitte ...«

Als er sie in ihrem verführerischen Nachthemd sah, erstarrte er. Sein Blick schien sie förmlich zu verschlingen.

»Zieh dich aus!«, sagte er in einem ihr unbekannten Ton.

Sie atmete einmal tief ein und schloss die Augen. Dann zog sie ihr Negligé über den Kopf und ließ es lässig auf den Boden fallen.

»Gut so?«

»Wie schön du bist«, sagte Franz und leckte sich über die Lippen. Sein Penis hing schlaff nach unten.

»Tut mir leid, aber ich verspreche dir, ich werde demnächst die blauen Pillen kaufen.« Langsam kam er auf sie zu, umarmte sie nur kurz.

Danach wich er einen halben Schritt zurück und zeigte auf sein bestes Stück. »Nimm ihn bitte«, forderte er sie auf.

Zögernd legte Anna die Hand um sein warmes, weiches Glied.

»Nein, nicht so. Der ist kussfrisch«, protestierte er und zeigte auf ihren Mund.

»Kussfrisch, aber ...«. Sie stockte.

»Kussfrisch, aber nicht steif wolltest du sagen. Ich verstehe«, fauchte er. Blitzartig drehte er sich um, griff nach dem Bademantel, der an der Tür hing und stürmte aus dem Raum.

»Warte, Franz«, rief Anna ihm hinterher. Vergeblich.

Ungläubig schüttelte sie den Kopf.

Wie konnte mir dieser Versprecher nur passieren?

In Gedanken versunken schlich sie ins Badezimmer und machte sich frisch, zog sich an, legte ein bisschen Rouge auf, bevor sie nach unten ging.

Ich muss mich bei ihm entschuldigen. Das hat er nicht verdient. Wie konnte ich nur...

Franz saß am gedeckten Tisch, das Gesicht in den Händen begraben. Als er sie bemerkte, blickte er auf.

Anna bewegte sich auf ihn zu, legte ihre Arme um seinen Hals und gab ihm einen Kuss auf die kühlen Lippen.

»Franz es tut mir leid. Ich liebe dich, weil du mir Geborgenheit bietest, weil du so aufrichtig bist und weil ...«

»Ich bin ein Versager. Ich ...« Seine Stimme streikte.

»Bist du nicht, Franz.« Sie strich ihm zärtlich durch die Haare.

»Bist du sicher?«

»Ja, ganz sicher.«

Sein Gesicht entspannte sich etwas. Anna setzte sich ihm gegenüber.

Er schenkte ihr einen Kaffee ein und reichte ihr das Brot.

»Danke, Franz. War doch schön unsere Hochzeit, oder?«

Er nickte. »Sehr schön. Klein, aber fein. Ich glaube, alle haben sich wohlgefühlt, selbst deine

Mutter. Ich hatte das Gefühl, Uwe war ziemlich abgefüllt.«

»Nicht nur der, Franz«, bemerkte sie schmunzelnd.

»Ich weiß, Anna. Es wird nicht wieder vorkommen.«

Seine Augen begannen zu funkeln und er wirkte wie ausgewechselt.

»Übrigens, Uwe würde sich gerne an unserem Busunternehmen beteiligen.«

Anna nahm gerade einen Schluck Kaffee und hätte sich beinahe verschluckt.

Franz beugte sich zu ihr hinüber und klopfte ihr auf die Rücken.

»Die Idee ist doch nicht schlecht, oder?«

Anna wollte ihn nicht direkt vor den Kopf stoßen, daher antwortete sie ausweichend:

»Franz, eine solche Entscheidung kann man nicht übers Knie brechen. Da brauchen wir professionelle Beratung. Lass uns später darüber sprechen.«

Er fuhr sich mit der Hand durch die Haare. »Aber nicht vergessen«, sagte er mit heruntergezogenen Mundwinkeln.

Trotz der verpatzten Hochzeitsnacht verliefen die ersten Monate nach der Trauung harmonisch. Anna kam es fast unheimlich vor. Wenn Franz von Tagesfahrten früh zurückkam, hatte er den Tisch bereits gedeckt. Er war nicht nur um ihr kulinarisches Wohl bemüht, sondern verwöhnte sie auf der ganzen Linie, hörte ihr geduldig zu und brachte ihr häufig Geschenke mit. Mal waren es Blumen, mal ihr Lieblingswein oder Konfekt.

Eigentlich war seine Liebenswürdigkeit kaum noch zu toppen. Eines Tages setzte er dem Ganzen die Krone auf. Als sie aus der Schule zurückkehrte und den Flur betrat, begrüßte Franz sie freudestrahlend. Der Duft von Kräutern und Gemüse stieg ihr in die Nase.

»Überraschung!«

Sie stellte ihre Tasche ab und gab ihm einen Kuss.

»Mmh, das riecht aber lecker. Lass mich raten: Rindfleischsuppe mit Markklößchen.«

»Genau«, sagte er, reichte ihr die Hand und führte sie ins Wohnzimmer.

»Wie toll du den Tisch gedeckt hast.«

Franz lächelte. »Nimm bitte Platz. Ich bin gleich wieder da.«

Nach wenigen Augenblicken kam er mit einem Suppentopf zurück. Er stellte ihn auf eine Ablage, nahm eine Suppenkelle und füllte ihren Teller.

Anna probierte. »Köstlich, einfach köstlich. Wie früher bei Mama.«

Franz beobachtete sie. »Fällt dir was auf?«

»Hast du wieder etwas umgestellt?«

Anna schaute sich um, konnte aber nichts entdecken. Daher musterte sie sein Gesicht. »Du hast dich heute nicht rasiert?«

»Kalt. Schau mal in den Serviettenhalter.«

Sie entdeckte ein kleines, braun eingepacktes Päckchen.

»Ist das für mich?«

»Für meinen Schatz? Du darfst es aber erst nach dem Essen öffnen. Sonst wird die Suppe kalt.«

»Du machst mich ganz neugierig.«

Sie verschlang die Suppe und sah ihn erwartungsvoll an. Franz schob das Päckchen zu ihr hinüber.

»Jetzt darfst du«, sagte er.

Sie löste die Schleife, entfernte das Geschenkpapier und öffnete die Schatulle.

Eine goldene Kette mit einem Herz blinkte ihr entgegen.

»Franz, du bist verrückt.«

Sie nahm sie in die Hand und hielt sie an den Hals.

»Alles aus 550er Gold, kein Modeschmuck«, sagte er.

»Danke. Wunderschön. Die war doch bestimmt teuer?«

»Du bist es mir wert.«

Sie fiel ihm um den Hals. »Du bist so lieb, Franz.«

Nachdem sie den Tisch abgeräumt hatten, setzten sie sich auf die Couch und tranken ein Glas Weißwein.

»Und wie war dein Tag in der Schule?«

»Es gibt Neuigkeiten. Ich habe dir doch erzählt, dass ich letztes Jahr mit einer Schule in Namibia Kontakt aufgenommen habe. Stell dir vor, heute hat die Bezirksregierung grünes Licht für ein Schulprojekt zwischen unseren Schulen gegeben. Ich soll die Organisation des Austauschs übernehmen.«

»Und was bedeutet das? Bekommst du mehr Geld?«

»Das nicht, aber es hört sich doch interessant an, oder?«

»Klingt gut«, antwortete Franz.

»Die Sache hat nur einen Haken. Ich müsste einen Großteil meiner Ferien vor Ort, also in Windhuk, verbringen. Kannst du mitkommen?«

Er schlug die Hände über den Kopf zusammen.

»Ich werde nie mehr in einen Flieger einsteigen. Ich habe panische Flugangst.«

»Seit wann?«

»Ich bin vor Jahren mit meiner damaligen Frau nach Mallorca geflogen. Während des Rückfluges sind wir in schwere Turbulenzen geraten. Ich hatte Todesängste. Mich bekommt keiner mehr in ein Flugzeug hinein.«

Anna lehnte das Kinn auf die Hand. »Es gibt Therapien gegen Flugangst. Hast du schon einmal daran gedacht?«

»Zwecklos. Ich habe alles versucht.«

»Ja, dann muss ich wohl alleine fliegen.«

Franz nickte. »Passt doch. In den Sommerferien kann ich ohnehin keinen Urlaub nehmen. Dieses Jahr bin ich zwei Wochen in der Toskana und anschließend in Polen. Eigentlich ideal, wenn wir gleichzeitig unterwegs sind.«

»Vielleicht können wir zwei Fliegen mit einer Klappe schlagen«, bemerkte Anna nach kurzem Zögern.

»Wie meinst du das?«

»Ich habe mich schon erkundigt. Es gibt in der Hauptstadt Windhuk einige Waisenhäuser. Wir könnten doch von dort ein Kind adoptieren?«

Franz stutzte. »Du sprichst von einem farbigen Kind?«

»Wahrscheinlich. Würde dich das stören?«

Franz zog an den Ohrläppchen. »Dann wäre unsere Familie etwas Besonderes, großartig.«

Anna sprang auf und fiel ihn um den Hals.

»Franz, dafür liebe ich dich. Danke. Ich werde mich Ort einmal umsehen.«

»Mach das. Ich bin gespannt.«

Anna setzte sich wieder hin und warf ihm ein strahlendes Lächeln zu.

»Ich sehe sie schon vor mir, ein farbiges Mädchen mit wunderschönen schwarzen Locken, wie sie bei uns im Wohnzimmer und Garten spielt, wie ich mit ihr spazieren gehe ...«

»Von mir aus kann es auch gerne ein Junge sein«, unterbrach Franz.

»Wir werden sehen. Hauptsache ein gesundes Kind.«

Anna lehnte sich zurück. »Ich bin so glücklich, dass ich es kaum erwarten kann, nach Namibia zu reisen.«

Für Anna hätte ihr Leben ewig so weiterlaufen können. Auch sexuell lief es besser. Franz hatte sich Viagra verschreiben lassen und war stolz, dass er nun seine Erektion länger halten konnte.

Wenige Wochen vor den Sommerferien und ihrer ersten Reise nach Namibia kehrte sie früher als üblich von der Schule nach Hause zurück. Sie entdeckte den Bus am Straßenrand und einen fremden Pkw auf der Einfahrt.

Franz hat Besuch, dachte sie nichtsahnend.

Doch als sie sie die Haustür öffnete, hörte sie hektische Stimmen, die sie ins Wohnzimmer führten, wo Franz auf der Couch lag und ein Mann mit einem Stethoskop um den Hals vor ihm hockte.

Anna stockte der Atem. »Was ist denn hier los, Franz?«

»Is... Ist nicht so schlimm. Kreis...lauf...probleme«, stotterte er.

Der Herr schaute sie kopfschüttelnd an. »Ich bin Doktor Winter, der Hausarzt ihres Mannes. Ich vermute, er hat einen leichten Herzinfarkt gehabt. Um das endgültig abzuklären, müsste er dringend ins Krankenhaus gebracht werden.« Er stockte und sah strafend auf Franz hinab. »Aber ihr Mann weigert sich.«

Auf wackeligen Beinen ging Anna auf Franz zu.

»Ich bring dich in die Uniklinik.«

Dann wandte sie sich an den Arzt.

»Ist er transportfähig?«

»Im Moment ist er stabil.«

187

»Könntet ihr ... aufhören über mich ... zu reden ... als wenn ich nicht ... da wäre?«, warf Franz ein. »Mir geht es ... schon viel besser. Ich ... ich will nicht ... ins Krankenhaus.«

»Sie sollten auf ihre Gattin hören, Herr Forst.«

»Nein! Auf ... keinen Fall, verdammt noch mal.«

Der Arzt zuckte mit den Achseln. »Dann kann ich Ihnen auch nicht helfen«, sagte er und stand auf. »Tut mir leid, Frau Forst.«

Er packte das Stethoskop in den Ärztekoffer und ging, begleitet von Anna, in Richtung Ausgang.

An der Tür drehte sich der Doktor noch einmal um.

»Ich will ehrlich zu Ihnen sein. Ihr Mann spielt mit dem Leben. Das ist bereits der zweite Herzinfarkt. Vor dreieinhalb Jahren ist er dem Tod nur knapp entronnen.«

»Davon hat er mir nie etwas erzählt.« Anna zitterte am ganzen Körper. »Ich werde noch einmal mit meinem Mann reden, Herr Doktor. Er wird sich bestimmt einsichtig zeigen.«

»Viel Erfolg, Frau Forst.«

»Danke,« sagte sie und schloss die Tür.

Anschließend blieb sie einen Augenblick wie angewurzelt im Flur stehen. Diese Neuigkeiten musste sie erst einmal verdauen.

»Anna, kommst du.«

»Bin schon unterwegs.«

Zurück im Wohnzimmer setzte sie sich auf dem Sessel neben dem Sofa, auf dem Franz noch immer lag.

»Was hast du denn mit dem Doktor besprochen?«, wollte er wissen, die Augen misstrauisch zusammengekniffen.

»Nichts weiter, aber ich werde dich jetzt in die Klinik fahren.«

Er japste nach Luft. »Nein, das wirst du nicht. Sonst bekomme ich wirklich noch einen Herzinfarkt.«

Anna kämpfte mit den Tränen, gleichzeitig kochte sie vor Wut. Niemals hätte sie gedacht, dass er sich so störrisch verhalten könnte.

»Franz, denk doch auch einmal an mich. Ich möchte noch lange etwas von dir haben. Deshalb fahren wir jetzt zusammen ins Krankenhaus.«

»Nein! Ich habe keine Lust, mit dir darüber zu diskutieren! Lass mich in Ruhe.«

Mit hochrotem Kopf wandte er ihr den Rücken zu.

Anna fühlte sich leer und hilflos. Sie presste das Gesicht gegen die Hände und suchte fieberhaft nach einer Lösung.

Franz lag regungslos auf der Couch und ignorierte sie.

Warum schaut er mich nicht an?

Sein Verhalten änderte sich den ganzen Tag nicht. Egal wie oft Anna ihn ansprach, er blieb stumm.

In der Nacht konnte sie kein Auge zu machen. Vergeblich versuchte sie, ihre Angst und Wut in den Griff zu bekommen. Immer wieder drehte sie sich auf die Seite, um zu sehen, ob er noch atmete.

Als Anna am nächsten Morgen aufwachte, war das Bett neben ihr leer. Noch im Nachthemd eilte sie hinunter in die Küche.

Dort wartete Franz bereits lächelnd auf sie.

»Guten Morgen«, sagte er gutgelaunt. »Wie du siehst, lebe ich noch. Sogar den Tisch habe ich bereits gedeckt.«

Anna wusste nicht, wie sie reagieren sollte. In diesem Moment war ihr nur eins klar: Nie wieder wollte sie eine Situation wie gestern erleben.

»Warum siehst du mich nicht an?«, fragte er.

»Mir geht es nicht so gut. Ich bin unendlich traurig.«

»Warum?«

Sie spürte, wie die Wut erneut in ihr hochstieg.

»Ach komm Franz, willst du mich veräppeln? Du weißt genau, was ich meine.«

Er schluckte und blickte sie verschämt an.

»Ich weiß, mein Verhalten ist für dich nur schwer nachvollziehbar, Anna. Aber ich habe panische Angst, ins Krankenhaus zu gehen. Das ist so ähnlich wie mit dem Fliegen.«

»Mir läuft die Galle über, wenn ich so etwas höre, Franz! Ich möchte das nicht noch einmal erleben, verstehst du das nicht?«

Er stand auf und begann Kniebeugen zu machen. »Siehst du, wie fit ich bin? Aber um dich zu beruhigen, das nächste Mal gehe ich ins Krankenhaus.«

»Versprochen?«, fragte sie und sah ihn flehend an.

»Ich schwöre es.«

Franz schien sich tatsächlich von seinem Schwächeanfall schnell zu erholen, aber er gönnte sich keine Ruhepause und arbeitete weiter, als wenn nichts gewesen wäre.

Bereits am übernächsten Tag war er wieder auf Achse.

Ein paar Tage vor ihrer geplanten Reise nach Namibia erwartete Anna Franz von seiner Tagesfahrt nach Koblenz zurück. Gegen achtzehn Uhr wollte er zuhause sein, aber auch zwei Stunden später war er noch immer nicht da. Langsam machte sie sich Sorgen.

Dann endlich hörte sie, wie der Bus vorfuhr.

Anna öffnete Franz die Tür und erschrak.

»Du bist ja ganz blass. Was ist passiert?«

»Ich muss mich erst mal setzen.« Er legte seine Tasche im Flur ab, ging durch ins Wohnzimmer und schmiss sich aufs Sofa. Anna lief ihm hinterher.

Er holte tief Luft. »Du kannst dir nicht vorstellen, wen ich getroffen habe. Du ahnst es nicht.«

Anna fuhr sich mit der Hand durch die Haare. »Wen denn? Erzähl.«

»Ich war gerade dabei, mich von den letzten Reisenden zu verabschieden, da tauchte aus heiterem Himmel mein Stiefsohn auf.«

Anna wurde hellhörig. »Was wollte er denn?«

»Er hat mich zu einem Kaffee beim Italiener eingeladen. Helmut hat mich eingeladen! Kannst du dir das vorstellen? Das hat es noch nie gegeben.« Er zögerte. »Aber dann kam die Ernüchterung.«

»Wieso?«, fragte sie, während sie Franz ein Bier aus dem Kühlschrank holte, und sich zu ihm setzte.

»Worüber habt ihr gesprochen?«

»Was glaubst du wohl, warum er mich abgepasst hat«, erwiderte Franz, öffnete die Flasche und trank einen Schluck.

»Er braucht wieder Geld.«

»Volltreffer. Stell dir vor, er wollte sich 10.000 Euro bei mir leihen, der Witzbold.«

»Wofür das denn?«

»Er hätte die einmalige Gelegenheit, sich einen Traum zu erfüllen. Er wolle sich mit einem Freund eine neue Existenz aufbauen, ein Meditationszentrum. Er bräuchte die Summe für die Anmietung und Ausgestaltung dreier Räume bis Freitag nächste Woche.«

Ungläubig schüttelte Anna den Kopf. »Du willst ihm doch das Geld nicht geben?«

»Natürlich nicht«, sagte er und fuhr sich mit den Fingern über die Augen. »Als ich ihm gesagt habe, dass ich so viel Kohle nicht habe und sie ihm auch nicht geben würde, wenn ich sie hätte, hat er versucht, mich zu erpressen.«

Anna rieb sich die Schläfen. »Das darf doch nicht wahr sein. Womit?«

»Er drohte, sich umzubringen, wenn ich ihm bei der Erfüllung seines Lebenstraums nicht helfen würde.«

»Das ist ja furchtbar, Franz. Hat er das ernst gemeint?«

»Bei dem weiß man das nie so genau.« Resigniert schob er die Brille nach oben und warf Anna einen sichtlich hilflosen Blick zu. »Glaub mir, ich bin fix und fertig. Stell dir vor, der bringt sich tatsächlich um?«

»Sag mir, wo er wohnt, dann spreche ich mal mit ihm.«

»Bloß nicht!« Unvermittelt klang seine Stimme, scharf und durchdringend.

»Warum denn nicht?«

»Ich möchte das nicht.«

Verwirrt runzelte Anna die Stirn. »Das verstehe ich nicht. Ich würde deinen Sohn gerne kennenlernen. Mich interessiert auch, was für ein Typ er ist.«

»Der ist in den letzten Jahren ständig umgezogen. Ich weiß nicht mal, wo er seine Zelte im zurzeit aufgeschlagen hat.«

Anna wurde stutzig und fragte nach.

»Wenn ich dich richtig verstanden habe, möchtest du, dass ich einer Person 10.000 leihe oder sogar schenke, die ich noch nie gesehen habe.«

»Nein, so direkt nicht. Da hast du mich falsch verstanden. Aber ... ich habe Angst, dass er sich tatsächlich etwas antut. Deshalb habe ich zugesagt, mit dir über die Angelegenheit zu sprechen.«

»Bevor ich ihm eventuell Geld zur Verfügung stelle, möchte ich ihn und sein Projekt kennenlernen. Verstehst du das?«, fragte sie und presste die Lippen aufeinander.

Franz senkte den Blick, nickte und atmete tief durch.

»Ich hatte gehofft, wir könnten das noch vor deinem Abflug nach Namibia am Montag klären.«

Nach einem weiteren Schluck aus der Flasche rieb er sich den Bauch. »Irgendwie ist mir das alles auf den Magen geschlagen. Vielleicht überlegst du dir das mit dem Geld ja noch mal.«

Während sich Franz an den Armlehnen aufstützte und hochstemmte, schwieg Anna.

»Ich muss noch mal telefonieren«, sagte er daraufhin und verzog sich in sein Arbeitszimmer.

Ein Bauchgefühl trieb Anna dazu, ihm zu folgen. Sie schlich auf Zehenspitzen in Richtung Arbeitszimmer und legte ein Ohr an die Tür. Mal lauter, mal leiser werdend konnte sie Franz' Stimme hören, verstand aber nur Fragmente, die keinen Sinn ergaben.

»… lässt sich nicht darauf ein …, wenn es nicht klappt … doch fliegen … «

Ihr Herz schlug unvermittelt bis zum Hals. So laut, dass sie Angst hatte, er könnte es hören.

So bekam sie erst nach Sekunden mit, dass das Gespräch verstummt war. Sofort überkam sie das Gefühl, Franz stünde direkt hinter der Tür. Blitzschnell bewegte sie sich zwei Schritte zur Seite und drückte ihren Körper an die Wand. Gerade noch rechtzeitig. Er riss die Tür auf und knallte sie gleich von innen wieder zu.

Annas Puls raste, während sie sich zurück ins Wohnzimmer schlich und aufs Sofa Stuhl setzte. *Irgendetwas ist hier faul. Was versucht Franz vor mir zu verbergen?*

Sie grübelte, kam aber zu keinem Ergebnis.

Nach wenigen Minuten kehrte Franz zurück.

»Ich muss noch einmal in den Betrieb.«

»Um zweiundzwanzig Uhr?«

»Ja.« Für einen Moment zögerte er, dann fügte er hinzu: »Ich habe aus Versehen, den Schlüssel eines Kollegen mitgenommen. Den braucht er aber morgen früh.«

Ohne sie anzusehen, streifte er eine Jacke über. »Ich denke, ich bin in einer halben Stunde zurück.«

Nachdem er gegangen war, ging die Grübelei weiter. Tausend Gedanken schwirrten ihr im Kopf herum.

Was geht hier eigentlich ab?

Ich werde Maren anrufen. Mal sehen, was sie zu den Vorfällen sagt?

Sie wollte ihr Handy vom Couchtisch nehmen, konnte es aber nicht finden.

Das hat doch eben noch hier gelegen? Ich bin doch nicht verrückt?

Sie strich sich mit der flachen Hand über den Kopf und überlegte.

Vielleicht habe ich es im Flur liegen gelassen oder oben oder auf der Gästetoilette ...?

Sie durchsuchte fast jeden Winkel des Hauses. Ohne Erfolg.

Gerade wollte sie zum Festnetztelefon greifen, als sie hörte, dass Franz zurückkam.

Sie lief ihm entgegen. »Sag mal, hast du mein Smartphone zufällig eingesteckt?«

»Nein wie kommst du darauf?«

»Es lag vorhin noch auf dem Couchtisch.«

Franz ging durch ins Wohnzimmer und schaute sich um. Plötzlich bückte er sich.

»Da liegt es doch. Unter dem Tisch. Es ist bestimmt runtergefallen.«

Anna schüttelte den Kopf. »Das gibt es gar nicht. Ich hätte schwören können, dass ich dort auch gesucht habe.«

»Ist doch nicht schlimm. Passiert schon mal.«

Kapitel 7
2018
Juli – November

Anfang Juli war es so weit. Die Maschine nach Windhuk startete in Frankfurt kurz vor Mitternacht.

Am späten Vormittag warf Anna im Schlafzimmer einen letzten Blick auf den geöffneten Koffer und schloss ihn.

Franz hob ihn an. »Boah, was hast du alles eingepackt? Der ist ziemlich schwer. Lass uns das Gewicht noch einmal überprüfen«, schlug er vor und holte die Personenwaage aus dem Badezimmer.

»Zweiundzwanzig Kilogramm, genau an der Grenze.« Maren dachte laut nach und runzelte die Stirn: ... »Ticket, Reisepass, Geld, Handy ...«

»Ich glaube, ich habe jetzt alles«, sagte sie.

»Okay, dann kann es losgehen.«

Nachdem Franz den Trolley im Kofferraum verstaut hatte, stiegen beide ins Auto und fuhren auf die A3 in Richtung Frankfurt.

Am Flughafen gab Anna das Gepäck auf und trank anschließend mit Franz noch einen Cappuccino.

»Schade, dass du nicht mitkommen kannst.«

»Ich bin auch traurig. Vier Wochen ohne dich, das wird schwer«, sagte Franz.

Sie lehnte den Kopf an seine Schulter. »Du wirst mir fehlen, aber wir schaffen das.«

197

»Schreib mir eine WhatsApp, wenn du angekommen bist. Und schick mir viele Fotos. Hörst du?«

»Mach ich.« Sie brauchte einen Moment, um ihre Tränen zurückzudrängen.

Dann griff sie in die Handtasche und nahm eins der Hochzeitsbilder heraus und hielt es hoch.

»Auch wenn du nicht mitfliegst, du bist immer bei mir.«

Er lächelte und gab ihr einen Kuss auf die Wange.

Anna öffnete den oberen Knopf ihrer Bluse. »Du bist ganz nah an meinem Herzen.«

»Die Kette, ich wusste, dass sie dir gefallen würde.«

Sie nickte lächelnd, bevor sie auf die Uhr schaute.

»Ich glaube, ich muss langsam einchecken.«

»Ich begleite dich bis zur Schranke«, sagte Franz, stand auf und hielt ihr den Arm entgegen.

Hand in Hand schlenderten sie in Richtung Check-in, wo Anna ihren Ausweis einscannte. Ein letztes Winken, dann verschwand sie hinter der Sicherheitskontrolle des Gates.

Vier Wochen später landete Anna wieder auf dem Frankfurter Flughafen. Als Franz sie in der Ankunftshalle erblickte, stürmte er mit einem Blumenstrauß auf sie zu.

»Schön, dass du zurück bist. Ich habe dich sehr vermisst«, rief er und umarmte sie. »Wie war der Flug?«

»Ruhig. Geschlafen habe ich aber kaum. Und bei dir auch alles in Ordnung?«

»Ich bin topfit«, sagte er, trat einen Schritt zurück und musterte sie von Kopf bis Fuß.

»Du siehst toll aus, noch besser als vorher. Irgendetwas ist anders.«

Anna neigte den Kopf und richtete sich auf. Ihre Augen leuchteten.

»Ich habe acht Kilo abgenommen. Da staunst du, oder?«

»Das ist ja fantastisch. Wie hast du das geschafft?«

»Viel Bewegung und nichts Süßes.«

»Respekt«, erwiderte er, bevor er ihr ihren Koffer abnahm.

Nach zehn Minuten erreichten sie das Parkhaus. Franz verstaute das Gepäck im Kofferraum und öffnete die Beifahrertür. »Bitte schön, Madame.«

Ehe er das Auto startete, schaute er sie erneut an und fuhr sich mit der Zunge über die Lippen.

»Verdammt siehst du gut aus. Du wirst mir noch wegkommen.«

Sie verließen das Flughafengelände und Franz gab Gas, so dass es ihr schon fast mulmig wurde.

»Wie war es denn? Erzähl mal.«

.»Franz, du kannst dir das nicht vorstellen. Die Landschaft, die Tiere und die Menschen, einfach fantastisch. Ich habe über 1000 Fotos gemacht. Einige hatte ich dir ja geschickt.«

»Du bist ja hin und weg.«

Sie nickte. »Wir haben Ausflüge in die Kalahari und Namib gemacht. Du glaubst es nicht, wie wunderschön die Wüste ist. Und dann die Tierwelt. Ich habe Giraffen, Zebras und Antilopen in freier Wildbahn gesehen. Auf einer Farm sogar Geparden.«

»Da werde ich ganz neidisch. Wenn nur der Flug nicht wäre ...«, sagte er melancholisch.

»Ja, das ist wirklich schade. Vielleicht solltest du doch noch einmal eine Therapie versuchen.«

Franz kratzte sich am Kinn.

»Vielleicht.«

»Die Menschen dort sind so hilfsbereit und freundlich, obwohl sie nach unseren Standards in Armut leben, teilweise sogar hungern.«

»Die sind doch alle schwarz, oder?«

»Farbig, manche sind tatsächlich schwarz, andere weiß. Das hängt von ihrem ethnischen Ursprung ab. Es gibt viele Stämme, die unterschiedliche Hautfarben haben. Auch vom Körperbau sind sie verschieden. Ein kleinerer Teil der Bevölkerung ist sogar deutsch-stämmig.«

Franz stutzte und wechselte sprunghaft das Thema.

»Und wie sind die Männer so?«

Anna lachte. »Manche Männer können sich durchaus sehen lassen«, sagte sie, während sie eine Hand auf seinen Oberschenkel legte. »Du bist doch wohl nicht eifersüchtig?«

Er drehte sich kurz zur Seite. »Quatsch.«

Sie neckten sich liebevoll bis Anna den vertrauten Bus vor dem Haus erkannte.

»Endlich wieder daheim,« sagte sie und stieg aus.

Als sie das mit Blumen verzierte Schild über der Eingangstüre entdeckte, schlug sie sich die Hand vor den Mund.

Willkommen zu Hause, Anna.

»Du bist so süß. Mit einem solchen Empfang habe ich nicht gerechnet.«

Kaum hatten sie den Flur betreten, wartete die nächste Überraschung auf Anna. Über der Wohnzimmertür hing eine weitere Botschaft.

Rex – Busreisen - Wir bringen sie schnell und sicher an ihr Ziel.

Anna stutzte. »Da lässt man den Kerl einmal allein und schon plant er große Projekte,« scherzte sie und schaute Franz an. »Du bist ganz schön hartnäckig. Ich verspreche dir, wir gehen das bald an.«

Franz nickte und forderte sie auf, sich zu setzen. »Möchtest du einen Absacker?«, fragte er.

»Lieber ein Wasser.«

Er ging in die Küche und kam mit einem Glas Sprudel und einer Flasche Kölsch zurück. Nachdem er ihr gegenüber Platz genommen hatte, warf er ihr einen fragenden Blick zu.

»Wie war denn die Lodge?«

»Einmalig. Ich hatte einen ganzen Bungalow für mich. Da werde ich das nächste Mal auch wieder wohnen.«

»Ist die Unterkunft nicht zu weit weg von der Schule?«

»Es geht. Ich hatte einen Fahrer, der mich morgens abgeholt und am Abend zurückgebracht hat.«

»Das ist ja purer Luxus«.

Sie beugte sich nach vorne und nahm seine Hand. »Schon, aber hier, zu Hause bei dir, ist es am schönsten.«

Ihr Leben hätte ewig so weiterlaufen.

Doch dann ereilten Anna und Maren kurz hintereinander zwei Schicksalsschläge. Zuerst starb Annas Mutter und eine Woche später Marens Vater. Beide völlig unerwartet.

Daraufhin zog Maren zurück zu ihrer Mutter nach Chorweiler und bewohnte die Souterrainwohnung.

Anna fühlte sich noch stärker zu Franz hingezogen, bis an einem wolkenlosen Samstag im Spätsommer der nächste Paukenschlag erfolgte.

Sie aalte sich in einem Liegestuhl auf der Terrasse, während Franz sich mit voller Hingabe um das Grillgut kümmerte. Er legte die in Olivenöl mit Rosmarin und Thymian eingelegten Sardinen sowie das in Alufolie eingewickelte Gemüse auf den Grill.

»Ich komme mir vor wie in Portugal«, sagte er.

»Mir läuft auch schon das Wasser im Mund zusammen«, erwiderte sie.

Kaum hatte Franz die Sardinen mit Zitronenscheiben serviert, nahm Anna das Besteck.

Er grinste. »Du musst sie mit der Hand essen. Die Portugiesen machen den Kopf ab und verspeisen die Sardinen im Ganzen mit Gräten und Innereien.«

Obwohl Anna ihn skeptisch anschaute, sagte sie: »Okay, du bist der Experte.«

Nachdem sie aber probiert hatte, musste sie zugeben, dass sein Rat perfekt gewesen war, denn sie aß eine Sardine nach der anderen.

Vermutlich zu schnell. Plötzlich ballte sich ihr Magen zusammen und Übelkeit kroch ihr die Kehle empor, sodass sie würgen musste.

Franz sprang auf und klopfte ihr auf den Rücken. »Hast du eine Gräte verschluckt?«

»Mir ist auf einmal ganz übel.« Sie schlug sich die Hand vor den Mund, sprang auf und rannte auf die Gästetoilette, wo sie sich übergab.

»Alles in Ordnung?«, rief Franz.

»Ja, bin gleich wieder da.«

Als sie sicher war, dass nichts mehr kam, putzte Anna sich den Mund ab und spülte ihn mehrmals mit Wasser aus. Nach einem letzten Blick in den Spiegel, aus dem ihr ein leichenblasses Gesicht mit rot geräderten Augen entgegen starrte, kehrte sie auf die Terrasse zurück.

Franz sah sie besorgt an.

»Hast du die Sardinen nicht vertragen?«

»Scheint so. Seltsam, dabei hatte ich richtigen Heißhunger auf Fisch. Er kann doch nicht verdorben gewesen sein?«

»Unmöglich, ich habe ihn ja auch gegessen und merke nichts.«

»Mir ist immer noch etwas übel. Ich lege mich ein paar Minuten auf die Couch.«

»Warte, ich komme mit.« Franz ließ alles stehen und liegen, umfasste ihre Hüfte und begleitete sie zum Sofa.

»Vielleicht solltest du ein Nickerchen machen. Möchtest du eine Decke haben?«

»Nein, es geht schon.«

Sie legte den Kopf zur Seite und schloss die Augen. Ihre Gedanken überschlugen sich.

Kann es sein, dass ich schwanger bin? Es war doch nur ein einziges Mal, kurz nach meiner Periode. Außerdem hat er ein Kondom benutzt. Allerdings waren wir sehr lange zusammen. Als er sein Glied zurückzog, rutschte das Präservativ herunter. Oh mein Gott. Was mache ich nur wenn ...?

Sie riss die Augen auf, als Franz ihre Hand nahm.

»Ich weiß nicht, was mit mir los ist. Ich bin total geschafft. Ich geh schon mal hoch«, sagte sie.

Er reichte ihr den Arm. »Ich begleite dich.«

Sie gingen direkt ins Schlafzimmer, wo Anna sich aufs Bett setzte. »Den Rest schaffe ich alleine.«

Er kniff die Augen zusammen. »Bist du sicher?«

»Ja Franz.«

»Vergiss nicht, dass ich morgen ganz früh raus muss und dann erst am Mittwoch zurück bin.«

Als Anna am Morgen aufwachte, war Franz schon weg.

Ich muss es einfach wissen, dachte sie.

Daher ging sie nach der Schule in eine Apotheke und kaufte einen Schwangerschaftstest.

Den wollte sie auf keinen Fall, zu Hause durchführen.

Wenn der positiv ist, nicht auszudenken. Franz dürfte es nie erfahren!

Aber was sollte sie tun? Sie rang ratlos die Hände, griff schließlich zum Smartphone und rief Maren an.

»Kann ich gleich mal zu dir kommen? Es ist dringend. Ich möchte, dass du dabei bist.«

»Ja, ich bin zu Hause. Aber wovon sprichst du?«

»Sag ich dir später. Ich bin in einer halben Stunde bei dir.«

»Okay, bis gleich.«

Anna stieg ins Auto und fuhr nach Chorweiler, wo sie direkt vor dem Reihenhaus parkte, in dem Maren mit ihrer Mutter lebte.

Frau Weber öffnete die Tür.

»Hallo Anna, komm rein. Maren ist in ihrem Zimmer. Sie erwartet dich schon. Möchtest du einen Kaffee trinken?«

»Danke, vielleicht später, Frau Weber«, sagte sie und ging gleich runter ins Souterrain.

»Nenn mich doch einfach Ruth«, rief Annas Mutter ihr noch hinterher.

Maren wartete bereits auf sie und begrüßte sie mit einer kurzen Umarmung, bevor sie sich beide aufs Sofa setzten.

»Du machst es ganz schön spannend«, meinte Maren dann. »Was hast du auf dem Herzen?«

Anna kam direkt zur Sache.

»Ich glaube, ich bin schwanger.«

Maren schaute sie mit großen Augen an. »Du hast mir erzählt, dass Franz zeugungsunfähig sei.«

»Wenn ich schwanger bin, dann nicht von ihm.«

»Von wem denn sonst?«

Anna zögerte. »Es war ein Unfall ... in Namibia.«

Maren schmunzelte. »Das hätte ich dir gar nicht zugetraut.«

»Es ist passiert und wenn es so ist, kann es nichts mehr daran ändern.«

Anna griff in die Tasche und legte den Test auf den Tisch.

»Wann hast du deine letzte Periode gehabt?«

»Die hätte ich vor zehn Tagen haben müssen.«

»Na ja, vielleicht ist es auch ein Fehlalarm.«

»Du hast recht. Bevor wir hier über irgendetwas spekulieren, möchte ich mir erst einmal Klarheit verschaffen. Hast du ein Gefäß, das du nicht mehr brauchst?«

»Wofür?«

»Da möchte ich das Teströhrchen reinlegen.«

Maren stand auf und kam mit einem gespülten Marmeladenglas zurück.

»Perfekt«, sagte Anna und öffnete die Testpackung. Sie entnahm das beiliegende Gefäß und ging zusammen mit dem Glas ins Badezimmer.

Nach kurzer Zeit kam sie mit dem Stick im Glas zurück und legte es auf den Tisch.

»Es dauert drei Minuten.«

Beide starrten regungslos auf den Schwangerschaftstest Stick. Nach einiger Zeit bewegten sich ihre Köpfe fast synchron, bis sich ihre Blicke trafen.

»Das Ergebnis ist eindeutig, du bist schwanger«, bemerkte Maren.

Anna wusste nicht, ob sie lachen oder weinen sollte. »Oh mein Gott. Und jetzt? Ich kann doch hier kein Kind zur Welt bringen. Franz würde mich sofort vor die Tür setzen.«

»Ein solches Andenken aus Namibia, wird kaum zu verheimlichen sein.« Maren legte die Stirn in Falten.

»Es gibt zwei Möglichkeiten. Erstens, du kannst das Kind abtreiben lassen ...«

Anna seufzte. »Das kann ich nicht vor meinem Gewissen verantworten. Da bin ich zu konservativ geprägt. Ich könnte mich nie gegen das Leben eines Kindes entscheiden.«

»Du hast absolut recht Anna. Das ist eine ganz persönliche Gewissensentscheidung. Ich habe mich damals gegen das Baby und für das Leben entschieden.«

Anna verschlug es fast die Sprache.

»Du hast was getan?«

»Ich habe abgetrieben. Es war in der Zeit, als wir uns aus den Augen verloren haben, nach dem Vorfall mit Thomas.«

»Wie bist du psychisch damit zurechtgekommen?«

»Ich war traurig und erleichtert zugleich.«

Für einen Moment herrschte betretenes Schweigen.

»Oder zweitens, du bekommst das Kind und riskierst deine Ehe«, sagte Maren dann.

Anna fasste sich an den Kopf.

»Maren, beide Vorschläge kommen für mich nicht infrage«, sagte sie und warf ihr einen fragenden Blick zu. »Es muss doch eine andere Lösung geben. Ich möchte weder das Kind, noch Franz verlieren.«

Maren rieb sich das Ohr. »Da wäre vielleicht eine dritte Möglichkeit, aber die ist schwerer umsetzbar.«

Anna spitzte die Ohren.

»Erzähl, wie sieht die aus?«

»Du behältst das Kind und gebärst es heimlich hier in Deutschland. Offiziell fliegst du nach Namibia, sodass Franz nichts merkt. Tatsächlich aber wohnst du mit deinem Baby zunächst bei mir. Später nimmst du es zu euch und sagst ihm, es wäre euer Adoptivkind. Natürlich musst du in Elternzeit gehen.«

Anna starrte sie an. »Da bleibt mir glatt die Spucke weg. Maren, du bist ja eiskalt.«

»Du kennst mich doch mittlerweile einige Jährchen. Ich bin halt so, resolut und direkt.«

»Und wenn Franz die Schwangerschaft bemerkt?«

»Habt ihr noch getrennte Schlafzimmer?«

»Im Moment nicht mehr.«

Maren zögerte. »Versuche ihn, zu überzeugen, dass eine vorübergehende räumliche Trennung gut für eure Beziehung wäre.«

Anna lehnte sich zurück und stöhnte. »Ich kann es probieren«, sagte sie, während Maren sie von oben bis unten musterte.

»Du hast etliche Kilos in Namibia abgenommen.«

»Mindestens acht.«

»Dann nimmst du die jetzt einfach wieder zu.«

»Das ist doch während der Schwangerschaft viel mehr.«

»Lass es zwölf Kilogramm sein. Du bist stark gebaut. Korpulentere Frauen nehmen weniger zu als dünne. Habe ich neulich in einer Frauenzeitschrift gelesen.«

Anna lehnte sich zurück. »Lass mich noch einmal zusammenfassen. Ich fliege offiziell nach Namibia. In Wirklichkeit wohne ich bei dir und deiner Mutter?«

»Genau. Du bekommst das Kind in einer Klinik außerhalb von Köln. Die Gefahr, dass dir ein Bekannter über den Weg läuft, ist praktisch ausgeschlossen. Danach ziehst bei uns ein. Meine Mutter ist noch fit. Sie kann dich bei der Betreuung entlasten«, sagte sie, stand auf und ging einige Schritte hin und her.

»Warte, ich habe eine bessere Idee. Du entscheidest dich für eine Hausgeburt, wenn deine Gynäkologin keine Bedenken hat.«

Anna blickte zu ihr hoch. »Wie lange würde ich bei dir wohnen können?«

»Von mir aus für immer«, antwortete Maren und grinste. »Scherz beiseite. Das werden wir sehen. Ich würde vorschlagen, du ziehst zwei Wochen vor dem errechneten Entbindungstermin bei mir ein und bleibst bis vierzehn Tage nach der Geburt oder länger. Danach kehrst du von deiner fiktiven Reise mit dem Adoptivkind aus Namibia zurück und ziehst wieder zu Franz.«

Anna fasste sich an den Kopf. »Das ist Betrug, Maren. Ich soll Franz bösartig und hinterlistig hintergehen.«

»Anna, sei doch mal ehrlich. Du bist fremd gegangen. Das ist doch genauso heimtückisch. Wenn du sowohl Franz, als auch das Baby behalten möchtest, hast du keine Wahl.«

Anna nickte und stieß gleichzeitig einen tiefen Seufzer aus.

»Je länger ich darüber nachdenke, desto unsicherer werde ich, ob ich überhaupt noch einmal, zu Franz zurückkehren sollte.«

»Das solltest du dir wirklich gut überlegen, aber bevor wir hier über ungelegte Eier sprechen, machst du jetzt erst einmal einen Termin bei deiner Frauenärztin. Von der wirst du alles Weitere erfahren.«

Gleich am nächsten Tag suchte Anna nach der Schule ihre Gynäkologin auf, die eine Ultraschalluntersuchung durchführte.

»Herzlichen Glückwunsch. Sie sind in der sechsten Schwangerschaftswoche.«

Die Ärztin drehte den Bildschirm zu Anna hinüber und zeigte auf das Bild. »Das ist die Fruchtwasserhöhle. Sehen sie das gekrümmte Würmchen?«

Anna beugte sich nach vorne. »Ja, wie winzig.« Sie verzog keine Miene.

»Sehen sie, wie das Herz schlägt?«

»Das ist ja unglaublich.«

Die Ärztin bewegte den Cursor weiter. »Hier lassen sich schon die Arme und Beine erkennen«, sagte sie und blickte ihr ins Gesicht.

»Sie schauen so ernst aus. Freuen sich gar nicht«, fragte die Ärztin.

»Doch, doch, jetzt, wo es endgültig feststeht, muss ich mich erst einmal an den Gedanken gewöhnen.«

»Als Entbindungstermin habe ich den 3. Juni 2018 errechnet. Das heißt, der Mutterschutz beginnt am 22. April und endet am 29. Juli 2018.«

»Kann man schon sehen, ob es ein Mädchen oder ein Junge ist?«

»Die Geschlechtsbestimmung ist mit hoher Zuverlässigkeit erst etwa ab der zwölften Schwangerschaftswoche möglich. Wir werden jetzt noch einige Blutuntersuchungen durchführen und ihren Mutterpass bekommen sie auch heute schon.«

»Eine Frage zu einer Hausgeburt. Wie stehen sie dazu?«

»Wenn keine Risikoschwangerschaft vorliegt und sie gesund bleiben, steht dem nichts entgegen. Hebammen können fast alle im Mutterpass vorgesehenen Vorsorgeuntersuchungen durchführen. Ausgenommen sind Ultraschall-Untersuchungen, die Ärztinnen oder Ärzten vorbehalten sind. Zu diesem Zweck kommen sie dann zu mir.«

Als Anna die Praxis verließ, stand für sie fest, sie wollte das Kind. Sie griff zum Handy und informierte Maren.

»Volltreffer. Die Schwangerschaft ist jetzt offiziell.«

»Herzlichen Glückwunsch.«

»Danke. Unterstützt du mich bei der Realisierung deines dritten Lösungsvorschlages?«

»Klar. Das heißt, du hast dich für eine Hausgeburt entschieden?«

»Ja, wenn keine medizinischen Gründe dagegensprechen.«

»Das ist ja großartig. Wann soll das Baby kommen?«

»Am 3. Juni nächstes Jahr.«

»Dann haben wir ja genügend Zeit, meine ... unsere Wohnung entsprechend einzurichten.«

Anna fiel ein Stein vom Herzen. »Danke Maren, was würde ich nur ohne dich machen? Ich melde mich, wenn es Neuigkeiten gibt.«

»Danke, dass du mich als Erste eingeweiht hast.«

Als Anna am Mittwoch aus der Schule nach Hause kam, saß Franz an seinem Schreibtisch.

»Kommst du mal bitte«, rief er.

Sie ging in sein Arbeitszimmer und stellte sich hinter ihn.

»Schau mal, ich habe mir Gedanken über die Gründung unseres Busunternehmens gemacht.« Er zeigte auf eine Tabelle mit handschriftlichen Aufzeichnungen und schob ihr einen Stuhl rüber.

»Setz dich. Das kann man schlecht im Stehen besprechen.«

Sie starrte auf das Blatt voller Zahlen und nahm neben ihm Platz. »Ach Franz, ich habe von dem Ganzen keine Ahnung.«

»Was glaubst du, wie viel mein Haus wert ist?«

»Ich weiß es nicht«, seufzte sie und presste die Lippen zusammen.

»Du bist heute so launisch. Ist was?«

»Ich muss mal eben auf die Toilette. Ich bin gleich wieder zurück.«

Sie rannte aufs Klo. Franz sah ihr kopfschüttelnd hinterher. Seit der Schwangerschaft verspürte einen ständigen Harndrang.

Nach wenigen Minuten war sie zurück. Franz richtete sich auf und unternahm einen neuen Anlauf.

»Die Immobilie ist mindestens 400.000 Euro wert.

Du nimmst einen Kredit bei der Bank, zum Beispiel 100.000 Euro, auf. Als Beamtin bekommst du ohnehin die besten Konditionen. Das wären zusammen mit meinen 50.000 insgesamt 150.000 Euro. Damit könnten wir definitiv etwas Solides auf die Beine stellen. Und dann kann es losgehen, mit dir als Geschäftsführerin.« Er hob den Kopf. »Was hältst du von meinem Plan?«

Anna starrte ins Leere.

»Hörst du mir überhaupt zu?«

»Du willst dein Haus verkaufen ...«

»Was redest du für dummes Zeug. Nein, niemals würde ich mich davon trennen. Was ist nur mit dir los, Anna?«

»Ich bin heute irgendwie schlapp«, sagte sie und lehnte sich vor. »Aber jetzt bin ich ganz Ohr.«

Franz wiederholte seinen Vorschlag. »Hast du verstanden?«

»Ich glaube schon.«

»Jetzt hör gut zu, was ich dir darüber hinaus noch anbiete«, sagte er und lehnte sich zurück. »Ich werde dir nicht nur die Hälfte, sondern das ganze Haus überschreiben.«

Anna tippte mit den Füßen auf den Boden und gähnte.

Franz sprang auf und schlug mit der flachen Hand auf den Schreibtisch. »Mensch Anna, wach auf. Das ist die Chance deines Lebens!«

Sie zuckte kurz zusammen und runzelte die Stirn. »Ich weiß nicht. Kann uns deine Ex keinen Strich durch die Rechnung machen?«

»Ich verstehe deine Frage nicht.«

»Besitzt deine geschiedene Frau keinen Anteil mehr am Haus?«

»Die habe ich ausbezahlt.«

»Was ist mit Uwe? Ihr wolltet doch zusammen etwas machen?«

»Der hat kalte Füße bekommen.«

Anna lehnte sich zurück und kratzte sich am Kopf.

»Ich befürchte nur, mein Dienstherr wird das nicht zulassen.«

»Was?«

»Ich als Geschäftsführerin.«

»Dein Dienstherr braucht nichts davon zu wissen. Dann machst du das Ganze halt inoffiziell in Form einer Nebentätigkeit.«

»Auch die müsste ich anmelden.«

Sein Gesichtsausdruck veränderte sich schlagartig und er atmete schneller. »Anna, wir dürfen uns diese Chance nicht entgehen lassen.

Manchmal habe ich das Gefühl, du willst gar nicht, dass ich mich selbstständig mache.«

»Doch Franz, ich möchte, dass du glücklich bist. Du kannst die Formalien mit dem Notar schon einmal abklären und dann gehen wir gemeinsam zum Notar und danach mit deinem Geschäftskonzept zur Bank. Einverstanden?«

»Oder umgekehrt. Hoffentlich erinnerst du dich morgen noch daran.«

Plötzlich fasste er sich an die Brust und beugte sich nach vorne. »Mir ist übel und schwindelig.«

Oh mein Gott, nicht schon wieder.

Sein Atem wurde immer unregelmäßiger und flacher. Er krümmte sich vor Schmerzen.

»Ruf den Notarzt, schnell.«

Während Anna zum Handy griff, zitterten ihre Hände so stark, dass sie sich zweimal verwählte, bis sie endlich die 112 erreichte.

»Ich bekomme kaum noch Luft« japste Franz. »Bitte ... ein Glas Wasser.«

»Bin schon unterwegs.«

Sie lief in die Küche und kam mit einem Glas Wasser zurück. Franz nahm einen Schluck, würgte ihn aber gleich wieder heraus. Er sackte auf dem Stuhl zusammen und kippte zur Seite. Im letzten Moment packte Anna ihn unter die Achseln und legte ihn auf dem Teppich ab. Auf der Stirn standen Schweißperlen und sein Gesicht war aschfahl. Sie brachte ihn in die stabile Seitenlage und schüttelte ihn.

»Franz! Wach auf!«

Keine Reaktion, doch seine Bauchdecke hob und senkte sich.

Gott sei Dank.

Anna hockte sich neben ihn, rieb sich mit dem Handrücken die brennenden Augen und ließ den Kopf in die Hände sinken. Gleich darauf stand sie wieder auf, rannte zur Haustür, öffnete sie und hielt Ausschau nach dem Krankenwagen. Dann lief sie zurück zu Franz, der immer noch regungslos auf dem Boden lag. Erneut hetzte sie zur Tür. Es folgte ein ständiges hin und her, bis endlich, nach fünfzehn qualvoll langen Minuten, der Rettungswagen eintraf. Inzwischen war Anna in kaltem Angstschweiß gebadet.

Die Sanitäter eilten mit Koffern und einer Trage ins Haus.

»Der Notarzt ist unterwegs. Was ist passiert?«

»Mein Mann klagte über Brustschmerzen und Atemnot. Dann ist er zusammengebrochen.«

Die Rettungssanitäter öffneten Gürtel und Kragen und legten Franz auf die Bahre. Anschließend stellten sie die Rückenlehnen hoch, sodass das Herz entlastet wurde. Gleichzeitig überprüfte einer von ihnen die Atmung und legte ihn ein Blutdruckmessgerät an.

»Herr Forst, hören Sie mich?«

Franz rührte sich nicht.

217

»Sauerstoffmangel«, sagte einer der Sanitäter und griff nach der Nasensonde.

Der andere legte einen venösen Zugang für die Verabreichung der Medikamente.

Anna stand währenddessen wie angewurzelt daneben.

Wenig Zeit später traf der Notarzt ein.

»Küpper«, sagte er und eilte zu Franz. Noch während er mit den Sanitätern sprach, nahm er das EKG-Gerät aus dem Koffer, legte die Elektroden an und beobachtete den Schreiber.

»Akutes Koronarsyndrom. Er muss sofort in die Klinik.«

Der Doktor wandte sich Anna zu. »Ich werde ihrem Mann jetzt ein paar Medikamente geben, die sein Herz stabilisieren.«

»Wird er durchkommen?«

»Ich hoffe es. Allerdings war ich vor ungefähr drei Jahren schon einmal hier. Damals war es kritisch.«

Anna drängte die Tränen zurück und flehte den Arzt an.

»Bitte tun Sie alles, dass er überlebt.«

»Wir bringen ihn in die Uni-Klink. Dort erhält er die bestmögliche Therapie.«

»Darf ich ihn begleiten?«

»Das kann Ihnen keiner verbieten, aber ich rate davon ab. Besuchen sie ihn lieber in der Klinik, sobald er stabil ist. Glauben Sie mir, Sie können im Moment nichts für ihn tun.«

Die Sanitäter schnallten Franz fest und trugen ihn in den Krankenwagen. Der Notarzt folgte ihnen.

Anna konnte in der Nacht kein Auge zumachen. Immer wieder wälzte sie sich von einer Seite auf die andere.

Franz halt durch.

Am frühen Morgen griff sie zum Telefon und rief in der Klinik an. Dort erfuhr sie, dass Franz die Nacht gut überstanden hatte und bei Bewusstsein war.

Sie duschte sich, trank hastig eine Tasse Kaffee und fuhr zum Krankenhaus.

Nach zwanzig Minuten erreichte sie die Klinik, parkte ihr Auto und ging zur Information.

»Ich möchte gerne zu Herrn Forst, Franz Forst«, japste sie.

Die Dame hinter dem Schalter schaute auf den Computer. »Sind sie ein Familienangehöriger?«

»Ja, ich bin seine Frau.«

»Ihr Mann liegt auf der Intensivstation der Kardiologie im zweiten Stock, Zimmer 212. Sie müssen am Eingang klingeln.«

»Danke.«

Anna stieg in den Aufzug. Der penetrante Geruch nach Phenol weckte das Unbehagen, das sie schon immer mit Besuchen im Krankenhaus verbunden hatte. Als sich die Fahrstuhltür öffnete, folgte sie den Hinweisschildern: Intensivstation.

Überall Krankenhauspersonal in weißen Kitteln, das geschäftig über die Flure eilten oder Patienten, die sich die Beine vertraten.

Es wurde merklich ruhiger, als sie eine Tür erreichte mit der Aufschrift: *Intensivstation Kardiologie, Zutritt nur nach Anmeldung.*

Sie klingelte und kurze Zeit später öffnete eine Krankenschwester.

»Ich bin Frau Forst und möchte gerne meinen Mann besuchen.«

»Kann ich bitte Ihren Ausweis sehen?«, fragte die Schwester.

Ohne zu zögern, griff Anna in die Tasche und überreichte ihr das Dokument.

»Sie sind die Frau von Herrn Forst, heißen aber Rexhausen?«

»Ja, ich habe meinen Geburtsnamen behalten.«

»Ich bin Schwester Johanna und werde Sie zu Ihrem Mann bringen. Aber bitte, überanstrengen Sie ihn nicht. Ihr Sohn ist erst vor einer halben Stunde gegangen.«

Anna schnappte hörbar nach Luft.

Er hat mir doch gesagt, dass er seit Jahren keinen Kontakt mehr zu Helmut gehabt hätte.

»Geht es ihnen gut Frau Rexhausen?«

»Ich muss mich mal eben setzen.«

Die Schwester nahm sie am Arm und führte sie zu einem Stuhl.

»Wie geht's meinem Mann?«

»Der Arzt ist gerade bei ihm. Am besten warten Sie hier, bis er wieder herauskommt. Er wird ihnen dann genaue Auskunft über den Zustand ihres Mannes geben. In der Zwischenzeit können Sie schon einmal die Schutzkleidung anlegen.«

Schwester Johanna reichte Anna einen Kittel, ein Paar Handschuhe, einen Mundschutz und eine Haube.

Als der Doktor nach wenigen Minuten aus dem Zimmer kam, ging Anna direkt auf ihn zu.

»Ich bin die Ehefrau von Herrn Forst.«

»Doktor Maaßen. Er die Nacht gut überstanden. Zurzeit ist er stabil und erhält Medikamente, die die Blutgefäße erweitern.«

»Wie geht es jetzt weiter?«

»Das hängt von dem genauen Befund ab. Wir werden heute eine Herzkatheteruntersuchung und gegebenen-falls eine Wiedereröffnung des geschlossenen Herztransgefäßes vornehmen.«

»Ist das gefährlich?«

»Der Eingriff dauert eine bis drei Stunden und wird in lokaler Betäubung durchgeführt. In der Regel kann der Patient die Klinik am zweiten Tag verlassen.«

Anna atmete auf. »Dann wird mein Mann übermorgen bereits wieder entlassen?«

»Könnte sein. Die Sache hat nur einen Haken. Wir haben diesen Eingriff bei Ihrem Mann vor drei Jahren schon einmal durchgeführt. Wie Sie sehen mit bescheidenem Erfolg. Aber das wissen Sie ja.«

»Nein, wir sind erst seit zweieinhalb Jahren zusammen.«

Der Doktor zögerte einen Moment.

»Alternativ kommt auch eine Bypassoperation infrage. Die ist allerdings mit einem höheren Risiko verbunden und die Erfolgsaussichten sind ähnlich. Ihr Mann muss unbedingt seine Lebensweise ändern, sonst überlebt er den nächsten Herzinfarkt nicht.«

Anna atmete tief durch. »Was heißt das genau?«

»Viel Sport, gesunde Ernährung, kein Alkohol und Nikotin, und vor allem sollte er Stress vermeiden.«

Anna nickte und rieb nervös die Finger gegeneinander.

»Ich werde darauf achten, Herr Doktor.«

»Ihr Mann ist immer noch Berufskraftfahrer?«

»Ja, Busfahrer. Warum?«

»Ich habe ihn schon bei seinem damaligen Herzinfarkt auf die möglichen Gefahren im Straßenverkehr hingewiesen und an seine Eigenverantwortung appelliert. Ich habe ihm nahegelegt, eine Zeit lang auf das Autofahren zu verzichten und ihm empfohlen, eventuell seinen Beruf zu wechseln.«

Anna stutzte. »Und was heißt das?«

»Wir müssen jetzt die genauen Ergebnisse der Untersuchungen abwarten.«

»Er hat, soviel ich weiß, noch nie einen Unfall verursacht.«

»Das könnte sich schnell ändern.«

Anna standen die Haare zu Berge.

»Ein Fahrverbot würde er nicht überstehen. Busfahren ist sein ein und alles.«

Der Arzt zuckte mit der Schulter. »Verbieten kann ich es Ihrem Mann nicht und den Führerschein kann ich ihm nicht wegnehmen. Meine ärztliche Schweigepflicht gilt auch in Sachen Fahreignung.«

Anna schluckte. »Danke Doktor«, sagte sie mit belegter Stimme.

»Wenn Sie Fragen haben, können Sie mich später gerne ansprechen. Ich muss zum nächsten Patienten.«

»Kann ich meinen Mann jetzt sehen?«

»Ja, er macht zwar noch einen erschöpften Eindruck, aber ansprechbar ist er. Er darf sich nur nicht zu sehr aufregen.«

Der Arzt verabschiedete sich, ging ein paar Schritte weiter und drehte sich dann noch einmal um.

»Übrigens, sie haben alles richtig gemacht. Wenn sie nicht so schnell gehandelt hätten, wären seine Überlebenschancen gering gewesen.«

Die Neuigkeiten musste sie erst einmal verarbeiten.

Sie bewegte sich langsam in Richtung Krankenzimmer. Bevor sie eintrat, atmete sie tief durch. Sie öffnete die Tür, warf einen schüchternen Blick durch den Spalt und fasste sich an den Kopf.

Wie ein Häufchen Elend lag Franz mit offenen Augen da, gefesselt von Schläuchen in fast all seinen Körperöffnungen, über Tentakel verkabelt mit den unwirklich piepsenden Monitoren.

Sie ging auf ihn zu.

Er bewegte sich nicht. Sein kreidebleiches Gesicht wies tiefe Falten auf. Zudem waren seine trockenen Mundwinkel verklebt, als hätte er seit Tagen nichts getrunken.

Sie nahm seinen Arm und streichelte zärtlich über den Handrücken. Er war glühend heiß.

Seine Augenlider zuckten, doch er blickte nach wie vor an die Decke.

»Hallo Schatz, ich bin es, Anna.«

Er drehte sich zur Seite und sein Gesicht entspannte sich etwas.

»Franz, hörst du mich? Wie geht es dir?«

Er schaute sie an. »Da bist du ja auch schon«, sagte er gereizt.

Sie schob das Kopfteil des Bettes nach oben, sodass er aufrecht sitzen konnte.

»Die Schwester hat mir gesagt, dein Sohn wäre schon da gewesen.«

Er hielt eine Hand vor sein Herz und atmete stoßweise.

»Hat dir der Arzt nicht erzählt, dass ich keine Aufregung vertragen kann?«, stieß er aufgebracht hervor.

»Doch. Es tut mir leid, Franz.«

»Weißt du, ich fühl mich einfach nur beschissen.«

»Wir müssen jetzt zusammenhalten. Alles wird wieder gut«, versuchte sie ihn zu beruhigen.

»Schön wäre es«, antwortete er.

»Du hast mir nie von deinem ersten Herzinfarkt erzählt.«

»Du hast nie danach gefragt.«

Anna streichelte seine Hand, doch er zog sie abrupt zurück.

»Der Arzt hat gesagt, du müsstest dich schonen. Du musst in Zukunft mehr an deine Gesundheit denken.«

»Die können mich mal alle«, sagte er und drehte seinen Kopf in die andere Richtung.

Anna war wie gelähmt. So kannte sie ihn gar nicht.

»Hast du schon einmal über einen neuen Job nachgedacht?«, fragte sie leise.

Zähnefletschend bäumte Franz sich auf.

»Jetzt fang du nicht auch noch an. Hat dich der Arzt geimpft?«, zischte er mit hochrotem Gesicht.

»Beruhig dich wieder Franz. Alles wird gut.«

»Nichts wird gut, wenn mir meine eigene Frau in den Rücken fällt.«

Hilflos und überfordert rieb Anna sich den Nacken. »Wenn du wieder zu Hause bist, werde ich dich verwöhnen.«

»Ach Anna, ich bin müde und möchte im Moment nur in Ruhe gelassen werden«, sagte er und schloss die Augen.

Für eine Weile hielt Anna noch seine Hand, doch er schien zu schlafen. Sie ließ ihn los, um das Zimmer zu verlassen. Plötzlich zuckte er, als wäre er aus einem Albtraum aufgewacht und öffnete die Augen. Dabei zitterte er am ganzen Körper.

»Du musst unbedingt meinen Chef anrufen. Die Nummer findest du in dem Telefonbuch auf dem Schreibtisch im Arbeitszimmer«, rief er. »Sag ihm ... sag ihm, ich wäre am Blinddarm operiert worden.«

Anna war wie versteinert.

»Hast du mich verstanden. Das ist wichtig. Tu es für mich. Für uns!«

»Ja, Franz. Das mache ich gleich, wenn ich wieder zu Hause bin.«

»Und noch was,« sagte er, raffte sich auf und klopfte ungestüm auf den Nachttisch. »Hier in der Schublade liegt die Arbeitsunfähigkeitsbescheinigung. Die schickst sie meinem Chef per Post. Bloß nicht vergessen.«

Anna öffnet die Schublade und nahm das Dokument heraus.

»Mach ich.«

Sichtlich erleichtert entspannte Franz sich daraufhin und schloss erneut die Augen.

»Gute Besserung«, flüsterte Anna ihm ins Ohr und verließ das Zimmer.

Sie war völlig fertig. Zum ersten Mal hatte sie Angst vor der Zukunft.

Wie würde Franz reagieren, wenn er keinen Bus mehr fahren dürfte?

Auch am nächsten Tag fuhr Anna direkt nach der Schule in die Klinik. Bevor sie das Krankenzimmer betrat, führte sie noch ein Gespräch mit dem Doktor.

»Es geht Ihrem Mann den Umständen entsprechend gut, aber das Problem bleibt bestehen. Die Arterienverkalkung ist so weit fortgeschritten, dass er jederzeit wieder einen Herzinfarkt oder sogar Schlaganfall erleiden kann. Wenn er sich nicht operieren lässt, sitzt er auf einer tickenden Zeitbombe.«

Anna atmete tief durch. »Ich werde noch einmal mit ihm sprechen.«

»Tun Sie das. Wie er sich auch entscheidet, aus medizinischen Gründen, sollte er sich mindesten sechs Wochen nicht mehr ans Steuer setzen.«

»Und wenn es trotzdem macht?«

»Sobald er in einen Unfall verwickelt ist, kann das schwerwiegende Konsequenzen für ihn haben.«

Ungläubig schüttelte Anna den Kopf. »Danke, Doktor«, sagte sie und ging weiter.

Wie soll ich ihm das nur beibringen?, fragte sie sich, bevor sie mit gemischten Gefühlen das Krankenzimmer betrat.

Ihre schlimmsten Befürchtungen bestätigten sich nicht, denn Franz saß im Bett und las die Zeitung.

Als er sie sah, lächelte er sogar.

»Hallo Schatz, es ist alles in Ordnung. Ich komme morgen wieder nach Hause.«

Erleichtert ging sie zu ihm, umarmte ihn und gab ihm einen flüchtigen Kuss.

»Setz dich auf die Bettkante«, forderte er sie auf.

»Freust du dich, dass es mir wieder besser geht?«

»Ich setz mich lieber auf den Stuhl«, sagte sie, rückte ihn ans Bett und nahm Platz. Dann suchte sie nach den passenden Worten.

»Natürlich. Ich freue mich riesig und werde dich pflegen und verwöhnen.«

»Brauchst du nicht. Ich bin wieder voll da.«

Der Arzt wird ihn doch über seine Situation aufgeklärt haben.

Gedankenverloren schwieg sie erneut für eine Weile.

»Warum so still, Anna?«

»Was hat denn der Doktor gesagt?«

»Der möchte mich am liebsten operieren.«

»Dann weißt du, dass du keine Alternative hast, Franz.«

»Doch, ich werde mehr Sport treiben und mich gesünder ernähren. Außerdem habe ich panische Angst vor einer OP.«

»Wir reden noch einmal darüber, wenn du zu Hause bist«, sagte sie und ließ die Schultern sinken.

Nach der Entlassung aus dem Krankenhaus wurde Franz für zehn Tage krankgeschrieben. Seine größte Sorge war, sein Chef durfte nie den wahren Grund seiner Krankschreibung erfahren.

Zu Hause wusste Franz nichts mit sich anzufangen, verbrachte Stunden vor dem Fernseher und am Computer.

Die ersten Wochen waren für Anna kein Zuckerschlecken, denn er nörgelte die ganze Zeit herum und hatte an allem, etwas auszusetzen. Mal fehlte Salz an den Kartoffeln. Dann gefiel ihm das Kleid nicht, das sie anhatte. Er wollte nicht, dass sie sich schminkte, beschwerte sich über ihre Einkäufe und teilte ihr mit, dass er in Zukunft eine Einkaufsliste erstellen werde.

Dazu kamen seine ständigen Fragen. Wann kommst du heute aus der Schule? Mit wem hast du gesprochen?

Selbst die Gartenarbeit vernachlässigte er.

Sie atmete auf, als Uwe ihn am dritten Tag nach seiner Entlassung besuchte. Die Begrüßung war auch herzlich, doch schon bald änderte sich die Stimmung.

»Der Chef hat mir aufgetragen, deinen Bus mitzunehmen; Franz«, gestand Uwe. »Er hat einen neuen Fahrer eingestellt. Wir brauchen ihn jetzt in der Urlaubszeit.«

Franz bekam einen knallroten Kopf.

»Sag dem Chef, ich komme morgen wieder.« Er sah Anna an. »Ich scheiß auf die Arbeitsunfähigkeitsbescheinigung.«

Uwe steckte sich eine Zigarette an. »Ich darf doch rauchen?«, fragte er.

Anna schaute Franz an. Der nickte nur. »Okay«, sagte sie und brachte ihm einen Aschenbecher.

»Beruhig dich Franz. Denk an dein Herz«, mahnte Anna.

Daraufhin sprang er auf, als würde er ihr jeden Moment ins Gesicht springen. »Beruhigen? Ich könnte alles kurz und klein schlagen!«

Schuldbewusst starrte Anna ihn an.

Wie konnte ich nur seine Krankheit ausgerechnet jetzt erwähnen?

»Am besten du setzt dich wieder, Franz«, schaltete Uwe sich ein.

»Ich habe eine schlechte und eine gute Nachricht. Welche willst du zuerst hören?«

»Ist mir so was von egal«, blaffte Franz, wobei er Anna einen wütenden Blick zuwarf.

Uwe räusperte sich. »Der Chef hat irgendwie spitzbekommen, dass du Probleme mit dem Herzen hast. Aus Fürsorgepflicht wird er dich vorläufig nicht mehr mit einem Bus fahren lassen.«

»Aus Fürsorgepflicht, dass ich nicht lache!« Franz stampfte mit den Fuß auf den Boden. »Als ob er sich um mich sorgen würde!«

»Ich glaube, dein Chef hat recht. Was ist, wenn dir auf der Fahrt etwas passiert? Das ist unverantwortlich«, sagte Anna.

»Jetzt fällst du mir auch noch in den Rücken«, brüllte Franz. »Wie lange kennen wir uns jetzt?«

»Ungefähr zweieinhalb.«

Sie wollte ihn beruhigen und legte eine Hand um seinen Hals. Er stieß sie weg.

Dabei wurde ihr überdeutlich bewusst, wie Uwe sie beide beobachtete.

»Franz und jetzt die gute Nachricht«, sagte er beschwichtigend. »Der Chef möchte dich gerne halbtags im Büro einsetzen.«

Franz nahm den Aschenbecher und knallte ihn auf den Tisch. »Jetzt reicht es mir aber! Raus hier!«

Uwe sah Anna an und zuckte mit den Schultern.

»Hau endlich ab!«, brüllte Franz.

»Ich begleite dich nach draußen, Uwe.«

Auf dem Weg zur Haustür ging sie in Franz´ Arbeitszimmer, nahm den Busschlüsselbund vom Schreibtisch und übergab es Uwe.

»Tut mir leid«, sagte sie mit hängendem Kopf. »Ich werde mit ihm noch einmal reden.«

Uwe nickte und verabschiedete sich. Kurze Zeit später hörte Anna den Bus davonfahren und kehrte zurück ins Wohnzimmer.

Franz saß zusammengekauert auf dem Sessel, daher ging sie auf ihn zu, um ihn zu trösten.

Sie erreichte ihn nicht, denn mit funkelnden Augen starrte er ihr entgegen und schrie: »Mach, dass du wegkommst. Es ist, als ob mir mein Herz aus dem Leib gerissen wurde.«

»Ich weiß, wie du dich jetzt fühlst, Franz.«

Seine Stimme wurde leiser. »Du weißt gar nichts.«

»Lass uns morgen noch einmal über alles reden, okay?«

Sie erhielt keine Antwort, doch dafür tat Franz in der Folgezeit genau das, worauf er laut ärztlicher Empfehlung verzichten sollte. Er fing an zu trinken. Jeden Tag mindestens eine Flasche Rotwein oder drei Flaschen Bier.

»Der ist gut fürs Herz«, behauptete er.

Anna war mit den Nerven fix und fertig, daher stellte sie ihn nach zwei Wochen zur Rede. Er lag wieder einmal auf der Couch und schaute fern. Sie setzte sie sich neben ihn auf den Sessel.

»Franz, kannst du die Glotze mal kurz abschalten, bitte?«

»Wieso?«

»Ich möchte etwas mit dir besprechen.«

Er reduzierte lediglich die Lautstärke und sah sie gelangweilt an.

»Dann schieß mal los.«

»So kann es mit uns nicht weitergehen. Ich existiere gar nicht mehr für dich. Du kommandierst mich herum und erwartest noch, dass ich dir dankbar bin. Du behandelst mich, wie ein kleines Kind. Ich bin aber keine zehn mehr.«

»Wer leidet denn hier am meisten, wer ist krank? Du oder ich?«, zischte er, schäumend vor Wut. »Von meiner Frau kann ich doch wohl erwarten, dass sie mir in dieser Situation ohne Wenn und Aber beisteht. Man hat mir alles genommen. Verstehst du das nicht? «

Im Grunde hat er recht, vielleicht muss ich mehr Geduld aufbringen.

»Ich meine es doch nur gut mit dir, Franz«, wandte sie ein.

»Das weiß ich, aber bestimmte Entscheidungen muss ich alleine treffen.«

»Wie du meinst ... Übrigens habe ich mich für heute Abend mit Maren verabredet. Ich brauche mal einen Tapetenwechsel. Kann ich dir vorher noch etwas Gutes tun?«

»Mir wäre am liebsten, wenn du zu Hause bleibst. Diese Maren ist mir suspekt.«

»Was? Warum denn auf einmal?«

»Die redet bestimmt schlecht über mich.«

Anna konnte ihn nur mit offenem Mund anstarren.

»Wie kommst du denn darauf?«

»Habe ich irgendwie im Gefühl.«

»Franz, du willst mich doch nicht einsperren?«

»Nein, aber um elf Uhr bist du wieder zurück.«

Aus Angst, er würde sich derart aufregen, dass er Herzprobleme bekommen könnte, ließ sich Anna ihre Fassungslosigkeit nicht anmerken.

»Okay, Franz, abgemacht«, sagte sie nur, wobei sie sich fragte, wie dass alles weiter gehen sollte. Vor allem, wenn das Kind das ist. Wie sollte sie ihm nur in dieser Situation begreiflich machen, dass sie angeblich nach Namibia reisen würde?

Am frühen Abend machte sich Anna auf den Weg in die Altstadt. Wie verabredet, traf sie Maren am Eingang einer Jazz Kneipe. Sie gingen gemeinsam hinein und nahmen in der letzten Tischreihe Platz.

»Zwei Wasser, bitte«, sagte Maren zum Kellner, schaute dann Anna an. »Aus Solidarität mit dir trinke ich heute auch keinen Alkohol.«

Anna versuchte zu lächeln, aber ihre Lippen zitterten.

»Du siehst gestresst aus«, bemerkte Maren. »Ist mit der Schwangerschaft alles okay?«

»Ja, bis auf die üblichen Schwangerschaftssyndrome: Stimmungsschwankungen, Übelkeit, häufiger Harndrang.«

Anna fasste sich an den Bauch. »Manchmal bilde ich mir ein, dass sie sich bewegt.«

»Das kann nicht sein, aber hast du gerade *sie* gesagt?«

»Ja, habe es heute von meiner Frauenärztin erfahren.«

»Ein Mädchen, das ist ja wunderbar. Hast du schon einen Namen für sie?«

»Was hältst du von Niara?«

»Noch nie gehört, klingt aber gut.«

»Niara ist ein afrikanischer Name und heißt so viel wie *Zu etwas Großem bestimmt*«.

»Das ist ein schöner Name. Dann werden wir dafür sorgen, dass etwas Großes aus ihr wird.«

»Maren, du wirst es kaum glauben, aber ich kann mich gar nicht so richtig auf das Kind freuen«, sagte sie mit gesenktem Kopf.

»Was ist los mit dir?«, fragte Maren. Ihre Stimme klang ungewöhnlich rau. »Probleme mit Franz?«

Anna atmete tief durch und ließ die Schultern sinken.

»Alles läuft im Moment schief. Seit seinem Krankenhausaufenthalt ist er nicht mehr der alte. Wir streiten uns über jede Kleinigkeit und ich habe das Gefühl, dass er mich kaum noch wertschätzt.«

»Es kriselt also?«

»Gewaltig. Ich weiß, dass er eine schwere Zeit durchmacht. Er hat, glaube ich, panische Angst vor einem erneuten Herzinfarkt und vor seiner Zukunft insgesamt.«

»Warum lässt er sich dann nicht operieren?«, fragte Maren. »Du hast mir gesagt, die Ärzte hätten ihm dringend dazu geraten.«

»Keine Ahnung. Ich möchte ihm gerne helfen, aber er lässt sich nicht. Vielleicht hat er ja recht und eine Operation ist zu gefährlich.«

»Anna, ich mache mir langsam Sorgen. Du glaubst ihm doch nicht mehr als den Ärzten?«

»Ich weiß manchmal selbst nicht, wem oder was ich glauben soll. Aber eins weiß ich. Wenn es jemand schaffen kann, ihn zu retten, dann bin ich es.«

Maren lehnte sich zurück. »Ich muss dir mal eine blöde Frage stellen. Liebst du ihn noch?«

Anna schüttelte ungläubig den Kopf.

»Wie kannst du mir eine solche Frage stellen? Er braucht mich doch.«

»Genau das ist das Problem. Du hast vielleicht Mitleid mit ihm, aber von Liebe kann keine Rede sein.«

»Die Zeiten werden sich ändern. Ohne mich ist er im Moment hilflos. Es wird besser werden, wenn er wieder arbeiten kann. Leider hat er den Bürojob, den ihm sein Chef angeboten hat, kategorisch abgelehnt.«

Maren musterte sie eindringlich und runzelte die Stirn.

»Du musst aufpassen, Anna. Vielleicht versucht Franz gerade, eine Partnerschaft in eine Herrschaft umzuwandeln.«

»Wie bitte?«

»Es kommt mir vor, als wenn Franz eine Rollenverteilung schaffen möchte, die Anfang des vergangenen Jahrhunderts der Norm entsprach, mit den heutigen Vorstellungen von Gleichberechtigung aber unvereinbar ist.«

»Das glaube ich nicht.«

»Du musst achtgeben, dass er dich nicht manipuliert.«

Anna hielt einen Moment inne.

»Das wird er nicht schaffen.«

»Was passiert denn gerade? Du gibst deine eigenen Bedürfnisse völlig auf, aber du bist kein Samariter.«

»Nach wie vor glaube ich, dass wir beide die schwierige Situation meistern können.«

Maren atmete tief durch und fing mehrmals einen Satz an, brach ihn aber immer wieder ab.

»Maren, was möchtest du mir sagen? Ich merke doch, dass du noch etwas auf dem Herzen hast.«

»Ich würde gerne einmal Klartext mit dir reden, aber jetzt scheint es nicht angebracht zu sein.«

»Lass es raus. Schlimmer als im Moment kann es kaum noch kommen«, sagte Anna mit hängendem Kopf.

»Bist du sicher?«

»Ja.«

»Franz ist ein Schurke. Hast du nie bemerkt, dass er dir von Anfang an das Blaue vom Himmel versprochen und nichts gehalten hat.«

Anna fuhr sich mit den Fingern über die Augen.

»Bevor er krank wurde, war er immer höflich und charmant. Er wollte mir sogar sein seines Haus überschreiben ...« Sie stockte und schaute Maren an.

»Genau, er hat es in Aussicht gestellt! Und was ist daraus geworden?«

»Das weißt du doch. – Nichts.«

»Er hat dir die große Liebe vorgegaukelt, um materielle Vorteile zu erlangen. Er ist ein verdammt guter Schauspieler. Weißt du, wie man einen solchen Betrüger nennt?«

»Oh Maren, du übertreibst. Es ist halt immer etwas dazwischengekommen.«

»Dann hör mir mal genau zu. Eine Bekannte arbeitet auf dem Liegenschaftsamt in Pulheim. Ich habe sie gebeten, die Eintragungen im Grundbuch zu eurem Haus einzusehen. Und jetzt hör mir gut zu.«

Anna hatte eine böse Vorahnung und hielt sich die Hände vors Gesicht.

»Es sind noch Grundschulden von 200.000 Euro eingetragen. Aber das ist nicht alles. Das Haus gehört zu hundert Prozent seiner geschiedenen Frau.«

Annas Magen ballte sich zusammen. Sie musste sich zusammenreißen, um nicht laut zu werden.

»Wie bitte?«, flüsterte sie, heiser vor Wut. »Wie konnte ich nur so blind sein!«

Maren legte die Arme um ihre Schulter, um sie zu beruhigen.

»Kopf hoch! Das Haus meiner Mutter ist groß genug, auch für drei oder vier. Mittelfristig kaufen wir uns ein kleines Häuschen auf dem Land. Das sollte für zwei Beamte kein Problem sein. Was hältst du davon?«

Annas Gesicht entspannte sich. »Glaubst du, wir schaffen das?«

»Nicht von jetzt auf gleich. Wir brauchen eine Perspektive. Eins steht für mich fest. Du musst dich zunächst, ohne Wenn und Aber, von Franz trennen.«

Anschließend schwiegen sie und lauschten gedankenverloren der Musik. Maren begann, sich rhythmisch zu den Klängen von *Duke Ellington, Fats*

Waller und *Elvin Jones* zu bewegen, während Anna keine Miene verzog und immer wieder auf die Uhr schaute.

»Ich muss jetzt fahren. Ich habe Franz versprochen, dass ich um elf Uhr zurück bin«, schluchzte sie, während sich ihre Augen mit Tränen füllten.

»A-n-n-a!«, schrie Maren, baute sich vor ihr auf und ballte die Faust. »Es ist so gemütlich hier. Du bleibst jetzt noch ein bisschen! Lass es doch einfach darauf ankommen.«

»Ich habe Angst, dass Franz den nächsten Herzinfarkt bekommt, wenn ich nicht pünktlich zurück bin.«

Maren starrte sie an. Ihr Blick war so durchdringend, dass er fast weh tat. Anna hielt sich den Kopf und stand auf.

»Ich muss mal auf die Toilette.«

»Soll ich mitkommen?«

»Es geht schon, ich habe einen Druck auf der Blase.«

Als Anna zurückkam, schien sie wie verwandelt.

»Du hast recht. Ich bleibe noch ein bisschen bei dir.«

Maren strahlte und umarmte sie. »Gut so. Komm, lass uns zur Bühne gehen und tanzen.«

Ehe Anna reagieren konnte, packte Maren sie am Arm und führte sie nach vorne.

»Tanz dir deinen ganzen Frust von der Seele.«

Anna war so ausgelassen, wie lange nicht mehr und ließ sich einfach von der Musik treiben, bis die Gruppe ihre letzte Zugabe kurz vor Mitternacht gespielt hatte.

»Danke für den schönen Abend, Maren.«

Die sah sie melancholisch an und fragte: »Warum kommst du nicht mit mir nach Hause?«

»Heute nicht, aber demnächst bestimmt. Vorher muss ich noch einiges mit Franz klären.«

»Pass auf dich auf. Wenn etwas ist, sag mir sofort Bescheid. Dann steh ich gleich auf der Matte«, sagte Maren und ballte die Faust.

»Es hört sich zwar abgedroschen an, aber du bist das Beste, was mir passieren konnte.«

»Noch ein Tipp von mir: Versprich ihm alles, aber sag diesem Kerl nie die Wahrheit. Sonst könnte er gewalttätig werden. Notlügen machen das Leben einfacher und führen schneller zum Ziel.«

Anna stand wie versteinert da. »Den Spruch muss ich erst einmal auf der Zunge zergehen lassen.«

Kurz nach elf kam Anna zu Hause an und ging direkt durch ins Wohnzimmer.

Dort saß Franz auf dem Sofa und schaute auf die Uhr. »Du hast dein Versprechen nicht eingehalten. Es ist halb eins. Kann ich mich gar nicht mehr auf dich verlassen?«

Jetzt bloß keinen Streit anzetteln.

»Du hast ja recht. Es wird nicht wieder vorkommen, Franz.«

Lieber Lügen als Ärger riskieren.

Dennoch schaute er sie grimmig an. Obwohl sie ein Stück von ihm entfernt stand, konnte Anna seine Fahne riechen.

»Und?«, knurrte er. »Worüber habt ihr gesprochen?«

»Alles Mögliche. Typische Frauenthemen.«

»Verarsch mich nicht. Ihr seid über mich hergezogen«, lallte er.

»Franz, ich weiß, dass es dir nicht gut geht. Versuch doch trotzdem, ein wenig freundlicher zu mir zu sein. Ich tue alles für dich und du behandelst mich wie ein...«

»Alles? Dass ich nicht lache. Wenn du das ernst meinst, hör auf, dich mit solchen Leuten zu treffen«, unterbrach er sie.

»Aber Franz, Maren ist meine beste Freundin. Du kannst mir doch nicht vorschreiben, mit wem ich mich verabreden darf.«

Er zögerte einen Moment, bevor er reagierte.

»Tut mir leid, ich will halt nur das Beste für uns. Verstehst du das nicht?«

»Doch Franz, ich bin nur traurig, wenn du so zu mir sprichst«, sagte sie und wollte ihm die Hand reichen. »Komm, lass uns Frieden schließen. Es wird nicht mehr vorkommen«, wiederholte sie. »Ich verstehe deinen Unmut.«

Er wies sie schroff ab. »Wenn ich wieder als Busfahrer arbeiten kann, wird alles besser«, sagte er, streckte seine Beine aus und legte sich aufs Sofa.

»Ich mache mir Sorgen. Du solltest noch einmal über das Angebot deines Chefs nachdenken. Ein Halbtagsjob im Büro ist bestimmt weniger stressig. Und Geld verdiene ich genug. Ich glaube nicht, dass du in Zukunft noch einmal als Busfahrer arbeiten kannst. Aber wir können es schaffen«, log sie, ohne rot zu werden.

Anna hielt sich erschrocken die Hand vorm Mund.

Kleine Notlügen machen das Leben einfacher, rechtfertigte sie sich.

»Das Thema hatten wir schon. Ich will nicht mehr darüber sprechen. Am besten lässt du mich in Ruhe und ziehst wieder ins Gästezimmer.«

Anna glaubte ihren Ohren kaum, so erleichtert war sie, dass der Vorschlag von ihm kam.

»Vielleicht tut uns die vorübergehende räumliche Trennung tatsächlich gut«, sagte sie und atmete auf.

Erstes Teilziel erreicht.

»Da ist noch etwas, Franz. Ich werde bereits im April nach Namibia fliegen.«

Franz warf ihr einen grimmigen Seitenblick zu.

»Darüber reden wir noch.«

»Guten Nacht«, sagte Anna und zog sich zurück.

Kapitel 8
2019
Mai – 12. August

Anna hatte während der Schwangerschaft tatsächlich nur zwölf Kilogramm zugenommen, sodass man durch die weite Kleidung, die sie trug kaum erkennen konnte, dass sie schwanger war.

Franz sacke immer tiefer ab, verfloss in Selbstmitleid und ertränkte seinen Kummer in Alkohol.

Zwei Wochen vor dem errechneten Geburtstermin packte Anna ihren Koffer und stellte ihn im Flur ab. In den Tagen zuvor hatte sie mithilfe von Maren einige persönlichen Gegenstände in das Haus ihrer Freundin gebracht, ohne dass Franz etwas bemerkt hatte.

Gegen Mittag klingelte Maren an der Tür, um Anna abzuholen.

»Alles geklärt?«, flüsterte sie. »Du kannst ruhig lauter sprechen, Franz hat sich heute noch nicht blicken lassen. Wahrscheinlich schläft er seinen Rausch aus. Ich werde mal nachschauen und mich kurz von ihm verabschieden.«

»Dann bringe ich den Koffer schon einmal zum Auto«, sagte Maren.

»Okay, bis gleich.«

Anna stieg die Treppe hinauf und öffnete die Schlafzimmertür.

»Ich bin jetzt weg. Maren wartet unten.«

Er lag auf dem Rücken und sah sie mit seinen kleinen Augen an. »Wann kommst du zurück?«

»In vier Wochen.«

... um meine letzten Sachen abzuholen, du Mistkerl.

Er antwortete nicht, sondern drehte sich zur Wand.

»Ich schreibe dir eine WhatsApp, sobald ich in Namibia angekommen bin.«

Anna schloss die Tür und stieg die Treppe wieder hinab.

Maren erwartete sie an der Haustür.

»Das ging aber flott.«

»Franz ist nicht ansprechbar. Er hat gestern mal wieder zu tief ins Glas geschaut.«

Maren zog eine Augenbraue hoch: »Ich weiß gar nicht, wie du das so lange mit ihm ausgehalten hast.«

Anna atmete tief ein und aus. »Ehrlich gesagt, ich auch nicht. Komm, lass uns zu dir fahren.«

Als sie ankamen, wartete Marens Mutter, die in die Planungen eingeweiht war, schon auf sie. Nach dem Tod ihres Mannes war sie noch einmal richtig aufgeblüht.

»Hat alles geklappt?«

»Keine Probleme. Franz war nicht ansprechbar, der säuft sich noch tot«, sagte Anna.

»Manchmal passiert mehr, wenn du nichts tust und geduldig abwartest«, bemerkte Ruth.

Anna und Maren schauten sich mit großen Augen an und schienen sprachlos zu sein.

»Mama, du bist ja eine Philosophin. Wo hast du den Spruch her?«

»Den habe ich mal irgendwo gelesen und fand ihn so klug, dass ich ihn nicht mehr vergessen habe.«

»Den Spruch sollten wir uns merken. Was meinst du, Anna?«

Die lächelte süffisant. »Vielleicht löst sich mein Problem auch von selbst in Wohlgefallen auf.«

Maren reichte ihr die Hand. »Ich bin müde. Komm, lass uns nach unten gehen. Gute Nacht, Mama.«

»Schlaft gut ihr beiden.«

Die Souterrainwohnung mit zwei Zimmern und Bad sollte das neue Heim für die kleine Familie werden. Anna und Maren teilten sich ein Zimmer. Schon Wochen vor der Geburt hatten sie das daneben liegende Kinderzimmer eingerichtet und neu tapeziert.

Am nächsten Morgen schickte Anna Franz eine WhatsApp. »Bin gut angekommen. Melde mich morgen noch mal. Bei dir alles klar?«

Sie erhielt keine Antwort, was sie von der Pflicht entband, ihm Fotos zu schicken, die sie vorausschauend aus dem Internet auf ihr Handy geladen hätte.

So konnte sie sich ganz auf die bevorstehende Geburt vorbereiten.

Anna hatte sich für Karin, eine Hebamme in der Nähe entschieden. Sie besuchte Anna mehrmals in den nächsten Wochen und gab ihr Ratschläge, wie das Geburtszimmer vorzubereiten war.

Ein kleiner Tisch für die Utensilien der Hebamme, eine helle Lampe, wasserdichte Einweg-Schüsseln Unterlagen für das Bett, große Mülltüten und etc. waren schon griffbereit.

Plötzlich ging all sehr viel schneller, als erwartet. An einem Sonntag, drei Tage vor dem errechneten Geburtstermin, spürte Anna morgens, wie die Wehen einsetzten. Als sie regelmäßig alle fünf Minuten kamen, weckte sie Maren, die neben ihr lag und rief die Hebamme an.

Knapp eine halbe Stunde später war die Entbindungshelferin da und dann ging es Schlag auf Schlag, Wehe auf Wehe.

Sie hörte Herztöne des Babys ab.

»Es dauert nicht mehr lange. Am besten du gehst die Treppe ein paarmal rauf und runter.«

Anna öffnete die Wohnungstür und ging zusammen mit Maren die Stufen im Flur bis ins Erdgeschoss hinab. Als sie wieder hinaufstieg, merkte sie, wie die erste Presswehe einsetzte. Maren nahm sie an die Hand und half ihr aufs Bett.

Mit der dritten Presswehe kam Niara mit einem gewaltigen Schub auf die Welt.

»Anna, das hast du gut gemacht. Ich habe selten eine solch problemlose Geburt erlebt wie bei dir.« Sie hielt das Baby mit ihrem dunkelhaarigen Schopf kurz hoch. Dann der erste Schrei. Es schien so, als ob alle darauf gewartet hätten.

»Niara ist ja gar nicht so dunkel, wie ich dachte.« »Auch die Babys von einem dunkelhäutigen Vater sind zuerst relativ hell und dunkeln dann in ersten Lebensmonaten nach«, erläuterte Karin.

Maren durfte die Nabelschnur durchschneiden, bevor die Hebamme Niara auf die Waage legte.

»4.120 Gramm. Was für ein Prachtbaby«, sagte sie und übergab es der Mutter.

»Versuche sie einmal direkt anzulegen.«

Niara erfasste sofort die Brustwarze und fing an, rhythmisch zu nuckeln.

»Was für ein wunderschöner Moment« sagte Anna.

»Ich bin ganz neidisch«, fügte Maren hinzu.

Nach drei Stunden verabschiedete sich Claudia. »Ich komme morgen Vormittag vorbei. Wenn irgendetwas ist, einfach anrufen.«

Maren begleitete die Hebamme zur Tür. Als sie zurückkam, brachte sie ihre Mutter mit.

»Darf ich Niara auch einmal sehen?«, fragte Ruth an Anna gewandt.

»Selbstverständlich, komm nur rein.«, erwiderte Anna erschöpft, aber überglücklich.

Maren führte ihre Mutter zum Bett. »Niara, schau mal, das ist deine Oma.«

Frau Weber strahlte. »Die dunklen Haare sind ja süß. Endlich ist wieder Leben in unserem Haus. Das hält jung.«

»Schade, dass ich morgen zur Schule muss. Viel lieber würde ich bei Niara bleiben«, sagte Maren und schnaufte.

»Du kannst nicht zu Franz zurück, Anna. Wie soll es weitergehen, wenn du deinen Mutterschaftsurlaub beendet hast.«

»Ich werde nie mehr zu ihm zurückkehren. Ich möchte die Angelegenheit nur noch anständig zu Ende bringen und einen Termin mit ihm absprechen, wann ich meine restlichen Sachen abholen lassen kann.«

»Ich könnte mir von einem Kollegen einen Bulli ausleihen. Der würde bei den Möbeln bestimmt auch mit anpacken.«

»Das wäre genial.«

Maren hielt einen Moment inne.

»Weiß Mike eigentlich, dass er Vater geworden ist?«

»Bis jetzt noch nicht. Ich habe ihm lediglich geschrieben, dass ich im Sommer eine Geldsumme für ihn und seine Familie mitbringen werde.«

»Als Anerkennung für seine Dienste?«, fragte Maren schmunzelnd.

»Dienste ist gut.«

»An deiner Stelle würde ich ihn im Ungewissen lassen.«

»Warum?«

»Das erspart dir eventuell unangenehme Nachfragen, Forderungen und Formalitäten.«

Zwei Wochen nach Niaras Geburt wollte Anna einen sauberen Schlussstrich unter die Beziehung zu Franz ziehen, ein letztes Gespräch mit ihm führen und ein paar ihrer Kleidungsstücke holen. Marens Kollege hatte sich bereit erklärt, die Möbel ein paar Tage später mit seinem Bulli abholen.

Maren, ihre Mutter und sie hatten gerade zu Abend gegessen und Niara lag zufrieden in der Wippe, als

Anna aufstand. »Ich fahr jetzt nach Pulheim und bringe es hinter mich.«

»Du fährst da auf keinen Fall alleine hin«, sagte Maren. »Ich komme mit.«

»Mama, kannst du bitte auf Niara aufpassen?«

»Kein Problem. Wann seid ihr wieder zurück?«

»In ein bis zwei Stunden.«

»Ich fahre«, sagte Maren, während sie beide zur Tür gingen. Anna nickte. Sie stiegen ins Auto und fuhren los.

Als sie das Haus erreichten, brannte Licht im Arbeitszimmer, Flur und Obergeschoss.

»Du wartest hier«, sagte Anna zu Maren. »Wenn Franz dich sieht, dreht er durch. Falls es brenzlig wird, kommst du nach.«

»Woran erkenne ich, dass du in Gefahr bist?«

»Ich schrei aus voller Kehle, sodass es nicht zu überhören ist. Am besten du lässt das Seitenfenster offen.«

Anna stieg aus und näherte sich der Haustür. Sie hatte ein flaues Gefühl im Magen, als sie die Tür aufschloss.

»Franz!«

Er antwortete nicht, doch die Tür zum Arbeitszimmer stand offen.

Anna warf einen Blick in den Raum und bemerkte, dass der Computer eingeschaltet war. Von Franz hingegen keine Spur. Sie wollte sich wieder umdrehen, doch eine innere Stimme hinderte sie daran und führte sie direkt zu seinem Schreibtisch. Sie schaute auf den Bildschirm und schlug sie sich die Hand vor den Mund.

Das perfekte Verbrechen? Raub wie in ›Mission Impossible‹: Deutsche Täter triumphieren dank Hightech-Masken.

Sein oder Schein: Die lebensechten Masken führen Polizei und Zeugen in die Irre. Totale Verwandlung in 20 Sekunden.

Anna holte tief Luft und las den Text noch einmal. Nein, sie hatte sich nicht verlesen. Sie blätterte eine Seite zurück und traute ihren Augen nicht.

Deutscher Reisepass im Darknet: Kriminelle zahlen viel Geld für eine gefälschte Kopie.

Plötzlich hörte sie ein Geräusch und fuhr herum. Franz stand mit erhobener Hand hinter ihr.

»Was hast du in meinem Zimmer zu suchen? Wo ist dein Gepäck?«

Sie sah in ein düsteres Gesicht und versuchte, sich die Angst nicht anmerken zu lassen.

»Erst einmal Guten Tag. Wo kommst du denn jetzt her?«, fragte sie.

»Die Frage müsste ich dir stellen. Du lässt wochenlang nichts von dir hören und dann tauchst du aus heiterem Himmel wieder auf. Was hast du in meinem Zimmer zu suchen?«, brüllte er.

»Franz, du hast eine Fahne. Was ist los mit dir? Ich komme nach vier Wochen aus Namibia zurück und du keifst mich ohne Grund an. Ich möchte gerne etwas mit dir besprechen.«

»Ohne Grund? Von wegen! Du hintergehst mich!« Seine Stimme zitterte vor Wut.

»Was redest du für einen Blödsinn?«, entgegnete sie, wobei sie bemerkte, wie ihr die Hitze in die Wangen stieg.

»Du bist eine hinterlistige Lügnerin. Wo ist denn unser Adoptivkind? Du wolltest es doch mitbringen«, fragte er hämisch grinsend.

Sie zögerte. »Es ist etwas dazwischen ...«

»Hör auf Anna, verarsch mich nicht«, unterbrach er sie, drehte sich um, verließ den Raum und knallte die Tür zu.

Gleich darauf hörte sie, wie er die Treppe hoch stürmte. Für einen Moment stand Anna nur da, wusste nicht, wie sie sich verhalten sollte.

Bloß weg hier, durchzuckte es sie.

Anna öffnete die Tür und lief Franz direkt in die Arme.

Er versperrte ihr den Fluchtweg. In der Hand hielt er den Vibrator, den sie einst unter der Wäsche im Kleiderschrank versteckt hatte.

»Ich bin dir wohl nicht gut genug«, fauchte er.

Sie wagte nicht, sich von der Stelle zu rühren. Stattdessen griff sie nach seiner Hand, um ihn zu beruhigen, aber er riss sich wieder los.

»Franz, das ist ein Spielzeug. Du bist doch nicht eifersüchtig auf 20 cm Plastik.«

»Ich fass es nicht. Kannst du dir nicht vorstellen, wie ich mich fühle, wenn du hinter meinem Rücken solche Sachen machst?«

Sie atmete zweimal tief durch und schüttelte den Kopf.

»Franz, ich habe dieses Ding benutzt, wenn du auf Dienstreisen warst. Falls es dich stört, dann schmeiß es einfach weg.«

Er sah sie mit funkelnden Augen an, packte sie an den Armen und schüttelte sie.

»Ist das alles, was dir dazu einfällt? Gibt es sonst noch etwas, was ich nicht über dich weiß, was du mir bewusst verschwiegen hast?«

»Du tust mir weh.«

Er ließ sie los und ging hektisch auf und ab.

»Ich will nicht mehr, dass du alleine nach Namibia fliegst.« Blanker Hass sprühte aus seinen Augen.

»Franz, was du willst interessiert mich nicht mehr, ich werde nie mehr zu dir zurückkehren, weil ... Ich möchte es dir erklären.«

Ohne auf ihre Bemerkung einzugehen, knallte er den Vibrator mit voller Wucht gegen die Wand, sodass die Batterien herausfielen.

»Dann geh doch du blöde Schlampe! Du treibst es bestimmt schon mit Schwarzen in deinem wundervollen Afrika und erzählst mir Märchen über Safaris und so. Gib es wenigstens zu! Die stehen ja da auf fette Weiber.« Er musterte sie von oben bis unten. »Hast du abgenommen? Liegt wohl am Fraß in Namibia.«

Anna sah ihn versteinert an, brachte jedoch kein Wort heraus. Durch ihre Adern hämmerte das Blut.

»Und wie sind die schwarzen Männer so?«

Sie schwieg, was ihn nur noch wütender machte.

»Die sind bestimmt potent, können immer und haben einen riesigen Schwanz. Wie viele hast du denn schon gefickt?«

»Franz! Was ist nur mit dir passiert? Du bist ungerecht und ordinär!«

»Ich und ungerecht? Du betrügst mich und ich soll mich darüber freuen? Ich möchte nicht wissen ... «

Ihr platzte der Kragen.

»Der eine hatte einen Monsterschwanz. Ich konnte ihn kaum mit meiner Hand umfassen. Und dieser schwarz glänzende Schaft mit der rosa Eichel, bombastisch, einfach nur bombastisch. Und dann drang er in mich ein und verschaffte mir vier wundervolle Orgasmen ... Ist es das, was du hören willst?« Sie zog den Hausschlüssel aus ihrer Hosentasche und warf ihn Franz vor die Füße. »Ich werde dieses Haus nie mehr betreten.«

Er holte aus und schlug ihr ins Gesicht. Heftig genug, dass sie Blut schmeckte.

Anna schnappte nach Luft und rannte zur Tür. Franz verfolgte sie und wollte sie am Arm packen.

»Fass mich nicht an.« Im letzten Moment öffnete sie die Tür und lief Maren direkt in die Arme.

»Oh mein Gott, was hat er mit dir gemacht? Du blutest ja.«

»Er hat mir voll ins Gesicht geschlagen«, schrie sie.

Maren hakte Anna unter und führte sie zum Auto. Bevor sie einstiegen, drehten sie sich noch einmal um.

Franz stand regungslos in der Haustür und schaute ihnen grimmig hinterher.

»Lass uns schnell von hier verschwinden. Soll der sich meine restlichen Klamotten und Möbel sonst wo hinstecken.«

Maren griff ins Handschuhfach und reichte Anna ein Taschentuch. Anschließend startete sie den Motor und brauste mit quietschenden Reifen davon.

Nach einer halben Stunde waren sie zu Hause und gingen direkt durch ins Wohnzimmer, wo Marens Mutter vor dem Fernseher saß.

Als sie Anna sah, schlug sie die Hände über dem Kopf zusammen. »Was ist passiert?«

»Anna hatte eine kleine Auseinandersetzung«, sagte Maren. »Ist mit Niara alles in Ordnung?«

»Ich habe sie ins Kinderbett gelegt. Vor fünf Minuten hat sie geschlafen wie ein Murmeltier.«

»Danke, Ruth.«

»Komm Anna, setz dich auf den Stuhl«, schaltete Maren sich wieder ein. »Ich werde erst einmal deine Wunde versorgen.«

»Ich mach das schon«, sagte ihre Mutter und ging in die Küche. Nach wenigen Augenblicken kam sie mit einer Schüssel Wasser, einem Tuch und Waschlappen zurück.

»Danke Mama«, sagte Maren, während sie nach dem sterilen Tuch griff. Dann wandte sie sich an Anna.

»Lass dich mal anschauen. Auweia, der muss aber ganz schön zugeschlagen haben. Die Lippe ist geschwollen und blutet.« Maren tupfte die Wunde mit dem Tuch ab. »Was ist denn genau passiert?«

»Franz hat mir mit der flachen Hand voll ins Gesicht geschlagen. Er ist völlig ausgerastet.«

»Mach mal den Mund auf, bitte.« Maren untersuchte den Mundraum nach weiteren

Verletzungen. »Zunge und Zähne scheinen in Ordnung zu sein.«

»Du bist wie eine Mutter zu mir.«

»Kann ich noch etwas für euch tun?«, fragte Ruth. »Ich würde mich sonst gerne zurückziehen.«

»Geh nur Mama, wir schaffen das schon.«

Maren schaute Anna an und zwinkerte ihr zu.

»Du wirst bald wieder lachen können. Vielleicht hat das Ganze auch einen klärenden Effekt gehabt.«

»Wie meinst du das?«

»Na ja, ich habe es in letzter Zeit nicht immer gewagt, dir die Wahrheit zu sagen. Du hättest mir sowieso nicht geglaubt. Erst jetzt, wo du dich endgültig, auch emotional, von Franz getrennt hast, traue ich mich.«

»Traust du dich was?«

»Einige Informationen über Franz weiterzugeben, die ich dir bisher vorenthalten habe.«

»Maren, was kommt denn jetzt noch?«

»Sitzt du gut?«

Anna war auf alles gefasst.

Viel schlimmer kann es nicht werden, dachte sie. »Dann schieß mal los, Maren.«

»Okay. Erstens, Franz ist nicht freiwillig als Beamter beim Finanzamt ausgeschieden.«

Anna starrte Maren mit offenem Mund an.

»Er hat mir gesagt, er hätte den Innendienst sattgehabt und wolle frei sein, um viel reisen zu können.«

»Glaubst du wirklich, dass ein Mann wie Franz seinen Beamtenstatus einfach so aufgeben würde?«

Anna überlegte. »Du hast recht. Er hat immer wieder positiv hervorgehoben, dass ich eine beamtete Lehrerin sei und dass das viele Vorteile hätte. Und er wollte, dass ich mein Geld in sein Busunternehmen investiere.«

»Merkst du was?«

Anna fuhr sich mit der Hand durch die Haare. »Oh mein Gott. Bin ich denn so blind gewesen?«

»Vielleicht einfach nur zu gutgläubig. Du hast nach Geborgenheit und Wärme gesucht, und die hat er dir gegeben oder nur vorgegaukelt. Zumindest am Anfang eurer Beziehung.«

Anna schüttelte ungläubig den Kopf.

»Willst du gar nicht wissen, warum er entlassen wurde?«

»Ich ahne Schlimmes.«

»Er wurde aus dem Dienst entfernt, weil er seine Geliebte, eine Kollegin, während der Dienstzeit geschlagen hatte. Privat ist das wohl wiederholt vorgekommen, denn er ist rechtskräftig wegen schwerer Körperverletzung verurteilt worden.«

»Maren, du spinnst. Warum sollte er das getan haben?«

»Aus Eifersucht. Sie wollte ihn verlassen. Erkennst du das Muster?«

»Ich fass es nicht. Der ist ja kriminell.«

»Genau, das ist das Wort, was auf ihn zutrifft. Und es kommt noch schlimmer.«

»Warte, das muss ich erst einmal verdauen.« Anna stand auf, ging einige Schritte hin und her, blieb stehen und starrte ins Leere.

»Erzähl weiter.«

»Du glaubst immer noch, dass seine Frau bei einem Verkehrsunfall ums Leben gekommen ist?«

»Nein er hat mir den wahren Grund gebeichtet, was für ihn bestimmt nicht leicht war.«

»Was hat er dir erzählt?«

»Sie hat ihn verlassen, weil er impotent und zeugungsunfähig ist.«

Maren fasste sich an den Kopf. »Und das hast du ihm geglaubt?«

»Ja, ich habe es selbst erlebt und kann es bestätigen.«

»Was?«

Anna zögerte. »..., dass er keinen hochkriegt.«

»Und deshalb hat ihn seine Frau verlassen. Du bist wirklich naiv.«

»Warum sollte er gelogen haben? Für einen Mann ist es höchst unangenehm, über diese Sachen zu sprechen.«

»Unangenehm ist gut. Kannst du dir nicht vorstellen, was passiert ist?«

Anna warf Maren einen zornigen Blick zu. »Ich habe keine Lust auf dieses Frage- und Antwortspiel. Sag es doch einfach.«

»Er hat auch sie geschlagen, grün und blau geprügelt, nur weil sie zum Beispiel mit einem

Arbeitskollegen in einem Café einen Cappuccino getrunken hat.«

»Wer sagt so etwas?«

»Frau Berger selbst, so heißt seine Ex.«

Anna zog die Augenbrauen hoch. »Seit wann hast du Kontakt zu seiner Ex-Frau?«

»Ich habe mich einmal mit ihr verabredet.«

»Das hast du alles hinter meinem Rücken gemacht? Moment mal, das wird mir jetzt alles zu viel. Mein Schädel brummt.«

»Vielleicht hätte ich es dir schon früher sagen sollen. Oder auch nie ...«

»Nein, nein. Es ist nur alles so ungeheuerlich, so unfassbar... unwirklich .... Warum habe ich nicht eher auf dich gehört?«

»Ich habe immer wieder versucht, dich zu warnen, hatte aber keine Chance zu dir durchzudringen. Manchmal muss man erst den falschen Weg gehen, um den richtigen zu finden.«

Anna nickte. »Du warst bei ihr, habe ich das korrekt verstanden?«

»Nein wir haben uns in einem Restaurant in der Stadt getroffen.«

Anna ließ den Kopf in die Hände sinken und rang nach Luft, ehe sie sich wiederaufrichtete.

»Danke, Maren.« Sie rang um Fassung und kämpfte mit den Tränen. »Mir ist so einiges klar geworden. Das Schlimme ist, das es schon zweite Mal ist, dass ich auf einen Mann reingefallen bin. Ich hasse ihn.« Sie legte eine kurze Pause ein. »Und mich selbst auch. Du hast recht, ich bin tatsächlich naiv gewesen ... Wie geht es jetzt weiter?«

Maren rückte ein Stückchen näher an Anna heran.

»Du musst dich so schnell wie möglich von ihm scheiden lassen. Je länger du mit ihm verheiratet bist, desto teurer wird es.«

»Wieso?«

»Du verdienst erheblich mehr als er. Daraus könnte Franz, wenn es hart auf hart kommt, Versorgungs-ansprüche oder Ähnliches ableiten.«

»Das darf doch nicht wahr sein«, sagte Anna und schüttelte ungläubig den Kopf.

»Das Beste ist, du lässt dich einmal von einem Anwalt beraten.«

»Kannst du mir einen empfehlen?«

»Ich werde mich einmal umhören.«

Marens Gesichtsausdruck veränderte sich.

»Am besten wäre es natürlich, wenn sich das Problem von selbst lösen würde.«

»Versteh ich nicht.«

»Na ja ..., wenn er sterben würde, am besten an einem Herzinfarkt.«

Anna traute ihren Ohren nicht.

»Das würde ich meinem größten Feind nicht wünschen.« Sie spitzte die Lippen und neigte den Kopf zur Seite. »Andererseits wäre das Problem auf einen Schlag gelöst.«

»Genau. Vielleicht könnten wir ein wenig nachhelfen.«

Anna riss die Augen weit auf.

»Boah, das kann doch nicht dein Ernst sein?«

Maren drückste herum. »Wir haben auch Eisenhut im Garten.«

Anna wedelte mit der Hand vor dem Gesicht. »Du willst mich wohl veräppeln, oder?«

»War nur mal so ein Gedankenspiel.«

»Du überraschst mich immer wieder«, sagte Anna.

Maren spielte mit ihrem Haar und schaute ins Leere, während Anna den Augenkontakt mit ihr suchte.

»Würdest du wirklich so weit gehen?«

Ihre Blicke trafen sich. »Ehrlich gesagt, ich weiß es nicht.«

Anna stand auf. »Ich bin müde und möchte einen Blick auf Niara werfen.«

»Du bist wahrscheinlich ziemlich geschafft, nach allem, was heute auf dich eingeprasselt ist.«

Anna nickte und stand auf.

»Ich gehe schon mal vor.«

»Mach das, ich komme gleich nach.«

Anna ging die Treppe hinunter, öffnete die Schlafzimmertür und warf einen Blick aufs Kinderbett. Niara schlief immer noch fest. Sie beugte sich über sie.

»Meine Kleine, du bist so süß.«

Auf einmal stand Maren hinter ihr und legte eine Hand auf Annas Schulter.

261

»Schau mal, wie ihre Augen zucken, als wenn sie träumen würde«, flüsterte sie.

»Wie schnuckelig.«

»Pst.« Anna hielt den Zeigefinger vor die Lippen und zeigte auf die Tür zum Flur.

Beide schlichen sich aus dem Zimmer.

»Ich würde gerne noch duschen«, sagte Anna.

»Natürlich, geh du schon einmal vor. Ich warte bei Niara.«

Anna ging ins Bad und zog sich aus. Sie stellte sich nackt vor den Spiegel und musterte ihre Lippen.

Sieht gar nicht mehr so schlimm aus.

Plötzlich guckte Maren durch den Türspalt.

»Du bist ja nackt«, witzelte sie und öffnete die Tür bis zum Anschlag.

Anna blickte sie verschämt an.

»Du ja auch.«

»Darf ich reinkommen?«, fragte Maren und stand, ohne die Antwort abzuwarten, unvermittelt hinter Anna. Sie neigte ihren Kopf, legte das Kinn auf ihre Schulter und schaute in den Spiegel.

»Sind wir nicht ein nettes Paar?«

Anna spürte eine wohlige Wärme auf dem Rücken.

»Wir sind nicht nur schön, zusammen sind wir auch unschlagbar«, fuhr Maren fort.

Fast synchron drehten sie sich zur Seite und standen sich Stirn an Stirn stumm gegenüber.

Maren ging einen Schritt zurück und musterte Anna von oben bis unten.

Diese stand benommen da und blickte unsicher zurück. »Eine Top-Figur sieht anders aus«, sagte sie schließlich und zeigte auf ihre Oberschenkel.

»Erstens hast du erst vor Kurzem ein Kind geboren. Dafür hast du einen schönen Körper. Zweitens, du hast eine magische Ausstrahlung, die mich wahnsinnig anzieht. Und drittens, ich liebe deine üppigen Rundungen.«

Plötzlich brachen beide in schallendes Gelächter aus. Anna hielt sich den Bauch.

»Wenn uns so jemand sehen würde«.

Sie musterte Marens makellosen Körper, an dem sie sich plötzlich nicht sattsehen konnte. Dennoch spürte sie einen Anflug von Neid.

»Soll ich dir beim Duschen helfen?«, fragte Maren, als würde sie ihre Gedanken lesen können.

Anna zögerte.

»Danke, das schaffe ich alleine.«

Kaum hatte sie den Satz beendet, da bereute sie ihn auch schon wieder.

»Wie du möchtest. Bis gleich«, sagte Maren lächelnd.

Als Anna kurze Zeit später das Schlafzimmer betrat, hatte sich Maren schon unter die Decke verkrochen. Nur ihr Kopf ragte heraus. Ihre Augen funkelten, als sich Anna vorsichtig neben sie legte.

»Du hast dir aber Zeit gelassen«, sagte Maren, beugte sich über sie und gab ihr einen sanften Kuss auf die Wange.

»Gute Nacht. Alles wird gut.«

»Gute Nacht, Maren. Ich bin froh, dass ich dich habe.«

Anna blieb noch eine Weile auf dem Rücken liegen. Immer wenn ein Auto am Haus vorbeifuhr, erhellten die Scheinwerfer für einen Augenblick die Decke des Zimmers. Sie drehte sich auf die andere Seite und bemerkte, dass Maren mit offenen Augen da lag.

»Kannst du auch nicht schlafen?«

»Ich genieße es, mit dir im Bett zu liegen. Du strahlst eine angenehme Wärme aus.«

»Mir geht es genauso. Vor allem bin ich froh, dass nicht dieses Ekel neben mir liegt.«

»Das kann ich gut nachvollziehen«, sagte Maren.

Ihre Hand bewegte sich langsam unter Annas Decke und berührte ihren Oberschenkel.

»Ist dir eigentlich in den letzten Jahren etwas an mir aufgefallen?«, wechselte sie abrupt das Thema.

»Du bist bildhübsch, hast eine Top-Figur und ...« Sie zögerte einen Moment. »... außerdem verfügst auch noch über eine gewisse Intelligenz«, sagte sie dann mit einem süffisanten Lächeln.

»Nein, das meine ich nicht.«

»Was denn?«

»Hast du mich in den letzten Jahren jemals mit einem Mann gesehen?«

Anna stutzte und setzte sich aufrecht hin. »Du warst doch mit diesem Jan lange zusammen.«

»Vor fünf Jahren haben wir uns getrennt.«

Anna überlegte. »Hm, seit unserer Versöhnung habe ich dich tatsächlich nie wieder mit einem Mann gesehen. Warum seid ihr auseinandergegangen? Ihr wart doch ein Herz und eine Seele.«

»Du hast recht. Die Beziehung lief gut. Ich habe Jan geliebt. Wir haben viele Interessen geteilt und verbrachten wunderschöne Urlaube.«

Anna war auf einmal wieder hellwach. »Was ist passiert? Hat er dich geschlagen?«

»Nein er war bis zum Schluss sehr lieb zu mir.«

»Hat er eine andere gehabt?«

»Nein, ich habe ihn verlassen.«

»Nun versteh ich gar nichts mehr. Du hast ihn geliebt und verlassen. Wie passt das zusammen?«

Maren legte eine längere Pause ein.

»Ich muss es jetzt einfach einmal rauslassen«. Sie schaltete die Nachttischlampe an und setzte sich.

»Ich bin lesbisch.«

Anna fiel aus allen Wolken. »Du und lesbisch? Das kann ich gar nicht glauben. Woran merkt man das?«

»Vor fünfeinhalb Jahren habe ich Mira kennengelernt und mich unsterblich in sie verliebt.«

»Ich glaube, ich habe mit ihr mal kurz am Telefon gesprochen« erinnerte sich Anna. »Boah, ich bin immer noch sprachlos, Maren. Und dann hast du Jan verlassen?«

»Ja, weil meine Gefühle für Mira viel stärker waren.« Sie warf Anna einen fragenden Blick zu. »Kannst du das nachvollziehen.«

Anna überlegte. »Das ist mir bisher noch nie, auch nicht ansatzweise, passiert.«

»Ich hatte vorher nie etwas mit einer Frau und habe es mir auch nicht vorstellen können. Und dann ist es einfach über mich hereingebrochen. Frauen können ihre Gefühle viel intensiver ausdrücken als Männer. Es ist eine andere Form von Nähe, die sich zwischen zwei Frauen entwickelt. Oftmals ist die Partnerin auch die beste Freundin.«

»Und wo ist Mira geblieben?«

Maren ließ die Schultern sinken.

»Bis vor drei Jahren lebte ich mit ihr in meiner alten Wohnung zusammen. Das war die Zeit, als zwischen uns Funkstille herrschte. Kurz nachdem du damals angerufen hast, ist sie ausgezogen.«

»Warum. Hat sie eine andere gefunden?«

»Nein, ich wusste nicht, dass Mira bisexuell war. Dann ist ein Mann gekommen, und sie hat mich verlassen, wie ich Jan verlassen hatte.«

Anna legte sich wieder hin und kuschelte sich an Maren.

»So möchte ich jetzt liegen bleiben bis ich einschlafe.«

»Gute Nacht Anna. Träum süß.«

»Gute Nacht Maren.«

Am frühen Morgen wurden beide durch Geschrei aus dem Schlaf gerissen. Anna nahm Niara aus dem Babybett.

»Meine Kleine, du hast bestimmt Hunger, Mama ist ja schon da.«

Sie setzte sich auf das Sofa und legte ihre Tochter an. Auf der Stelle wurde es mucksmäuschenstill, bis Niara anfing zu schmatzen.

Maren beobachtete beide und schluckte. »Ich werde immer neidischer.«

»Dann schaff dir doch auch ein Baby an.«

»Vielleicht werde ich mir mal deinen Mike ausleihen«, sagte Maren schmunzelnd.

Anna lachte und zwinkerte ihr zu.

»Warum nicht. Du siehst ja, was da Spektakuläres bei herauskommt.«

Als sie mit dem Stillen fertig war, reichte sie Niara an Maren weiter.

»Mach du mal ein Bäuerchen mit ihr, dann geh ich schnell duschen.«

»Schon wieder? Geh nur, ich mach das gerne. Komm her, meine Kleine.« Sie nahm Niara in den Arm und streichelte ihr über den Rücken.

Nach einigen Minuten kam Anna zurück.

»Fliegender Wechsel«, sagte sie und übernahm Niara wieder.

»Dann werde ich mich jetzt auch noch ein bisschen frisch machen und anschließend den

Frühstückstisch decken. Wie wäre es mit einem Englischen Frühstück?«

»Gerne, da habe ich richtig Lust drauf.«

Als Anna nach einigen Minuten das Erdgeschoss betrat, kam ihr der Duft von Spiegeleiern, Bacon und frischem Kaffee bereits entgegen. Maren saß schon am gedeckten Tisch.

Anna legte Niara in die Babywippe.

»Ich habe ihr noch die Brust gegeben. Kann sein, dass sie gleich wieder einnickt«, sagte sie und setzte sich.

»Du hast nicht zu viel versprochen, Maren, *a real English Breakfast*.« Sie sah sich um. »Wo ist deine Mutter?«

»Die hat heute Morgen einen Routinetermin beim Arzt.«

Beide schauten in Richtung Niara, die tatsächlich wieder eingedöst war.

»Ich habe diese Nacht seit der Geburt zum ersten Mal durchgeschlafen«, sagte Anna.

Als sie gerade mit dem Frühstück fertig waren, klingelte das Telefon. Maren stand auf.

»Wetten, dass das Franz ist.« Sie nahm den Hörer ab und stellte den Lautsprecher an.

»Kann ich bitte meine Frau sprechen.«

Anna gestikulierte hektisch und schüttelte den Kopf.

»Nein«, sagte Maren mit forscher Stimme. »Sie ist gerade im Bad.«

»Sagen Sie ihr, dass es mir so leidtut, was gestern passiert ist.«

Maren zeigte die geballte Faust und bewegte deutlich die Lippen, ohne zu sprechen. ›Arschloch!

»Herr Forst, Sie haben Anna geschlagen.«

»Ich weiß, ich weiß ...«, jammerte er. »Es wird nie wieder passieren.«

»Nie wieder? Das sagen sie alle. Haben Sie nicht gesehen, wie sie geblutet hat?«

»Richten Sie ihr aus, sie möchte zurückkommen«, bettelte er. »Sie darf auch nach Namibia fliegen.«

»Jetzt hören Sie mir einmal gut zu, Herr Forst. Anna wird sie nie mehr fragen, ob sie etwas darf. Sie wird in den nächsten Tagen die Scheidung beantragen. Es wäre besser für Sie, wenn sie ihr keine Steine in den Weg legen würden. Sonst müssten wir einige Informationen über Sie weitergeben, die für Sie nicht angenehm sein dürften. Haben Sie mich verstanden?«

Er antwortete nicht, daher legte Maren auf, setzte sich neben Anna und umarmte sie.

»Ich wünschte, ich hätte diesen Mann nie getroffen.«

»Vielleicht sollte es so sein?«

Anna schaute Maren ungläubig an. »Wie meinst du das?«

»Wenn du ihn nicht kennengelernt hättest, wären wir vielleicht nie zusammengekommen.«

Anna stutzte. »Wer weiß?«

269

»Ich mag es, wenn du mich so anschaust, Anna.«
Offenbar wollte sie noch mehr sagen, doch in diesem Augenblick klingelte das Telefon erneut. Während Maren den Hörer abnahm, schaute sie Anna schmunzelnd an, als wenn sie wüsste, wer dran war.

»Weber.«

»Ich bin´s noch einmal.«

»Ich höre, Herr Forst«, sagte Maren und stellte den Lautsprecher an.

»Ich würde gerne auf Ihr Angebot zurückkommen.«

»Sie stimmen einer Scheidung also zu?«

»Ja ...«

»Woher komm der Sinneswandel?«

»Ich war noch nicht ganz fertig. Unter bestimmten Bedingungen würde ich zustimmen.«

Maren runzelte die Stirn. »Und die wären?«

»Am liebsten würde ich das mit Anna persönlich besprechen.«

»Sie möchte mit Ihnen nichts mehr zu tun haben. Sie müssen schon mit mir vorliebnehmen.«

Beide hörten das Seufzen am anderen Ende der Leitung.

»Haben Sie verstanden Herr Forst. Entweder Sie reden mit mir oder Anna wird eine vorzeitige Scheidung wegen unzumutbarer Härte ohne Trennungsjahr beantragen.«

»Übertreiben sie mal nicht.«

»Das tue ich nicht. Glauben sie etwa, dass häusliche Gewalt ein Kavaliersdelikt ist? Stellen sie sich einmal vor, was geschähe, wenn ich gewisse Informationen über ihre Sie weitergegeben würde.«

Franz schwieg für einen Moment. »Dass das nicht passiert, hätte ich gerne schriftlich.«

»Kein Problem«, sagte Maren.

»Hören Sie Frau Weber, ich bin bereit, auf alle Ansprüche zu verzichten, wenn Anna das Gleiche macht.« Er legte eine kurze Pause ein. »Bis auf eine Sache.«

»Die wäre?«

»Ich schlage ihnen folgenden Deal vor. Ich werde keinen Antrag auf Versorgungsausgleich stellen, wenn Anna im Gegenzug an mich einen einmaligen Betrag von 20.000 Euro zahlt.«

Maren drehte sich um. Anna hielt sich die Hände vors Gesicht.

»Sind sie noch dran?«

»Ja, Herr Forst.«

»Haben sie verstanden? Nur wenn Anna dazu bereit ist, stimme ich einer einvernehmlichen Scheidung zu. Dann ist sie mich ein für alle Male los, die fette Kuh.«

Anna sprang auf und schlug mit beiden Fäusten gegen die Wand hinter ihr.

»Dieser Dreckskerl hat mich die ganze Zeit an der Nase herumgeführt.«

»Ich habe kapiert, Herr Forst. Ich muss das alles mit Anna besprechen. Ich melde mich später«, sagte Maren und legte auf.

Dann ging sie auf Anna zu. »Beruhig dich und setz dich erst einmal wieder.«

»Und jetzt will er auch noch 20.000 Euro von mir. Der spinnt ja wohl.«

Maren nahm neben Anna Platz, griff nach ihrer Hand und legte sie auf ihren Schoß.

»Wir müssen jetzt einen kühlen Kopf bewahren.«

»Maren halt mich fest. Nie wieder will ich diesem Monster begegnen.«

»Wir werden jetzt einen gemeinsamen Plan schmieden. Wenn du möchtest, kann ich für dich einen Großteil der Scheidung abwickeln.«

»Wie soll das gehen?«

»Über ein Anwaltsportal im Internet. Das ist relativ unkompliziert.«

»Einmal allerdings wirst du Franz noch begegnen müssen. Beim Scheidungstermin sind beide Seiten verpflichtet, persönlich bei Gericht erscheinen. Aber ich kann dich beruhigen, der dauert nur wenige Minuten.«

»Du bist so klug, Maren. Woher weißt du das alles?«

»Eine Kollegin an meiner Schule hat das so gemacht und es lief völlig problemlos und schnell. Die waren nach zwei Monaten geschieden, weil die Scheidung einvernehmlich erfolgte und kein Versorgungsausgleich durchgeführt werden musste. Und außerdem ...« Maren hielt einen Moment inne. »Außerdem habe ich mich, bei der von mir bereits erwähnten Kanzlei, kundig gemacht. Ich denke, das war in deinem Sinne.«

Anna rieb sich den Nacken. »Was würde ich nur ohne dich machen.«

Beide drehten den Kopf zur Seite und schlossen die Augen. Ihre Lippen berührten sich nur kurz. Es war eher die Andeutung einer Liebkosung. Fast gleichzeitig wichen sie wieder zurück.

»Wenn ich dich spüre, habe ich ganz andere Empfindungen als bei einem Mann. Mich überkommt so ein wohliges Prickeln, auf das ich nicht mehr verzichten möchte«, sagte Maren.

»Mir geht es genauso.«

Für einen Augenblick schwiegen sie. Ihre Hände berührten sanft den Körper der anderen.

»Wenn du von Franz geschieden bist, können wir uns ganz auf unsere kleine Familie konzentrieren«, sagte Maren.

»Das ist wie ein Traum, ich kann es gar nicht glauben.«

Maren stand auf und ging einige Schritte hin und her.

»Pass auf, lass uns die Vorgehensweise gegenüber Franz noch einmal durchgehen.«

»Das mit den 20.000 Euro habe ich nicht verstanden. Warum soll ich die zahlen, obwohl mich Franz geschlagen und gedemütigt hat?«

273

»Franz hat gedroht, einen Antrag auf Versorgungsausgleich zu stellen. Das musst du auf jeden Fall verhindern.«

Anna stutzte. »Warum?«

»Das könnte für dich teuer werden, wenn er in Rente geht oder noch schlimmer, sobald er erwerbsunfähig wird. Das ist nicht ausgeschlossen, bei seinem Gesundheitszustand. Du musst unbedingt eine Rechtsberatung in Anspruch nehmen. Vielleicht ist es doch besser die Scheidung über einen Anwalt vor Ort abzuwickeln. Ich kann dich begleiten, wenn du möchtest.«

Anna schaute Maren tief in die Augen.

»Das Angebot nehme ich gerne an. Komm, setz dich wieder zu mir.«

Maren nahm neben ihr Platz und streichelte über ihr Haar.

»Du schaffst das. Wir zwei schaffen das! Wenn alles reibungslos verläuft, bist du in spätestens drei Monaten geschieden.«

»Schade, dass es nicht schneller geht.«

»Schneller ginge es bei einer Blitzscheidung wegen häuslicher Gewalt auch nicht. Aber du kannst dir nicht vorstellen, wie viel schmutzige Wäsche gewaschen würde, wenn der Fall öffentlich gemacht würde. Außerdem bist du auch nicht ganz unschuldig.«

»Du meinst, weil ich ihn betrogen habe?«

»Genau.«

Anna lehnte sich zurück. »Ich glaube, du hast recht.«

»Was hältst du davon, wenn ich Franz jetzt anrufe und ihm mitteile, dass wir seinen Deal annehmen.«

Anna nickte. »Das scheint wohl die beste Lösung zu sein.«

»Noch etwas: Ich übernehme die Hälfte der 20.000 Euro.«

»Maren, du bist verrückt. Ich möchte das nicht.«

»Doch, das bist du mir wert.«

Anna und Franz einigten sich auf einen Anwalt, der die Scheidung einreichte.
Zu Annas und Marens Überraschung verlief die Auflösung der Ehe problemlos. Nur zwei Monate nach ihrem Antrag wurden beide im Juli 2018 vor dem Familiengericht in Köln geschieden. Franz bekam seine 20.000 Euro und beide Seiten schienen damit zufrieden zu sein.

Drei Tage später, am Morgen ihres Abflugs nach Namibia war Anna in der Küche und pumpte Muttermilch ab. Das monotone Geräusch war nicht zu überhören. Maren und ihre Mutter spielten mit Niara im Wohnzimmer.

»Das klingt wie ein Rasierapparat«, sagte Maren und schaute ihre Mutter an.

»Hast du das früher auch gemacht Mama?«

»Nein, ich hatte immer zu wenig Milch. Ich war

275

froh, dass ich dich nach einem halben Jahr abstillen konnte.«

Anna kam herein. »Mäh. Ich komme mir vor wie eine Kuh, die den ganzen Tag an einer Melkmaschine angeschlossen ist.« Sie setzte sich zu ihnen. »In der Kühltruhe liegen mehr als 20 Beutel Muttermilch. Das dürfte für eine Woche dicke reichen.«

Maren stand auf und lächelte Anna an.

»Du bist eine perfekte Mutter.«

Anna wippte mit den Beinen und ließ die Mundwinkel nach unten hängen.

»Am liebsten würde ich bei euch bleiben.«

»Warum bleibst du nicht einfach zu Hause?«, fragte Ruth.

»Anna muss noch ein paar Formalien regeln und ihr Schulprojekt abschließen«, mischte sich Maren ein.

Anna wurde rot und fing an zu stammeln.

»Leider ... «

»Während deines Schwangerschaftsurlaubs? Versteh ich nicht.«

»Sie macht es freiwillig, Mama.«

Annas Mutter zuckte mit den Achseln und schwieg.

Am Nachmittag brachte Maren Anna zum Flughafen nach Frankfurt. Kurz vor Mitternacht hob die Maschine ab. Direkt nach ihrer Ankunft in Windhuk erhielt Maren eine WhatsApp:

Bin angekommen. Geht's euch gut? Gib unserer Kleinen einen dicken Kuss von mir.

Maren antwortete prompt.

Uns geht es prächtig. Tausend Küsse zurück.

Sie hängte noch ein Foto an, wie sie Niara die Flasche gab.

Zwei Mütter sind besser als eine, vielleicht sogar besser als ein Vater und eine Mutter, dachte Anna.

Kapitel 9
2019
13. August

Doch dann kam alles anders. Am späten Nachmittag, zwei Tage nach Annas Abflug, saß Niara auf
Marens Schoß und saugte am Fläschchen. Sie
schmatzte und schnalzte.

»Mama, ich möchte auch ein Kind«, sagte sie zu
ihrer Mutter, die ihr gegenübersaß und strickte.

»Ohne Mann?«, fragte sie zurück, legte die Strick-
nadeln auf den Tisch und schaute ihre Tochter tief
in die Augen.

»Ich habe dich, seitdem du bei mir wohnst, noch
nie mit einem Freund gesehen.«

»Mach dir mal keine Sorgen, Mama. Ich habe
schon eine Idee.«

»Da bin ich gespannt. Was hast du vor?«

»Lass dich überraschen.«

»Hast du noch etwas von Anna gehört?«

»Ja, ihr geht es prächtig. Ich soll dich ganz herzlich von ihr grüßen.«

Marens Mutter stand auf, ging zur Garderobe und
streifte sich eine Jacke über.

»Musst du weg?«

»Frau Bühler hat mich zum Kaffee eingeladen. In
einer Stunde werde ich wieder zurück sein«, sagte

sie und ging zur Tür.

»Viel Spaß«, rief Maren ihr hinterher.

Kurze Zeit später klingelte es. Sie legte Niara in die Wippe und öffnete die Tür. Beinahe hätte sie sie sofort wieder zugeschlagen, denn sie glaubte ihren Augen kaum. Franz stand vor ihr und hielt ihr ein Foto entgegen.

»Sie können sich sicherlich vorstellen, was es heißt, wenn das in falsche Hände gerät«, bemerkte er und übergab ihr das Bild.

»Die Originaldatei sollte ihnen 10.000 Euro wert sein. Ich melde mich wieder«, sagte er, ohne ihre Reaktion abzuwarten, drehte sich um und verschwand.

Maren stand wie angewurzelt da und starrte auf das Foto: Anna lag mit geschlossenen Augen und gespreizten Beinen splitternackt auf einem Bett.

Sie ging ins Wohnzimmer und warf sich in den Sessel. Immer wieder schaute sie auf das Foto.

Wenn das in die falschen Hände gerät. Anna würde das nicht überstehen, ging ihr durch den Kopf.

Sie hörte, wie das Schloss in der Haustür klickte und ließ das Foto blitzschnell in der Gesäßtasche verschwinden. Ihre Mutter sah Maren und hielt die Hand vor den Mund.

»Wie siehst du aus?«

»Wieso?«

»Du bist bleich wie der Tod. Was ist passiert?«

Maren zögerte. »Ich habe ... ich habe ...«

»Kind, was ist los mit dir?«

»Ich habe tatsächlich mein Klassentreffen heute Abend vergessen. Peinlich, peinlich. Eine ehemalige Mitschülerin hat mich daran erinnert, dass ich sie abholen wollte.«

Ihre Mutter schaute sie ungläubig an.

»Davon hast du mir gar nichts erzählt.«

»Tut mir leid. Habe ich irgendwie verschlampt.«

Verwundert schüttelte ihre Mutter den Kopf.

»Kind, wie kann jemand denn so etwas vergessen.« Sie drehte sich zu Niara hin. »Oma ist ja da. Dann werde ich wohl auf dich aufpassen. Freust du dich?«

Niara gurrte, was Marens Mutter zum Lachen brachte.

»Du bist aber auch eine Süße. Maren, schau mal, wie sie mich anlächelt.«

»Sie mag dich halt, Mama. Ich geh noch einmal nach unten. Da liegen ein paar Unterlagen von mir, die ich für den morgigen Unterricht brauche.«, log sie.

»Mach das. Ich werde Niara schon beschäftigen.«

Maren ging in die Souterrainwohnung und setzte sich an den Schreibtisch. Sie atmete tief durch, der Schreck mit dem Foto saß ihr immer noch in den Knochen. Sie stützte den Kopf in die Hand und grübelte und grübelte.

Franz darf es nicht schaffen, unser Glück zu zerstören!

Kurzentschlossen stand sie auf und ging, in Gedanken versunken, zum Vorratsraum im Keller nebenan. Dort nahm sie eine Plastiktüte, streifte sich Küchenhandschuhe über und schnappte sich auf dem Weg in den Garten eine Blumenkelle.

Als sie die Kellertür nach draußen öffnete, wehte ein kräftiger Wind und wirbelte ihre Haare durcheinander. Sie stampfte über den feuchten Rasen direkt zu dem Beet mit dem Eisenhut. Der Boden war butterweich. Kein Problem für Maren, eine Pflanze mit Wurzel auszugraben. Sie steckte sie in die Tüte und buddelte das Loch wieder zu.

Oh mein Gott, wenn Anna das wüsste.

Anschließend kehrte Maren zurück ins Arbeitszimmer, nahm den Eisenhut aus der Tüte und legte ihn auf dem Schreibtisch ab. Sie hatte gelesen, dass beim Erhitzen der Pflanze die Toxizität reduziert würde.

Sicher ist sicher, dachte sie und ging noch einmal in den Vorratsraum nach nebenan.

Die Regale waren vollgepackt mit allen möglichen Konserven und Einweggläsern. Neben der Kühltruhe lagerten Weinflaschen. Maren grinste, als sie das angerostete Monster auf dem Boden entdeckte. Es sah aus wie ein Folterinstrument aus dem Mittelalter.

Gott sei Dank hat Mama die Fruchtpresse nicht weggeworfen.

Im Sommer letzten Jahres hatte sie Himbeeren entsaftet und da funktionierte sie einwandfrei.

Einmal brauche ich sie noch und dann werde ich sie entsorgen. Oh mein Gott Maren, du bist eine richtige Giftmischerin, spottete ihre innere Stimme.

Mag sein, aber ich tue es für einen guten Zweck.

Seelenruhig schnitt sie die Knolle und Blätter in kleine Stücke und legte alles in den Einfülltrichter. Unter dem Ausfluss stellte sie eine Tasse und begann zu kurbeln.

Dabei hatte sie keine Zweifel oder Skrupel. Im Gegenteil, die die Anspannung ließ nach, als sie bemerkte, dass es funktionierte. Tropfen für Tropfen fiel in die Tasse. Als der Boden bedeckt war, hörte sie auf.

Das reicht dicke. Mit der Menge kannst du eine ganze Fußballmannschaft umbringen.

»Eene meene Flaschenschrank, fertig ist der Hexentrank!«, sang sie leise vor sich hin und tänzelte dabei auf der Stelle.

»Also ... diese flüssige Essenz mische ich jetzt unter ein Lebensmittel, aber unter welches?«

Sie überlegte hin und her. Es musste etwas sein, was Franz nicht ausschlagen würde. Plötzlich kam ihr ein Geistesblitz. *Natürlich, ich muss das Gift mit Wein mischen. Aber wie kann ich die Flasche manipulieren, ohne Spuren zu hinterlassen?*

Noch einmal schlich sie sich zurück in den Vorratsraum. Ihr Blick streifte übers Weinregal. Die meisten Flaschen hatten einen Schraubverschluss und kamen für ihr Vorhaben nicht in Frage. Drei Flaschen mit Naturkorken sprangen ihr sofort ins Auge. Sie zog eine heraus und warf einen Blick aufs Etikett. Volltreffer: *Baron de Ley Rioja Reserva 2016.*

Rioja war laut Anna einer der Lieblingsweine von Franz.

Aber wie entferne ich den Korken und vor allem, wie schließe ich die Flasche wieder so, dass Franz es nicht bemerkt?

Maren entdeckte einen Druckluftkorkenzieher im Regal. *Das könnte funktionieren*, dachte sie, nahm ihn und ging ins Arbeitszimmer zurück.

Sie setzte den Korkenzieher auf den Flaschenhals und pumpte. Der Korken bewegte sich keinen Millimeter.

Sie erhöhte den Druck. Ohne Erfolg. Sie knallte das Gerät auf den Tisch, trat einen Schritt zurück und stampfte mit dem Fuß auf den Boden. Mit der Hand wischte sie über das schweißnasse Gesicht. Alles umsonst?

Auf gehts, auf ein Neues, sprach sie sich selber Mut zu. Sie wiederholte das Prozedere und atmete auf, als sich der Korken bewegte.

Flupp. Er sprang heraus, ohne den Flaschenhals zu beschädigen.

»Geschafft,« jubelte sie innerlich.

Sie nahm die Flasche, ein Glas und schenkte ein, bis der Boden bedeckt war.

»Prost, Anna, auf unsere gemeinsame Zukunft.«

Danach füllte sie die Flüssigkeit aus der Tasse mit Hilfe eines Trichters in die Weinflasche und presste den Korken in den Flaschenhals zurück. Ein letzter kritischer Blick. Sie schaute auf eine jungfräuliche Flasche Wein, putzte sie mit einem Tuch feinsäuberlich ab und wickelte sie in ein Handtuch ein. Danach packte sie die restlichen Teile samt Fruchtpresse und Latexhandschuhe in die Plastiktüte.

Erhobenen Hauptes marschierte sie ins Badezimmer, schrubbte sich die Hände und schaute in den Spiegel.

»Maren Weber. Bist du bereit zum finalen Akt?«, fragte sie sich selbst und nickte.

Und wenn er den Rotwein nicht trinkt?

Das wäre der Super-GAU. Aber dazu wird es nicht kommen.

Sie ballte die Faust.

Wenn er ihn nicht heute trinkt, dann morgen oder übermorgen …

Sie legte die Flasche zusammen mit der Plastiktüte in Annas Schultasche und ging um kurz vor acht nach oben. Ihre Mutter hatte Niara auf dem Schoß und liebkoste sie.

»Dokumente gefunden?«

»Ja, ich musste doch etwas länger suchen.«

»Was glaubst du, wann kommst du zurück?«

»Ich weiß nicht so genau. Es könnte später werden.«

»Ich werde auf dich warten und fernsehen.«

Maren ging auf beide zu, strich Niara sanft über die Haare.

»Das Fläschchen steht in der Küche. Du musst es nur noch etwas anwärmen. Bis später und danke Mama für deine Hilfe.«

»Du weißt doch, wie gerne ich das mache.«

Maren nickte, bevor sie mit der Schultasche unter dem Arm das Haus verließ.

Es nieselte, aber der Wind hatte nachgelassen. Ehe sie ins Auto einstieg, blieb sie noch einmal stehen und sprach sie sich selbst Mut zu.

Ich tu das nur für uns. Für Anna, Niara und mich. Niemand bedroht meine Familie!

Da es noch hell war, beschloss sie, einen Spaziergang am Rhein zu machen, um die Zeit bis zur Dämmerung zu überbrücken.

Sie schlenderte mit der Plastiktüte am Rheinuferweg entlang und entsorgte sie in einem öffentlichen Mülleimer. Zum ersten Mal kamen Zweifel an ihrem Vorhaben auf. Schnell verscheuchte Maren sie wieder, indem sie an gemeinsame Zukunft mit Anna und Niara dachte.

Bei Einbruch der Dunkelheit machte sie sich auf nach Pulheim. Sie parkte ihr Auto in der Nähe des Bahnhofs, setzte sich eine Mütze auf, unter der sie ihre langen Haare versteckte, stieg erst dann aus und ging den Rest zu Fuß.

Mittlerweile war es stockduster geworden. Selbst der Mond hatte sich unter den Wolken verkrochen.

Maren bewegte sich zügig in Richtung Zielobjekt. Als sie das Haus erreichte, schaute sie sich noch einmal nach allen Seiten um. Die Luft schien rein zu sein. Sie stellte die Flasche Wein an die Hauswand der ersten Stufe. Sie war nicht zu übersehen. In diesem Moment plagte sie eine einzige Sorge:

Hoffentlich tritt Franz in seinem besoffenen Kopf nicht gegen die Flasche, sodass sie zerschellt.

Heilfroh kehrte sie zum Auto zurück. Um zwölf Uhr erreichte sie wieder ihr Zuhause. Ihre Mutter saß leise schnarchend im Fernsehsessel, mit der leeren Babyflasche in der Hand, während Niara ebenfalls schlafend in ihrer Wippe neben ihr lag.

Maren strich ihrer Mutter über die Haare. »Hallo Mama, ich bin wieder da.«

Die zuckte kurz zusammen.

»Ich bin tatsächlich eingeschlafen.« Sie schaute zuerst zu Niara hinunter, dann zu Maren. »Wie war es denn?«

»Ganz nett.«

»Sind viele gekommen?«

»Fast alle.« Maren gähnte demonstrativ. »Jetzt bin ich ziemlich müde und werde mit Niara hinuntergehen. Wir können uns morgen über das Klassentreffen unterhalten.«

»Ich bin auch irgendwie geschafft«, sagte ihre Mutter und stand auf. Lächelnd warf sie Niara noch einen Blick zu. »Gute Nacht ihr zwei.«

»Gute Nacht, Mama. Schlaf gut.«

Maren nahm Niara vorsichtig aus der Wippe und brachte sie ins Schlafzimmer. Dort legte sie sie im Kinderbett ab und deckte sie zu, ohne dass die Kleine aufwachte.

Geschafft. Jetzt muss ich einen trinken.

Auf Zehenspitzen schlich sie sich zurück ins Wohnzimmer, gönnte sich einen Whiskey und ließ die vergangenen Stunden noch einmal Revue passieren.

Eigentlich hat alles reibungslos geklappt. Anna ist in Namibia und hat ein perfektes Alibi. Ich werde nie in Verdacht geraten, resümierte sie. *Jetzt muss nur noch Franz mitspielen.*

Sie überlegte hin und her, ob sie Anna in ihren Plan einweihen sollte, kam jedoch zu dem Entschluss, dass es besser wäre, keinen Mitwisser zu haben und sie nicht mit der Sache zu belasten.

Kapitel 10
2019
18. August

Der Abschied von Mike hätte unbeschwerter sein können.

Vielleicht sehen wir uns ja doch noch einmal wieder, dachte Anna bei ihrem Rückflug nach Frankfurt. Sie hatte in der Mitte des Airbus am Gang Platz genommen. Neben ihr saß ein Pärchen mittleren Alters.

»Guten Tag, meine Damen und Herren. Kapitän Müller und die gesamte Besatzung begrüßen ... Schalten Sie Ihre elektrischen Geräte aus oder aktivieren Sie den Flugmodus ...«, schallte es aus den Lautsprechern.

Anna griff in die Handtasche, durchwühlte sie und erstarrte. Sie zog den Arm im Zeitlupentempo zurück und hielt zwei Mobiltelefone in der Hand. Sie betrachtete sie von allen Seiten, legte sie nebeneinander, übereinander und schüttelte den Kopf. Sie waren identisch, aber nur fast. Sie erkannte die Beschädigung ihres Handys in der oberen Ecke des Displays und drückte fünf Sekunden die Ein/Aus-Taste.

Ihre Hand schnellte zurück, als sie das Gleiche mit dem zweiten Smartphone machen wollte. Sie traf fast der Schlag. Auf dem Display erschien ein

Foto von ihr ihr und Mike. Sie las den dazugehörigen Text darunter:

Die Schlampe treibt es mit einem Schwarzen. Anna sackte im Sitz zusammen und starrte mit weit aufgerissenen Augen an die Kabinendecke, bis die Frau neben ihr sie ansprach.

»Sie sind kreidebleich. Geht es ihnen nicht gut?«

Erst da realisierte Anna, dass das Handy noch immer in ihrer Hand lag. Sie schaltete blitzschnell. Anstatt es auszuschalten, stellte sie es auf Flugzeugmodus.

»Es geht schon«, erwiderte sie.

Anna war in kaltem Schweiß gebadet. Ihre Gedanken kreisten um die Frage:

Wer hatte ihr das Handy in die Tasche gelegt?

Nachdem das Anschnallzeichen erloschen war, stand sie mit dem Smartphone in der Hand auf und schleppte sich in Richtung Toilette. Dort setzte sich in voller Montur auf den Klodeckel und schaute noch einmal auf das Display.

Sie wischte darüber und ein weiterer Text erschien:

... Vater Mike Nangolo ... Mutter Anna Rexhausen ... Die wollte dir tatsächlich ein Kuckucksei ins Nest legen.

Annas Beine zitterten. Sie holte tief Luft und scrollte ein paar Seiten zurück. Plötzlich erstarrte sie. Ein Nacktfoto von ihr vor einer Seidenmalerei mit dem Text:

Papa, was hältst du von der Dicken? Könnte mal ne gute Partie werden.

Anna ließ vor Schreck das Smartphone fallen und starrte gegen die Wand. Sie fasste sich an den Kopf, während es ihr wie Schuppen von den Augen fiel. Sie erinnerte sich daran, wie Thomas sie damals in der Wohnung fotografiert hatte.

Dieses miese Schwein hatte das Foto doch nicht gelöscht. Oh mein Gott, der hat bestimmt noch mehr Aufnahmen gemacht, als ich geschlafen habe.

Sie stampfte mit den Füßen auf den Boden. Ein einziger Gedanke rauschte ihr durch ihren Kopf und erstickte alle anderen: Rache.

Der Mann im Flugzeug auf dem Hinflug war Franz' Adoptivsohn mit Maske. Thomas und Helmut sind ein und die gleiche Person.

»Das zahlt ihr mir heim!«, schwor sie.

Die Szene im Bungalow auf Eagle Rock schwirrte ihr im Kopf herum. Das Smartphone auf dem Boden, das sie für ihres gehalten und selbst in die Tasche gelegt hatte, war das von Thomas alias Helmut, das er im Gerangel fallen gelassen hatte.

Hoffentlich steht der nie wieder auf.

Am frühen Abend setzte der Flieger pünktlich auf dem Rollfeld in Frankfurt auf. Als Anna die Ankunftshalle betrat, entdeckte sie Maren mit Niara in einer Baby-Bauch-Trage hinter der Absperrung. Sofort rannte sie auf beide zu.

290

»Niara!«, rief sie, während ihr Freudentränen über die Wangen kullerten.

»Willkommen zu Hause. Schön, dass du wieder bei uns bist. Wir haben dich sehr vermisst«, begrüßte sie Maren.

Auch Niara streckte ihre Arme aus und schaute Anna mit ihren großen Kulleraugen an.

Sie nahm sie auf den Arm und drückte sie fest an sich.

»Meine Kleine, Mama wird jetzt immer bei dir bleiben.«

Sie konnte die Freudentränen nicht mehr zurückhalten.

»Wie war der Flug?«

»Ich habe kein Auge zugemacht«, stöhnte sie.

»Du siehst so ernst aus? Ist was passiert?, fragte Maren.«

Anna atmete tief durch.

»Kann man wohl sagen. Erzähl ich dir gleich«, antwortete sie.

»Hier ist auch noch etwas Unerwartetes passiert. Komm, lass uns erst einmal zum Auto gehen. Ich habe gleich auf dem Kurzeit-Parkplatz direkt hier am Terminal geparkt.«

Maren nahm den Trolley, während Anna mit Niara losmarschierte.

Nach kurzer Zeit kamen sie am Auto an, wo Maren das Gepäck in den Kofferraum lud und Anna Niara in den Kindersitz hievte, sie anschnallte und neben ihr Platz nahm.

»Auf nach Hause. Ich könnte vor Glück in die Luft springen«, platzte es aus Maren hinaus.

»Und ich erst«, ergänzte Anna.

Als sie Flughafengelände verließen, fragte Maren nach.

»Was ist denn passiert? Hat sich Mike nicht an die Abmachung gehalten?«

»Doch. Er wollte zwar mehr, aber ich habe ihn nicht rangelassen. Nach der Geburt brauche ich erst einmal eine Pause.«

»Du hast dich doch nicht verplappert?«

»Wie meinst du das?«

»Er hat keine Ahnung, dass ihr ein gemeinsames Kind habt?«

»Natürlich nicht.«

»Was ist denn so Schlimmes passiert?«

Anna atmete tief durch.

»Zunächst lief alles glatt, keine Probleme am Zoll oder mit der Übergabe des Geldes.« Sie stockte. »Aber dann geschah etwas Schreckliches. Du kannst es dir nicht vorstellen. Ich bin immer noch geschockt. Maren, es gab einen heftigen Zwischenfall.«

Stockend begann Anna über den Vorfall mit dem mysteriösen Mann im Flugzeug und auf Eagle Rock zu erzählen.

»Ich weiß nicht, was mit ihm passiert ist, ob er überhaupt noch lebt. Ich hoffe, er ist tot.«

Anna zögerte einen Moment.

»So und jetzt Maren, halt dich fest. Franz und Thomas alias Helmut sind Vater und Sohn.«

»Wie bitte? Sag das noch einmal.«

»Ja, Vater und Stiefsohn, um genau zu sein.«

Maren trat auf die Bremse und schüttelte den Kopf.

»Ich fass es nicht.«

Für einige Augenblicke schwiegen sie beide.

Mittlerweile waren sie kurz vor Bonn und Niara war eingenickt, als Maren sagte:

»Ich habe auch eine Neuigkeit für dich, Anna. Oh mein Gott, ich weiß nicht, ob es eine gute oder schlechte Nachricht ist ...«

»Mach es nicht so spannend. Sag schon.«

»Franz ist tot. Uwe hat mich angerufen, dass er vorgestern tot in seiner Wohnung aufgefunden wurde. Er wusste übrigens nicht, dass ihr geschieden seid.«

Anna riss die Augen weit auf.

»Das ist ein Scherz, oder?«

»Nein, es ist Fakt.«

Anna war sprachlos und wusste im ersten Moment nicht, was sie sagen sollte.

»Und warum hast du mich nicht direkt informiert?«, fragte sie nach einer kurzen Pause.

»Wollte ich zuerst, aber dann habe ich gedacht, dass ich dir die Reise eventuell vermiesen könnte. War das falsch?«

»Ich weiß nicht, das kommt jetzt alles so plötzlich. Mir fehlen einfach die Worte.«

»Kann ich gut nachvollziehen. Sei froh, dass die Scheidung so reibungslos geklappt hat. So ist dir viel Formalkram erspart geblieben.«

Anna hielt sich die Hände vors Gesicht.

»Zwei Tote auf einen Schlag. Ich weiß tatsächlich nicht, ob ich lachen oder weinen soll.«

»Vielleicht lebt Franz' Sohn noch?«

»Eher nicht. Jedenfalls hat er nicht mehr geatmet.«

Anna schwieg und brauchte einen kleinen Moment, um sich wieder zu beruhigen.

»Wann wird Franz beerdigt?«

»Er ist gestern beigesetzt worden.«

»Warst du dabei?«

»Nein, was habe ich mit ihm zu tun? Außerdem war es während der Schulzeit.«

Anna war in Schweiß gebadet.

»Woran ist er denn gestorben?«

»Ich weiß es nicht genau, ich denke mal an einem Herzinfarkt.«

»Du hast aber nichts damit zu tun?«

Maren schwieg.

»Du hast deine Hände nicht mit im Spiel gehabt?«, wiederholte Anna.

»Doch, ich habe ihm einen mit Eisenhut versetzten Zaubertrunk kredenzt.« Sie kicherte.

»Maren, du willst mich veräppeln?«

»Vielleicht?«, erwiderte sie mit einem ironischen Unterton. »Ich bin jedenfalls froh, dass wir uns jetzt ganz auf uns konzentrieren können.«

Epilog

Anna, Maren und Niara lebten noch für kurze Zeit in der Wohnung ihrer Mutter, bevor sie sich ein eigenes Häuschen auf dem Land kauften.

In den Herbstferien 2019 flog Maren nach Namibia und traf sich mit Mike.

Ihr Plan ging auf. Neun Monate später brachte sie ihren Sohn, Junior, auf die Welt.

Zwei Jahre nach dem Tod von Franz heirateten Anna und Maren.

Bis zum heutigen Tage führen die vier ein glückliches Familienleben.

Maren sprach mit Anna nie über ihren nächtlichen Besuch bei Franz. Ob der Tod tatsächlich durch ihre Hilfe verursacht oder beschleunigt wurde, blieb ungeklärt.

Auch die Frage, ob Thomas, alias Helmut, den Zwischenfall auf Eagle Rock überlebt hatte, konnte nie geklärt werden.

In unregelmäßigen Abständen allerdings plagen Anna schwere Alpträume. Dann sind Franz und sein Sohn in ihren Gedanken wieder ganz präsent, zusammen mit Schuldgefühlen, Ekel und Scham.